ブレイクスルー

柴田哲孝

双葉文庫

目次

ブレイクスルー

序章

1

夜明けの海に、橋が架かっていた。

巨大な吊り橋だ。まだ暗い空に駆け上り、天空を渡るように高い。

欄干やケーブルの七色の照明に煌めくその姿は、まるで人工のミルキーウェイのように美しく、幻想的ですらあった。

四月二八日、午前五時——。

全長三九一一メートル、高さ約三〇〇メートルの明石海峡大橋の下り車線を、並列二気筒エンジンのかん高い爆音と共に一台のバイク——BMW・F700GS——が走っていた。

黒い革のライダースーツを着たライダーが、バイクのタンクの上に細くしなやかな体を低く伏せている。時速一五〇キロは出ているだろう。

ライダーは〝グミジャ〟——金久美子——だった。フルフェイスのヘルメットの下から、長い髪が風になびいていた。

すでにバイクは、神戸側の主塔〝2P〟を過ぎた。間もなく中央支間一九九一メートルの、この巨大な吊橋の頂点に達する。

時空を突き抜けるトンネルのように、周囲の風景が前方から後方へと流れ過ぎる。まるで本当に、自分が光の中を突き抜けていくかのようだった。

〝グミジャ〟は遥か前方の淡路島の光を見つめながら、思う。

日本人は二〇年以上も前に、当時の金額で五〇〇〇億円もの巨費を投じて、この世界最大の吊橋を完成させたという。

何のために？

〝グミジャ〟には、その理由が理解できなかった。

もし〝祖国〟の〝首領様〟ならば、その五〇〇〇億円を何に使っただろう。おそらく大陸間弾道ミサイルを二〇基ほど作り、あとは自分のための豪華な別荘を建て、余った金でメルセデスのリムジンでも買っただろう。日本と〝祖国〟の違いが、そこにある。

間もなくバイクは淡路島側の主塔〝3P〟を過ぎた。海上三〇〇メートルの上空から、道はなだらかな斜面を下っていく。

〝グミジャ〟はここでBMW・F700GSのアクセルを緩め、体を少し起こした。体が風圧を受けて、速度が時速一〇〇キロほどにまで落ちた。

前方の眼下に、朝日に輝く明石海峡の海面と、淡路島の全景が広がった。

なぜ、淡路島に向かうのか――。

切っ掛けはネット上の匿名掲示板〝Ｏｎｉｏｎちゃんねる〟で拾った、ケチな仕事だった。

〈――デッド・オア・アライブ（生死を問わず）

標的は（株）ギャザー警備社長　滝本晃兼（たきもとあきかね）　63歳。

手段は自由。

令和３年４月末日までにこの男を確実に消してくださる方を希望。

賞金――￥３、０００、０００――

連絡を待つ――〉

冒頭に〝生死を問わず〟と書かれているが、つまり〝消せ〟――〝殺せ〟――ということだ。

掲示板でこの書き込みを見つけたのは、およそ一カ月前の三月の末ごろだった。〝グミジャ〟は半信半疑で、連絡を取った。連絡先はメールアドレスがひとつだけで、海外のプロバイダーを何重にも経由して保護されていた。お互いに、アシがつく心配はない。

連絡を取ると、どうやら相手は本気であることがわかった。それから何度かやり取りがあり、ネット上で簡略形式の覚書が交わされた。その二日後に、〝グミジャ〟のケイマン諸島の口座に手付金の一〇〇万円が振り込まれた。

〝グミジャ〟の〝仕事〟は、いわゆるフリーランスの〝殺し屋〟だ。業界では、〝掃除屋〟ともいう。

いまは日本にいて、〝祖国〟には二度と帰れない。日本を出ることもできない。

このまま日本にいるとしても、正式な国籍やパスポート、第三国のＩＤを持っているわけでもない。時にはこのようなあいまいな〝仕事〟を拾わないと、生きていくことはできなくなる。

〝グミジャ〟は明石海峡を渡り、最初の出口、淡路インターチェンジで一般道に降りた。すぐ目の前にいま渡ってきたばかりの巨大な明石海峡大橋と、対岸の彼方に神戸の街並が見えた。

〝グミジャ〟は県道一五七号線を通って汐鳴山の麓を抜け、島の西岸に出ると、海沿いの県道三一号線——福良江井岩屋線——を南下した。右手前方の瀬戸内海に、朝日に染まる小豆島が浮かんでいる。その向こうに連なる稜線は、四国の山々だろうか。

〝グミジャ〟は、六年前に日本に漂着してから、本州を出るのは初めてだった。

もし自分に愛する男がいて、一緒にこんな夜明けの道をバイクでツーリングできたらどんなに楽しいことだろう……。

ふと、そんなことを思った。だが、自分の人生に、そんな幸せなど有り得ない。

こうして目的地まで遠回りをするのも、自分の痕跡をできるだけ残したくないからだ。もし〝仕事〟をすれば、その現場に近い有料道路の料金所のカメラが、まず最初に調べられる。そこから、足が付く。

途中、富島漁港の先のスタンドでガソリンを入れ、近くのコンビニでサンドイッチとスムージーの朝食を摂った。

午前七時——。

再び、バイクを走らせる。室津港の手前で海を離れ、室津志筑線で島の内陸を横断するように南下し、ギャザー警備の本社がある島の東側の旧津名町を目指した。

〝グミジャ〟は、クライアントのことを何も知らない。なぜこんな離島の小さな警備会社の社長を狙うのか、その理由もわからない。そんなことには、興味もない。

わかっているのは〝標的〟の滝本晃兼という男の必要最低限のデータと、最近の顔写真、だいたいの立ち回り場所だけだ。

今日は平日だから、おそらく志筑の会社か、家にいるだろう。明日は休日なので、夜は淡路島最大の繁華街、洲本市の新開地に飲みに出るかもしれない。

新開地には滝本が女にやらせている『麗仙』というラウンジがあり、週末や休日の前日はいつも二人のボディーガードを連れてこの店に入り浸っている。

午前九時に、志筑に着いた。

志筑は淡路島の東岸、津名町の中心部だ。目の前に大阪湾に面する志筑新島と津名港があり、いまも〝志筑町〟と呼ばれていたころの風情のある街並が残っている。

表通りに、古い街並には不釣合な建物があった。

〝グミジャ〟はクライアントから教えられた住所を頼りに、その三階建のビルのような建物の前でバイクを停めた。周囲の木造の建物よりは新しいが、少なくとも築三〇年以上は経っているだろう。その建物に、〈――株式会社ギャザー警備――〉という看板が掛かっていた。

ここだ……。

一階に駐車場があり、白いレクサスLS460が一台、入っていた。誰かいるらしい。だが、あまり人の気配を感じない。

〝グミジャ〟はバイクを走らせ、少し離れた路地に停めた。エンジンを切る。物陰に身を隠し、しばらく様子を窺った。

表通りには普通に地元の車が行き来し、人が歩いている。だが、ギャザー警備の建物に人の出入りはない。

昼近くになって、建物から人が出てきた。黒いジャンパーを着た男が一人に、ジャージ姿の若い男が二人。三人とも日本の会社員とは思えない風貌だった。

ジャンパーを着た小太りの男は知っていた。

〝標的〟の滝本晃兼だ……。

三人が駐車場に入り、レクサスに乗った。エンジンが掛かり、表通りに出て、〝グミジャ〟のいる路地の前を通り、南に向かって走り去った。

どうする？

後を尾けるか？

いや、いまはやめておこう。奴らはまたここに戻ってくる。それに夜になれば、行き先もわかっている。

いまは〝標的〟を確認しただけで十分だ。いずれにしても〝殺る〟のは、暗くなってからだ。

〝グミジャ〟はＢＭＷ・Ｆ７００ＧＳのエンジンを掛け、レクサスとは反対の方向に走り去った。


次に〝グミジャ〟が姿を現したのは日没後――。

島の中央部、洲本市役所の南側にある飲み屋街の新開地だった。

〝グミジャ〟は黒いミニのワンピースに黒いマスクを着け、ハンドバッグを肩に掛けて新開地周辺の路地を歩いていた。この姿ならば、このあたりのラウンジかクラブの女に見える。バイクは路地裏の空地に隠してある。

『麗仙』というラウンジは、すぐに見つかった。新開地の路地の入口にスナックやラウンジが何軒か入っている建物があり、その一階に看板が出ていた。まだ新しく、きれいな店だ。

新開地から弁天銀座のあたりを何度か回り、防犯カメラの位置を調べた。路地に一カ所、カメラを見つけた。この路地で〝殺る〟のは避けた方がいい。

三度目に店の前を通った時に、入口に出てきたママらしき女を見掛けた。

歳は三十代の後半から、四十代の前半くらい。男好きのするタイプの美人だった。おそらくこの女が、滝本の愛人だろう。

女は、ハンドバッグを持っていた。どこかに、出掛けるらしい。

〝グミジャ〟は、その後を尾けた。

女は新開地の路地を出て、市役所とは逆方向に歩いていく。居酒屋や、寿司屋などの飲食店の多い一角だ。

歩きながら、途中で腕時計を見た。誰かと待ち合わせしているらしい。

しばらくすると、女はこのあたりでは高級そうな寿司屋に入っていった。

入る時に、入口近くに立っていたジャージ姿の男に何か話し掛けた。昼間、滝本と一緒にレクサスに乗り込んだ男の一人だ。

男は周囲の様子に気を配り、自分も寿司屋に入った。一瞬、男と目が合ったような気がしたが、ミニのワンピース姿の体を一瞥されただけで特に警戒はされなかった。

〝グミジャ〟はそのまま寿司屋の前を通り過ぎた。中に、誰がいるかはわかっている。あとは『麗仙』の前で待てばいい。

新開地に戻り、飲み屋の看板の光が灯る路地を行き来した。

狭い路地だ。しかも、〝標的〟がどちらから戻ってくるかわかっている。見逃す心配はない。

一度、酔っ払った男が、〝グミジャ〟を売春婦とでも間違えたのか声を掛けてきた。

〝仕事〟の途中でもなかったら、ナイフで咽を掻き切ってやるところだった……。

マスクを外し、長い髪を上げて頬の大きな傷を見せてやると、男は表情を固めてすごすごと立ち去った。

また路地を歩きながら待った。

〝標的〟が戻ってきた。

滝本が先程の女と肩を並べ、〝グミジャ〟の正面から歩いてくる。少し離れて、ジャージ姿の男も二人、付いている。

細い路地で、すれ違った。誰も〝グミジャ〟を警戒していない。

しばらくして立ち止まり、振り返った。

女が『麗仙』のドアを開け、滝本と他の二人の男と共に店に入っていくところだった。

時計を見た。

八時二〇分――。

一〇分、待とう。そのくらいでちょうどいい……。

八時三〇分になるのを待って、〝グミジャ〟は『麗仙』のドアを開けた。

――いらっしゃいませ――。

女の声が聞こえた。

〝グミジャ〟は一瞬で店内の状況を把握した。

薄暗い空間。店はそれほど、広くない。フロアの奥にカウンターがあり、右手にボックス席が並んでいる。

一番奥のボックス席に、客が三人と女が二人。客は、滝本とジャージ姿の若い男たちだ。

女はその二人を含めて、四人。客と女を合わせて、人数は七人……。

〝グミジャ〟がボックス席に歩み寄る。

全員、呆けたようにこちらを見ている。

人数が多い。それに、〝標的〟の位置も悪い。このような時には、ナイフは使えない。

「タキモトサン……」

目の前に立った女に名を呼ばれ、滝本が首を傾げた。

〝グミジャ〟はハンドバッグからベレッタM92Fを抜いた。

悲鳴！

ボックス席にいた全員が動いた。

〝グミジャ〟はソファーの奥から逃げようとする滝本に向けて、トリガーを引いた。

一発！

二発！

三発！

店内に、銃声が炸裂した。

滝本の背中、胸、頭から血飛沫が上がった。

血糊と脳漿を壁になすりつけながら、滝本の体がソファーの上に崩れ落ちた。

〝グミジャ〟は両手で銃を構えたまま、周囲を見渡した。

護衛の二人の男は、テーブルの下に隠れている。女たちは悲鳴と嗚咽を洩らしながら、床を這って逃げた。

滝本は、死んだ……。

〝グミジャ〟は全員の動きに気を配りながら店の出口に向かい、ドアを押した。銃をハンドバッグに仕舞い、外に出た。

新開地の路地から路地裏に歩き抜け、空地に置いてあったＢＭＷ・Ｆ７００ＧＳに乗った。エンジンを、掛けた。

路地を、いまごろになって二人の護衛の男が追ってきた。

〝グミジャ〟はバイクのギアを入れ、クラッチを繋いだ。アクセルを開けた。前輪を浮かせて路地に飛び込んだ。

長い髪を振り乱しながら、二人の男を蹴散らした。お前たちは、〝仕事〟の料金には入っていない。

路地から内通りへと走り抜け、海に向かった。県道七六号線に出ると、アクセルを全開にして洲浜橋を渡った。

〝仕事〟は終わった。もう、この島に、用はない――。

一時間後――。

〝グミジャ〟は淡路島の内陸を県道八八号線で西に向かっていた。

すでに黒いワンピースは脱ぎ捨て、革のレーシングスーツに着替えていた。フルフェイスのヘルメットの下からは、長い髪がなびいていた。

間もなく、津名一宮インターチェンジだ。そこから神戸淡路鳴門自動車道に入り、北に向かえば、そのまま明石海峡大橋を渡って本州の神戸に渡ることができる。

島を出てしまえば、もう安全だ……。

インターチェンジの入口が見えた。だが、その時、想定外の光景が目に入った。

入口の周囲の闇の中で、無数の赤色灯が回転していた。

警察の、検問……。

〝グミジャ〟は前方で合図灯を振る警官の姿が見えた瞬間に、急ブレーキを掛けた。バイクをパワーターンさせ、アクセル全開で元の道を戻った。

バイクを走らせながら、考えた。

警察を出し抜くためにひとつ先のインターチェンジから入ろうとしたのに、なぜこんなに手配が早いんだ？？？

〝グミジャ〟は全速で八八号線を下った。途中、四六七号線を右に折れた。バイクを倒し、ハングオンでコーナーを曲がる。

〝仕事〟をやった洲本市には戻れない。〝現場〟に近い淡路島中央ＩＣはどうだ？

いや、だめだ。津名一宮ＩＣで検問が始まっているのだから、淡路島中央ＩＣにも手配が回っているに決まっている……。

考えた末に、〝グミジャ〟は四六七号線を直進した。広石の町に入って、四七二号線から六六号線を南下。西淡三原インターチェンジを目指した。

とにかく、神戸淡路鳴門自動車道に乗ることだ。その上で北の明石海峡大橋を渡って本州に戻るか。もしくは島の南端から大鳴門橋を渡って四国に向かうか。淡路島から出るには、その二つのルートしかない……。

午後九時半――。

〝グミジャ〟は、バイクのナビを見た。もうすぐ、西淡三原ＩＣだ……。

だが、〝グミジャ〟は入口が見える直前でブレーキを掛けた。

前方の空が、赤く染まっていた。赤色灯の光、検問だ……。

〝グミジャ〟はバイクをターンさせ、フル加速で来た道を戻った。

いったい、どこに行けばいいの……???

その時、前方に光が見えた。ハイビームにした光軸と、回転する赤色灯……パトカーだ。

何台ものパトカーが、こちらに向かって走ってくる――。

〝グミジャ〟は咄嗟に、脇道に飛び込んだ。バイクを物陰に隠し、ライトを消した。

その直後、五台のパトカーと数台の白バイがインターチェンジの方向に走り去っていった。

〝グミジャ〟は再び、バイクを走らせた。無灯火で、月明かりを頼りに畑の中の道を抜ける。

ゆっくりと走りながら、ナビを見た。

自分はいま、南に向かっている。すでに、南あわじ市に入っている。

このまま進むと、道は国道二八号線に出る。国道を右に曲がってさらに南下すれば、道はうずしおラインを経て最後のインターチェンジ、淡路島南ＩＣにぶつかる……。

いや、だめだ。おそらく淡路島南ＩＣの周辺にも、すでに警察の非常線が張られているだろう。

それでも一か八か、淡路島南ＩＣに向かうしかない。神戸淡路鳴門道に入らなければ、この島を出られない……。

〝グミジャ〟はライトを点灯し、バイクのアクセルを開けた。

どこをどう通ったのかわからない。〝グミジャ〟はいつの間にか、国道二八号線を走っていた。

国道は福良港の手前で市街地に入り、そこで終わっている。〝グミジャ〟はその手前で右に折れ、島の南端に向かう、うずしおラインに入った。

途中、鳴門岬の門崎に向かう分岐点はあるが、それ以外は淡路島南ＩＣまでほぼ一本道だ。〝グミジャ〟は警察の非常線が張られていないことを祈った。もし神戸淡路鳴門道に乗れれば、三〇分後には四国だ……。

その時、道路の脇で何かが光った。

車、だ……。

前を通り過ぎた瞬間に白いスポーツカーが道路に躍り出た。〝グミジャ〟のバイクの背後に付き、ライトをハイビームにして追ってきた。

　銃声！

　相手が、撃ってきた。銃弾が、頭の横をかすめた。

　シバ（糞）！

　警察じゃない。何者？

　〝グミジャ〟はアクセルを全開にし、後方の車を引き離した。バックミラーの中のライトの光が、遠ざかっていく。

　だが、追手を引き離したと思った瞬間、今度は前方にハイビームの光が見えた。その車からも、撃ってきた！

　〝グミジャ〟はブレーキを掛けながらターンし、左の側道に逸れた。

　曲がってから、気が付いた。この道は、鳴門岬に向かう道だ。

　門崎で、行き止まりだ。絶体絶命だ……。

　〝グミジャ〟はバイクをターンさせ、道の真中で止めた。

　左右から、二台の車が道に入ってきた。ハイビームにしたヘッドライトの光が、こちらに向かってくる。もう、逃げられない……。

　シバ！　捕まるくらいなら死んでやる！

　〝グミジャ〟はバイクのギアを入れ、クラッチを繋いだ。

　アクセルを開けて二台の車に向かって突き進んだ。二速、三速に入った瞬間にウエストポーチのホルスターから左手でベレッタを抜いた。

走りながら、ライトの光に向けて撃ちまくった。

二台の車が、道路の両側に割れて路肩に突っ込んだ。

〝グミジャ〟はその間を、すり抜けた。

ベレッタをホルスターに戻し、北に向けてアクセルを開けた。

2

翌四月二九日――。

淡路島は朝から雨になった。

雨の降る山道を男が一人、歩いていた。

一見して浮浪者か、猟師、もしくは修行僧に見えるような男だった。

だが、髪は長い。髭をたくわえているが、年齢はまだ四十代になったばかりだろう。大柄で、肩幅が広い。

男は汚れたリュックを背負い、手に奇妙な道具を持っていた。米国テンポイント社のクロスボウだ。

弓の張力はおよそ二〇〇ポンド。そこから放たれる矢は、秒速一〇〇メートルを超える。

人間の体なら、当り所によっては簡単に貫通する。

男は足を忍ばせて、森の中を歩く。先程から、下生えの中に続く足跡を追っていた。

鹿の足跡だ。おそらく、三頭。まだ、新しい……。

雨の日は足跡がはっきりと残る。こちらの気配や、匂いも消しやすい。しかも鹿は、風上に向かっている。

しばらく進んだところで、鹿の群れを見つけた。やはり、三頭だ。

牡鹿が一頭に、牝鹿が二頭……。

男は二頭の牝のうち、若い方を狙った。その方が肉が柔らかく、美味い。

息を潜め、狙いを定める。鹿は男の気配に気付かず、夢中で新芽を食んでいる。

クロスボウのスコープの照準が牝鹿の心臓に合ったところで、引き金を引いた。

弓から放たれた矢は音もなく森を切り裂き、牝鹿の胸に吸い込まれた。

瞬間、牝鹿の体がバネのように跳ね上がり、もんどりを打って倒れた。

他の二頭が、一瞬のうちに逃げ去った。

男は獲物に歩み寄り、矢を引き抜いた。心臓を射貫いていた。即死だったろう。

腰からバック・ジェネラルを抜き、牝鹿をその場で解体した。背ロースとモモ、ハツ、レバーなどの美味い部位だけ切り取り、それをビニール袋に入れてリュックに詰めた。これだけ鹿肉があれば、しばらく食料には困らない。

男は残った鹿の残骸を穴を掘って埋め、その場を立ち去った。

一時間後——。

男は森の中の〝家〟にいた。

〝家〟とはいっても、捨ててあった間伐材と廃材で作った六畳ほどの〝小屋〟だ。だが外には古い発電機もあるし、冷蔵庫もある。沢から取水した水もあるので、生活には困らない。この島では街よりも安全だ。

男は丸めた蒲団に寄り掛かり、焼酎を飲んでいた。肴は、獲ったばかりの牝鹿のハツとレバーの焼肉だ。体が、生き返る……。

何げなく、スマートフォンを見た。

何か、メールが入っていた。このスマホにメールを入れるのは、一人だけだ。


〈——連絡事項。

昨夜、滝本会長がタマを取られた件。

殺ったのは白いバイクに乗った髪の長い女。現在、島内に潜伏中。

組から、手配が掛かっている。見つけ次第、適切に処理せよ——〉

滝本が、消された……。

しかもこのメールによると、殺ったのは〝女〟だ。

白いバイクに乗った髪の長い女……。

いったい、どういうことなんだ?

本当に〝女〟があの滝本を殺したのか？

事態が呑み込めない……。

メールは男の他に、ＣＣで二〇人以上のメールアドレスに送られている。すべて、元組員だ。つまり、この淡路島の全島に手配が掛かっているということだ。

その〝白いバイクに乗った髪の長い女〟というのが、どんな奴かはわからない。だが、逃げられない。この島から出ることはできないだろう。

殺されるなら、運がいい。もし生きたまま捕えられれば、この世の地獄を味わうことになる。おれのように……。

まあ、いい。

おれには関係のないことだ。

男は鹿のハツを齧り、焼酎を飲んだ。

第一章　白いバイクの女

1

海は穏やかだった。

海峡には無数の貨物船やタンカー、瀬戸内航路のフェリーが行き来していた。

前方には明石海峡大橋が天空に聳え、その向こうには淡路島の島影が横たわる。空にはかん高い声で鳴くカモメの群れが、潮風の中を泳ぐように舞っていた。

船に乗るのなんて、何年振りだろう……。

笠原萌子(かさはらもえこ)は本州と淡路島を結ぶ高速船、淡路ジェノバラインの〝まりん・あわじ〟の船上で風に吹かれながら、ぼんやりとそんなことを考えた。

最後に乗ったのは、確か二〇一六年にG7サミットがあった年に英虞湾(あご)でクルーズ船に乗った時だから、もうあれから五年になるんだ……。

あの時はまだ、萌子は中学生だった。楽しい旅行だった。初めて伊勢神宮にも行ったし、志摩の旅館に泊まった日の夜には美味しい伊勢エビやお刺身を食べた。

そしてあの時は、〝お父さん〟が一緒だった……。

でも、今度の旅は、一人だ。

もう自分も大学生になったし、それも気楽でいいんだけれども……。

四月三〇日――。

〝まりん・あわじ〟は距離にして七キロ、僅か一三分の船旅の旅情を味わわせてくれた後に、定刻どおり午前一〇時四三分に岩屋港に着岸した。

萌子は自分のバイク――白いHONDA・PCX――に乗ってエンジンを掛けた。ゲートが開くのを待ち、他の乗客と一緒に船を降りた。ここはもう、淡路島の北端だ。

さあ、どっちに行こう……。

萌子は少し考え、島の西側に向かって走り出した。

今回の旅は、いろいろな意味でついていた。ゴールデンウィークの直前になって思い立ったのに、兵庫県がCOVID－19――新型コロナウイルス――の流行による緊急事態宣言下にあったために簡単に宿が取れたこと。本州の明石港と淡路島の岩屋港を結ぶ唯一のフェリー、明石淡路フェリー（通称たこフェリー）が二〇一〇年一一月をもって休止となっていたが、調べてみるとフェリーに代わって運航している高速船〝淡路ジェノバライン〟でも一二五ccまでのバイクなら運べるとわかったこと。

明石海峡大橋をHONDA・PCXで渡るのはちょっと怖かったし……。

それならばということで前日の二九日の朝に自宅の金沢を発ち、昨夜は大学の友達の実家、大津の湖月寺に一泊させてもらった。そして今朝早く大津を発ち、明石港まで走ってきた。

荷物は背中に背負った5・11（ファイブイレブン）のバックパックがひとつだけだ。この中に数日分の着替えと最低限の保存食の他に、萌子にとって必要な道具――ナイフやノコギリの付いたマルチプライヤー、LEDタクティカルライト、ファイヤースターターキット、ホイッスルの付いたパラコードブレスレット、ラジオ、フラッシュシグナルミラー、雨具、アルミブランケット、コンパクトなシュラフやダウンパーカーなど――がすべて入っている。

高校に入学した時に、お父さんが買ってくれたものだ。その時にお父さんは、こういった。

――このバックパックは、いつも近くに置いておきなさい。〝何か〟あったら、まずこれを持って逃げなさい。この中に入っているものを使って、自分の力で生き残ることを考えなさい――。

お父さんのいう〝何か〟とは、地震や台風といった自然災害のことじゃない。もし〝命を狙われたら〟という意味だ。

萌子はこれまで、普通の女子大生では有り得ない人生を送ってきた。

中学生の時にお母さんが殺され、お父さんがその殺人の冤罪で投獄された。萌子自身も誘拐された。その後、今度は冤罪の晴れたお父さんが悪人に拉致され、殺されるところだった。自分も、命を狙われた……。

だから萌子は、このバックパックをいつも近くに置いている。旅に出る時にも、必ずこれを持っていく。

なぜそうまでして、淡路島に来たのか。

萌子にはどうしても、この島に来なければならない理由があった。

萌子は初夏の陽光を浴びながら、気持ちよく淡路島の道を走った。

右手にはいま高速船で渡ってきたばかりの明石海峡が広がり、対岸には明石の山並みと市街地が見える。

間もなく巨大なアンカレイジ（アンカーブロック）の脇を通り、天に聳える明石海峡大橋の下を潜った。

兵庫県の淡路島は、瀬戸内海の最大の島である。

面積は五九二・五五平方キロメートル。長さは北東から南西にかけてみると五三キロメートル。幅は東西におよそ二二キロメートル。最高標高は諭鶴羽山（ゆづるはさん）の山頂の六〇八メートル。瀬戸内海東部に位置し、東に大阪湾、西に播磨灘を望む。

近畿地方の兵庫県に属し、北から淡路市、洲本市、南あわじ市の三市に区分される。ここに離島としては沖縄本島に次ぐ一三万人（第二位）の人口が住んでいる。

歴史的にも、興味深い島だ。

『記紀』に記された国産みの神話では、伊弉諾尊（いざなぎのみこと）、伊弉冉尊（いざなみのみこと）が最初に創造した日本列島の島が淡路島であるとされている。『古事記』には淡道之穂之狭別島（あはぢのほのさわけのしま）と記述され、『日本書紀』にも淡路州という記述がある。古くから海人族が住むとされ、平安時代まで御食国（みけつくに）として、朝廷に贄を貢いだとされている。

近世には蜂須賀家がこの島を淡路国として治めていた。気候が温暖、自然が豊かで、神戸淡路鳴門自動車道が開通して以降は関西圏有数のリゾート観光地として発展してきた。だが、近年、その淡路島に、ある種の不穏な気配が影を落としている。

ひとつは、二〇一五年の夏にある日本最大の指定暴力団が分裂した後、直系組織が淡路市の志筑にまるで要塞のような建物を構え、これを本部事務所としたことだ。淡路島における事実上の闇支配である。

だが、この件に関して暴力団追放兵庫県民センターが住民に代わって建物の使用差し止めを求める仮処分を神戸地裁に申し立て、二〇一七年一〇月に組側が本部事務所を閉鎖。一応の解決を見た。

もうひとつはいまのコロナ禍が始まった二〇二〇年の夏、東京に本社を置くある巨大人材派遣会社——『(株)キマイラ』——が、突然その本社機能を「淡路島に移す……」と発表したことだ。これにより『キマイラ』は二〇二四年の春までに、IT部門の会社員一八〇〇人の三分の二に当る一二〇〇人を淡路島に移住させることになった。

理由は今回のコロナ禍で、テレワークが全業務の三割から四割に達したことだった。社内で、「地方でも業務に支障はないのではないか……」という議論が進み、災害時のリスクマネジメント(危機管理)上も有効として決定が下された。すでに『キマイラ』は淡路市などに三カ所から四カ所の事務所を開設し、この春までに本社の社員約四〇〇人の移住が始まっている……。

　確かに、萌子にもその理屈は理解できる。

　新型コロナウイルスの流行以前にこれからはテレワークが企業の勤務形態の主体になっていくだろうし、東京など大都市圏の本社機能を縮小することによって利益率も上がる。機能を分散させれば、大災害時の危機管理上も有利になるだろう。いま、萌子が在学している『金沢大学』の人間社会学域・人文学類は、正にそのような企業の未来と生活のあり方を学ぶ学域だ。

　だが……。

『キマイラ』はそうした未来志向の表の顔とは裏腹に、いろいろと黒い噂の絶えない企業でもあった。

　一九七〇年代に大阪に設立された比較的新しい企業だが、バブル期の一九八六年に施行された労働者派遣法により派遣事業許可を取得して急成長。一九九九年に東京都千代田区大手町に本社を移転。二〇〇三年に東京証券取引所の市場第一部に上場。二〇〇七年には元経済財政担当相として改正派遣法の成立を主導した経済学者の五味秀春が特別顧問に就任。以後、その改正派遣法を楯に年間三〇〇〇億円以上の売り上げを上げ、登録する数万人もの派遣社員から労働賃金を搾取し、業界一位にまでのし上がってきた。

　だが、ここまでは容認できる。いくら労働者を喰い物にしているとはいっても、一応は合法だ。問題なのは、その後だ……。

『キマイラ』は現在二〇〇七年に株式移転により設立された『株式会社キマイラグループ』が一〇〇パーセント出資する完全子会社になっている。その『キマイラ』グループの会長は阿万隆元（あまたかもと）という男で、およそ四〇社あるグループ子会社の総帥――独裁者といってもいい――に君臨している。

その阿万が淡路島出身ということも、『キマイラ』の本社移転の理由のひとつだろう。経済学者の五味を顧問に招聘したのも、阿万だった。以来、阿万と五味の二人は、支配者とその指南役として、蜜月の関係を続けている。

この二人には、黒い噂が絶えたことがない……。

阿万は人付き合いの派手な男として知られ、港区元麻布の高級住宅地の一角に〝鶯鳴館（おうめいかん）〟という三〇〇坪の日本庭園のある料亭のような屋敷を持っている。表向きは『キマイラ』の福利厚生施設とされているが、ここに政財界の大物や著名人を招き、ほぼ毎週のように秘密パーティーを開く〝迎賓館〟として使っている。

そのパーティーには専門の料理人による極上の料理や最高級の酒だけでなく、〝ホステス〟という名の美女軍団や、時には麻薬が提供されているという噂もあった。事実、七年前の五月にはその秘密パーティーの常連客だった某有名歌手と会場で知り合ったホステスが、覚醒剤取締法違反で逮捕され有罪になっている。

こうした噂はすでに有名週刊誌等でも何度も報道され、この秘密パーティーで接待を受けた大物政治家たちの名も明らかになっている。その中には現役の総理大臣とその妻、官房長官、各省の大臣や元首相などが一〇人以上は名を連ねている。大半が、保守系の大物だ。また、萌子の父が以前いたことのある経産省の幹部の名も挙がっている。

阿万と五味はこうした人脈と政治力を利用し、合法非合法を問わず『キマイラ』による利益を追求し続けてきた。淡路島への進出も、その一環だった。

淡路市志筑新島の市営の音楽ホールだった『しづかホール』、淡路市野島の廃校を改築したレストラン『あわじエコール』、広大な県立公園をテーマパーク化した『三次元の森』、同じく人材育成を謳う『キマイラ農場』などの教育施設、島内の迎賓館に当たる『青海荘』などわかっているだけでも計八カ所の大型施設や不動産がほぼ無償で『キマイラ』に譲渡され、私物化されている。これが淡路島の〝乗っ取り〟ではなくて何なのか……。

『キマイラ』による淡路島支配が始まったのは、経済学者の五味秀春が特別顧問に就任した翌年の二〇〇八年からだ。この淡路島支配も五味が主導し、指南役として陰で手を引いていることは容易に推察できる。

萌子はなぜ『キマイラ』についてこれほど詳しくなったのか……。

それには理由があった。

大学の三年も間もなく終わろうとする今年の一月のことだった。萌子の元に、『金沢大学』を通してある会社から令和四年度の就職案内と、会社説明会の招待状が届いた。その会社というのが、『キマイラ』だった。

奇妙な招待状だった。説明会はこの春休みを利用して、三泊四日の日程で淡路島の『三次元の森』や『しづかホール』、『あわじエコール』を使って行なうという。宿泊は県立淡路公園内に建てられたコテージで、金沢からの交通費など経費はすべて『キマイラ』が持つ。その上、四日分の日当まで支給される。しかも会期中に全島観光ツアーのイベントが組まれ、最終日の夜には迎賓館でパーティーが行なわれるという好条件だった。

このコロナ禍に、いったい何を考えているのか……。

この会社説明会に『金沢大学』から招待されたのは、人間社会学域・人文学類の三回生から三人。学内ではすべて成績がトップクラスの三人で、萌子もその一人だった。

当初、萌子は、『キマイラ』などという会社にはまったく興味がなかった。この会社に黒い噂が立っているくらいのことは知っていたし、自分には原子力発電を中心にエネルギー問題を研究する〝フィールド文化学〟という専攻もある。人材派遣業などは、無関係だ。どうせ就職するならば、もっとやりがいのある分野に進みたかった。

ところが招待状を受けた中の一人、高校時代からの友人の南條康介君が、この会社説明会に参加するといい出した。すると南條君と仲が良かった同じ学部の斎藤大輝君も、自分も付き合うということになって……。

本当は南條君も斎藤君も、『キマイラ』に就職したがるような人たちではなかったのだ。むしろ『キマイラ』のような派遣会社を労働者から搾取する社会悪の典型として嫌っていた。会長の阿万や特別顧問の五味の悪事をネット上で暴き、他の学生たちには「キマイラに騙されるな！」と警告していたくらいだったのだが……。

春休みに入る前に、萌子は一度、どうして『キマイラ』の会社説明会に行くのかと南條君に訊いてみたことがあった。

するとと南條君は、こんなことをいっていた……。

——ぼくも、君も、斎藤も、いうならば〝反体制派〟の学生だ。高校時代から政界や原発利権のスキャンダルをネット上で暴露し、特に自分と斎藤は『キマイラ』そのものを叩いてきた。いわば、目障りな学生だったはずだ。

その三人に『キマイラ』から就職案内や会社説明会の招待状が届くなんて、どう考えてもおかしいじゃないか。きっと、裏に何かあるに決まっている。それならこちらから乗り込んでいって、奴らの考えていることを探り出してやる——。

南條君はいままで萌子のように危険な目にあったことがないからか、必要以上に大胆なところがある。萌子は行かない方がいいと止めたのだが、心配はいらないといって、二人でバイクに乗って淡路島に行ってしまった。

金沢を出発したのが、大学が春休みに入った二日後の三月二七日。二人で南條君の実家の湖月寺に二泊して、翌週の二九日の月曜日に淡路島に入った。その後、『キマイラ』の施設に三泊して、予定では四月一日の木曜日に湖月寺に戻るはずだったのだが……。

萌子が南條君と最後に連絡を取ったのは、その四月一日だった。

南條君は、メールでこんなことをいってきた。

〈――淡路島もキマイラも意外に面白いので、もう少しここにいることにするよ。新学期が始まるまでには金沢に帰る――〉

だが、南條君とはそれっきり、連絡が取れなくなった。あれからほぼ一カ月が経ったいまも、南條君と斎藤君は音信不通になったまま戻ってきていない。

そんなはずがないのだ。四回生の大切な一年が始まる新学期に、あの二人が長期に大学を無断欠席するはずがない。きっと、何かがあったに決まっている……。

萌子が淡路島に来る時にも、南條君の実家の湖月寺に寄ってきた。そこで、父親の住職、茲海(じかい)さんともいろいろ話してきた。

もちろん茲海さんも、南條君から『キマイラ』のことをいろいろ聞いて事情は知っていた。だけど茲海さんは、康介が連絡してこないのはこれが初めてではないし、もう大人なのだから心配はいらない。あいつなりに何か考えがあるのだろうといって、笑っているだけだった。

結局、萌子は奥様の歌子さんの手料理をご馳走になり、お寺に一泊させてもらって翌日一人で淡路島にやってきた。

――行深般若波羅蜜多時照見五蘊皆空度一切苦厄――。

萌子は何となく気に入っている般若心経を心の中で呟きながら、ＨＯＮＤＡ・ＰＣＸのアクセルを開けた。

右手前方には小豆島の島影と、その向こうに四国の山並みが見える。

潮風に、ヘルメットの下の長い髪がなびく。

間もなく左手の丘の上に『あわじエコール』の建物が見えてきた。

2

テレビの画面の中で、ゾンビが暴れ回っていた。

そいつらを銃で無造作に撃ち殺す。

日本刀で、頭をぶった斬る。

血飛沫が飛び、はらわたを撒き散らす……。

警察庁警備局公安課特別捜査室〝サクラ〟の田臥健吾（たぶせけんご）警視は、カーテンを閉じた暗い部屋で角ハイボールを飲みながら、ぼんやりと悪趣味なアメリカのゾンビドラマに見入っていた。

ここのところまったく休んでいなかったので、有給休暇が溜まっていた。ゴールデンウィークなのだからたまにはまとめて休めといわれても、何もやることがない。

このコロナ禍のご時世に、わざわざ人ごみの中に出掛けていくほど無神経にはなれない。だいたいゾンビにしろウイルスにしろ、銃で撃っても死なない奴は苦手だ。結局、せっかく取った三日間の連休を、こうして自宅マンションの一室から一歩も外に出ずに、昼間から酒を飲みながらテレビを観て過ごすことになる。

だが、四月三〇日午前一一時三〇分――。

突然、〝家〟の電話が鳴った。休みの日にわざわざ固定電話に掛けてくるなんて誰だ？

そう思いながら受話器を取った。

「はい、田臥だが……」

――田臥さん、いったい何やってんですか！　昨日から携帯に何度電話しても出ないし、メールも返信がないし！――。

いきなり、部下の室井智のまくし立てる声が聞こえてきた。

「おれは〝休み〟なんだよ。だから、携帯の電源も切っていた。何か、あったのか？」

そういったとたんに、あくびが出た。

――何を呑気なことをいってるんですか。とにかく詳しいことはメールで入れてありますから、すぐにパソコンかスマホを開いて読んでください。確認したら、〝本社〟の〝サクラ〟に電話してください！――。

そういって、電話が切れた。

そうか、室井は休みをとっていなかったのか……。

田臥はまた、あくびをしながら、アイフォーンの電源を入れた。確かに、室井からのメールが入っていた。そのメールを、開けた。

〈――田臥様。

以下、兵庫県警からの報告です。

〈4月28日夜に洲本市新開地の飲食店で起きたマル暴関連のコロシに関して。被害者は元任侠道義会会長・現（株）ギャザー警備社長の滝本晃兼63歳。実行犯は不明——〉

あの滝本晃兼が殺された……。

一昨日から今日に掛けてテレビのニュースも見ていなかったので、まったく知らなかった。

警察庁警備局公安課の役割は元来〝公共の安全と秩序〟の維持にある。具体的には外国政府による対日工作、国際テロリズム、国内的には極左暴力集団、朝鮮総連をはじめ、新宗教団体や右翼団体、指定暴力団を代表とする反社会的集団に関連する事案を担当する。

田臥は、滝本に会ったことはないが、名前はよく知っていた。日本最大のY組の傘下として一九九〇年に任侠道義会を旗揚げし、淡路島の洲本市一帯を支配。二〇一五年のY組分裂の際には新興勢力側に付いたが、その二年後の二〇一七年に突然、組を解散。以来、表に名前が出なくなっていたのだが……。

まあ、暴力団の組長だった男だ。殺られることもあるだろう。

だが、メールの続きを読んで、驚いた。

〈——使われた銃の口径は9ミリパラベラム弾。飲食店のソファーに残っていた銃弾の線条痕検査によると、二〇一九年五月に仙台のホテルで殺害された元警視庁刑事部長の大江寅弘（おおえのぶひろ）が所持し、現場から盗まれたベレッタM92Fと一致——〉

何だって……。

どうやらこれは、酒を飲みながらゾンビドラマを観ている場合ではなさそうだ。

3

『あわじエコール』は、思ったより人が多かった。

ゴールデンウィーク中の昼時ということもあって、広い駐車場には二〇台以上の車が駐まっていた。

笠原萌子は駐車場の奥の駐輪場にＨＯＮＤＡ・ＰＣＸを駐め、エンジンを切った。

フルフェイスのヘルメットを脱いで、長い髪を振った。汗ばむ髪の中に冷たい潮風が通り、心地好い。

萌子はスタンドを立ててバイクを降り、建物へと向かった。左手の広場の奥はミニ動物園になっていて、子供連れの旅行者がヤギやヒツジ、アルパカなどに餌をやって遊んでいる。観光地ならどこにでもあるような、平和で退屈な光景だった。

正面の丘の上に聳える三階建ての建物は、かつての野島小学校の校舎を改築したものだ。古い建物を白と赤に塗り分けていかにもリゾートっぽく演出しているが、どこか安っぽく、ちぐはぐなような気がした。

コンクリートの低い階段を上がり、建物の中に入ってみた。広い室内はきれいにリメイクされて、お土産屋になっていた。だが、棚に並んでいるのはどこにでも売っているようなお菓子や名産品、加工食品、おもちゃばかりで、目新しさは何もない。

なぜ年商三〇〇〇億円もある『キマイラ』グループが、黒い噂が立つようなリスクを冒してまでこんな中途半端な観光施設を作ったのだろう。ただ会長の阿万隆元が島の王様気分で作っただけなのか、もしくは『キマイラ』グループの節税対策のための赤字会社なのか。

いや、『キマイラ』は、この島を実効支配しているという既成事実を作りたかっただけなのではないのか……。

一階にはカフェとベーカリーがあり、二階にはマスコミでも話題になったシェフがプロデュースする〝レストラン・あわじ〟というフレンチ・レストランが入っていた。三階は、バーベキュースペースのあるテラスになっている。

萌子は空腹だった。だが、カフェもレストランもどこか違う気がした。

せっかく淡路島に来たのだから、新鮮な魚や貝が載った海鮮丼とか名物の淡路島牛丼が食べたかったのだけど……。

南條君や斎藤君も、この『あわじエコール』に立ち寄ったのだろうか。ここのレストランかカフェで食事をしたのだろうか。

いや、そんな訳がない。何か、ちぐはぐだった。この場違いな観光施設は、あの二人には似合わない……。

萌子は建物を出て駐車場に戻り、白いHONDA・PCXに乗った。長い髪を風になびかせてヘルメットを被り、エンジンを掛けた。

さて、次はどこに行こう……。

ともかく、何か食べたい……。

スタンドを蹴り上げ、淡路サンセットラインを南に向かった。


結局、海鮮丼と牛丼は諦め、ランチはコンビニのお握りですませた。

今夜、予約してあるペンションに着けば、きっと美味しい魚が食べられる。

昼食を終えた後、萌子はサンセットラインを外れて島の内陸部に向かう山道に入った。次の目的地は、やはり『キマイラ』グループが運営するテーマパーク『三次元の森』だ。

バイクでワインディングロードを気持ちよく走っていると突然、目の前の風景が開け、ゆるやかな丘陵に広大で人工的な緑地が現れた。

旅に出る前にある程度の下調べはしてきたが、実際に自分の目で見るまで、これほどの規模だとは実感できなかった。

萌子が通う『金沢大学』の人間社会学域・人文学類の学生ならば、口を揃えて「人類の傲慢な自然破壊……」と非難するような施設だ。

やがてバイクは山道を抜け、『三次元の森』の空間に入っていく。駐車場が至る所にあり、そこに数台ずつ旅行者の車が駐まっている。だが、空間があまりにも広大すぎて人影はあまり見掛けない。

萌子は空いている駐車場を見つけ、バイクを停めた。エンジンを切り、ヘルメットを脱いで、溜息をついた。

少し、歩いてみようか……。

ヘルメットをシートの下に仕舞い、遊歩道を歩き出した。

事前に調べてきた情報によると、『三次元の森』は二〇一七年に開園、『キマイラ』グループが一〇〇パーセント出資する『(株)三次元の森』が運営する体験型エンターテインメント施設で、広さはおよそ九〇ヘクタール。最終的には一五〇ヘクタール近くまで拡張させる計画だという。

この〝犯罪的〟ともいえる広大な自然破壊の中に、多目的広場などを含む〝森のゾーン〟。海賊砦などの遊具がある〝交流ゾーン〟。展望デッキや芝生広場のある〝草原と花のゾーン〟。その他人気漫画キャラクターを配した〝アドベンチャーパーク〟や実物大怪獣像のあるアトラクションスペース、アニメの主人公の巨大モニュメントが聳える〝忍びの里〟など、各ゾーンが点々と区切られている。

森を抜けて広場に出ると、目の前に唐突に、土の中からその巨大な怪獣の頭が生えていた。周囲で、子供たちが遊んでいる。

萌子は呆然とその奇想天外な光景の前に立ち尽くした。

何と悪趣味な……。

同時に、いいようのない不安を覚えた。瞳孔が狭くなったようにあたりが暗くなり、風が冷たくなったような錯覚があった。

まるで三次元の空間が閉ざされ、異次元の魔界に迷い込んだような……。

子供の遊ぶ声に、ふと我に返った。

自分は、どこに行こうとしていたのだろう。このまま行けば森は兵庫県立淡路島公園や淡路ハイウェイオアシスにまで繋がっているはずだ。でも、これ以上、森の奥へ迷い込みたくはない。迷い込めば、二度と元の世界に戻れなくなるような気がした。

萌子は、森の中の道を引き返した。後ろから誰かが追ってくるような、そんな恐怖を感じながら。駐車場に戻ったら、バイクが消えているのではないか……。

だが、白いHONDA・PCXは、ちゃんとそこにあった。急いでバイクに乗り、ヘルメットを被ってエンジンを掛けた。

ここは、違う。南條君が〝面白い〟といっていたのは、こんな所じゃない……。

駐車場を出て、海辺に下る道に向かってアクセルを開けた。

森の中の駐車場にはもう一台、車が駐まっていた。

神戸ナンバーの黒いマークX。シャコタンの改造車だった。

エンジンが掛かったままだ。運転席には男が一人、座っている。色の濃いサングラスをしているので、表情はわからない。

男はタバコを吸いながら、ラジオを聴いていた。

――こちらウェルパーFMアワジ、お昼のこの時間はマイク武岡のハロー・ウィンドをお送りしてます。

さて、本日四月三〇日のキーワードは〝白いバイクの女〟……長い髪を風になびかせて走る姿がメッチャセクシー！　いったいあんたは誰なんだ？？？　名前を聞かせてくれ！

見掛けた人はウェルパーFMアワジ0799－26－〇〇〇〇ハロー・ウィンドのマイク武岡まで！

おっ、さっそく掛かってきましたよ。は～いこちらマイク武岡。白いバイクの女を見掛けたって？――。

――うん、見たで。髪の長い女やろう。一時間くらい前に、あわじエコールの駐車場におったで――。

――そうか、やったぜ！　それで白いバイクの女は、どっちに行った？――。

――淡路サンセットラインを南に向かったで。そこから常盤ダムの方に上がる山道に入っていった。そのあたりで見失っちまったんや――。

――そうか、それは残念。また見掛けたら、知らせてくれ！

さて、次の曲に行ってみようか。ドゥービー・ブラザーズのアルバム〝スタンピード〟の中から、〝スウィート・マキシン〟！　あの髪の長い女を逃がすな！――。

古いカーステレオから、ビートの利いたロックのリズムが流れはじめた。

男はタバコを灰皿で揉み消し、薄い唇に笑みを浮かべた。

ダッシュボードのホルダーからスマホを取り、ラジオで聴いた番号に電話を掛けた。

——はい、こちらウェルパーFMアワジ、ハロー・ウィンドのコーナーです。どんな情報ですか？——。

電話に出たアシスタントの女がいった。

「おれもたったいま、白いバイクに乗った髪の長い女を見掛けたぜ。場所は〝三次元の森〟の南西側の駐車場だ……」

男が話しながらもう一本、タバコに火をつけた。

——情報、ありがとうございます。いまミュージックタイムですので、電話を切ってお待ちください。音楽が終わり次第こちらから掛けなおして、マイク武岡にお繋ぎいたします——。

「ああ……わかった……」

男は電話を切り、タバコの煙を窓の外に吐き出した。

4

〝グミジャ〟は島に潜んでいた。

いまは、森の中の水辺にいる。

白いバイク――BMW・F700GS――は樹木の枝や葉で隠してある。先ほど、頭上を県警のヘリが飛んでいったが、これならば見つかる心配はない。

〝グミジャ〟は、裸だった。蒸れる革のレーシングスーツを脱いで湖畔の斜面に干し、自分もその横で草の上に寝そべっている。〝北〟の生まれなので、このくらいの気候が心地好い。耳元のアイフォーンからは、ラジオの放送が流れていた。

夜が明けてからずっと、ラジオを聴いていた。一昨日の〝仕事〟に関するニュースの報道と、警察の動きを知るためだ。アイフォーンはバイク用のUSB充電器からたっぷり充電してあるので、バッテリーが落ちる心配はない。

だが、何かおかしい。

一昨日の夜、この島の洲本市の新開地で人が射殺されたというのに、ほとんどニュースでその〝事件〟に触れない。〝グミジャ〟が聴いたのは、昨日の朝六時のNHKラジオ第1放送のニュースで一度だけだ。その後はどの局も、ニュースでやらない。

もうひとつ、気になることがある……。

いま聴いている〝ウェルパーFMアワジ〟という局の放送だ。この局のDJが、今日の午前九時ごろから奇妙なことをいいはじめた。

――本日四月三〇日のキーワードは〝白いバイクの女〟――。

このキーワードが流れるようになってから、〝グミジャ〟はずっとこのFM局に周波数を合わせている。

〝白いバイクの女〟が、自分のことをいっているのだということは何となくわかる。番組が替わっても、次のDJがまた〝白いバイクの女〟というキーワードを引き継いでいる。時にそのキーワードを、〝白いバイクに乗った髪の長い女〟ということもある。

いったいこの放送は、何なの?

放送に動きがあったのは、一二時三〇分ごろだった。

『ハロー・ウィンド』という昼の番組の中で、DJのマイクタケオカという男と視聴者との間で、電話を通じてこんなやり取りがあった。

——こちらマイクタケオカ、白いバイクの女を見掛けたって?——。

——うん、見たで。髪の長い女やろう。一時間くらい前に、あわじエコールの駐車場におったで——。

——そうか、やったぜ! それで白いバイクの女は、どっちに行った?——。

——淡路サンセットラインを南に向かったで。そこから常盤ダムの方に上がる山道に入っていった。そのあたりで見失っちまったんや——。

だが、自分は早朝からずっと、この湖畔にいる。今日は、島の中をバイクで一度も走っていない……。

いったい、どういうことなの???

〝グミジャ〟は様々な可能性を考えた。

〝白いバイクの女〟というキーワードは、単なる偶然なのか……。

もしくはこのFM局は〝グミジャ〟を追う何らかの組織と繋がりがあり、誘き出すための罠なのか……。

それとも自分に似た別の〝白いバイクに乗る髪の長い女〟がいて、その女が人違いで狙われているのか……。

もし自分の身代わりで別の女が捕まるか、殺されてくれるなら、こんな都合のいいことはない。そうなれば、この島から脱出する絶好のチャンスだ――。

いま〝ウェルパーFMアワジ〟の番組は、音楽を流していた。

懐かしいアメリカの音楽。ドゥービー・ブラザーズの『スウィート・マキシン』だ。

〝北〟の労働党の三号廏舎で工作員としての訓練を受けていたころ、敵国の文化を学ぶためといって日本やアメリカの音楽をよく聴かされた。ドゥービー・ブラザーズの『スウィート・マキシン』も、その中に入っていた。

この曲が気に入って、『スタンピード』というアルバムのテープを自分の部屋に持ち帰り、夜中に布団を頭から被って聴いていた。それを密告されて、罰を受け、六人の教官に一カ月間、体で奉仕させられた。そんな記憶があるからか、いまでもこの曲を聴くと、逆に体の芯が熱くなる。

雲が割れて、陽が出てきた。

〝グミジャ〟は素裸の腰にスパイダルコのナイフのシースケースが付いたベルトだけを巻き、湖畔の斜面を歩いて水に入った。いまのうちに、体を洗っておきたかった。

ラジオの音楽を聴きながら、水を浴びた。まだ四月の山間の湖の水は、凍えるように冷たかった。白い、傷跡だらけの体に、鳥肌が浮いた。

だが〝グミジャ〟は、水の冷たさには馴れていた。〝北〟にいた時には、〝鍛練〟と称してマイナス二〇度の中で裸にされ、体に氷水を浴びせられたこともある。氷の張る池で、水泳の訓練をさせられたこともある。このくらいの水温ならば、逆に気持ちいい。

〝グミジャ〟は体を流し、髪を洗った。生き返ったような気分だった。その時、水面に映る自分の顔を見て、ふと思い立った。

この長い髪は、邪魔だ。切ろう……。

左手で髪を摑み、右手でシースケースの中のスパイダルコのナイフを抜いた。片手で刃を起こし、摑んだ髪を肩の上あたりで切り落とした。

手の中の髪を湖水に捨て、次の髪を摑む。その髪を切り捨てて、次の髪を摑む。左手にナイフを持ち替えて右の髪を摑み、それも肩の上あたりで切り落とす。

最後に前髪を目の上あたりで切り揃え、水面に映る自分の顔を見た。

うん、悪くないじゃない。これなら額の傷は見えないし、頰の大きな傷も隠せるわ……。

これで私は、もう〝髪の長い女〟じゃなくなった。

〝グミジャ〟はもう一度、髪と体を洗い流し、水から上がった。バッグの中からタオルを出し、切ったばかりの髪と鳥肌の立つ体を拭った。

森の中から、風が吹いた。

〝グミジャ〟はその森の香りを、胸いっぱいに吸い込んだ。

まるで自分が野生の狐になったみたいに、素敵な気分……。

ラジオでは、いつの間にか音楽は終わっていた。いまはマイクタケオカというＤＪが、面白くもないジョークをまくし立てて場を繋いでいる。

――この前さあ、おれ神戸で電車に乗ってたんだよ。三宮駅で降りて歩いてたら、前の女の子がスマホ落としてさ。だからおれ、拾って慌てて追っかけたんだ。

それで後ろから、スマホ落としましたよ～って声掛けたら、女の子が振り返って、おれの手の中のスマホを引ったくってさ。睨みつけて、お礼もいわないで行っちゃうんだよ……。

そっか、最近はマスク掛けてっから、おれがマイクタケオカだってわかんなかったんだな。

そう思ってマスク外して、もう一度、声を掛けたんだ。満面の笑みを浮かべてさ。

そうしたらその子、また振り返って、今度は〝警察呼びますよ……〟だって。

そりゃそうだ。おれはラジオにしか出てないから、マイクタケオカっていっても顔がわかる訳ないしな――。

くだらないジョークだ。日本人が、なぜこんなラジオ番組を喜ぶのかわからない。

そんな下品な声をいきなり掛けられたら、睨まれるのは当り前だ。ナイフで咽を掻き切られなかっただけ、好運だったと思った方がいい。

その時、ラジオのスタジオにまた電話が繋がった。

――おっ、また電話が来ましたよ。は～い、こちらマイクタケオカです。例の〝白いバイ

ク の女〟を見掛けたのかな――。

――そうや。たったいま、〝三次元の森〟の南西側の駐車場で見たで。ヘルメット取ってたけど、ごっつう美人やったで――。

――わぁぁぁぁお！

そいつはすげえ！　〝白いバイクの女〟の顔を見たのは、あんたが初めてだぜ！　それでその女は、いまどこにいるんだ？――。

――〝三次元の森〟から、淡路島公園の方にバイクで向かってったで。バイクの車種はＨＯＮＤＡ・ＰＣＸ、ナンバーは金沢の〇〇〇〇。おれもこれから、追っかけるで――。

――そうか、今日はあんたにとってラッキー・デイだ。もし見つけたら、また電話をくれ――。

――了解！　まかせてや――。

〝グミジャ〟はラジオ放送に聴き入りながら、首を傾げた。

白いＨＯＮＤＡ・ＰＣＸだって？　しかもナンバーは〝金沢〇〇〇〇〟だって？？？

〝グミジャ〟の頭の中に、かすかな記憶が蘇った。

〝北〟の労働党三号廏舎で工作員としての教育を受けていたころ、まず最初に徹底して叩き込まれるのが〝記憶すること〟だ。見掛けた人間の顔、会った者の名前、着ていた服、すれ違った車の車種や、ナンバー……。

もしひとつでも間違えれば、後でとんでもない罰を受けた。

〝白いＨＯＮＤＡ・ＰＣＸ〟は、確か四年前、京都の板倉勘司が手配していた〝仔猫〟のバイクと同じだ。ナンバーも、〝金沢〇〇〇〇〟だったはずだ。

〝仔猫〟は、〝グミジャ〟が〝管理〟していた男、あの笠原武大の娘、萌子……。

〝グミジャ〟は〝仔猫〟の顔を写真で知っている。板倉勘司の家の中庭で一瞬、見かけたこともある。あの時はそれほど髪は長くなかったけれど、美しい少女だった……。

なぜあの〝仔猫〟が、いまこの淡路島にいるの？

〝グミジャ〟の頭の中で、好奇心が目まぐるしく動き出した。

なぜ日本の〝原発村〟を支配していたあの板倉勘司が、笠原親子をあれほど怖れていたのか。なぜ笠原親子のために命を落としたのか。

その娘の〝仔猫〟が現れたということは、この淡路島に何かが起きているということだ。どこかの警備会社の社長が消されるというようなちっぽけなことではなく、もっと重大な何かが……。

もしかしたら、あの笠原武大もこの島にいるのかもしれない。もう、来ているのかもしれない……。

〝グミジャ〟は、四年前の笠原とのことを思い出した。あの官能的な日々を。それだけで、体の芯が濡れた。

笠原に、会いたい……。

〝グミジャ〟はアイフォーンのラジオを切り、ＧＰＳで自分の位置を確認した。淡路島公園は、それほど遠くない。

そう思ったら、居ても立ってもいられなくなった。

〝グミジャ〟は裸の上に、革のレーシングスーツの皮膚を纏った。森に入り、木の枝や葉をどけてBMW・F700GSを出した。

湖畔に散らばったバッグやタオル、スパイダルコのナイフをジュラルミンのサドルバッグに放り込む。バイクに乗り、エンジンを掛け、黒いフルフェイスのヘルメットを被った。

アクセルを開け、森の中に消えた。

5

萌子は淡路島公園のB駐車場にバイクを駐めた。

アイフォーンで自分の位置を確かめる。ここは、島の北東部に広がる巨大な県立淡路島公園の、東南側の外れの駐車場だ。奇妙なテーマパークやモニュメントがある三次元の森の、ちょうど反対側に位置する。

駐車場には車が数台。ほとんどが、地元の神戸ナンバーだ。

萌子もバイクを降り、森の小径を歩いてみた。

ここは、ただ広大なだけで、日本中のどこにでもあるような普通の公園だった。森の中で出会う家族連れや、木洩れ日の下を散歩する老人たちの平穏な姿。陽光はひたすらに明るく、あの〝三次元の森〟のような不穏なおどろおどろしさは感じない。

所々に立っている園内の地図を見ながら、先へと進む。間もなく森が開け、桜のトンネルを抜けると、小高い丘の眼下に大阪湾と明石海峡の絶景が広がった。

萌子は展望広場のデッキの先端まで進み、目の前の景色に見とれた。

右手の対岸に霞む巨大都市は、大阪だろう。手前に関空、左手には神戸ポートタワーの聳える神戸港が見える。その上の山手には神戸北野異人館街のある市街地が広がっている。

さらに左側には、巨大な明石海峡大橋が対岸へと続いている。その橋の下から大阪湾にかけて行き来する無数の貨物船やフェリーが、まるで玩具(おもちゃ)のように小さく見えた。

萌子は長い髪を潮風になびかせ、心地好い空気を胸いっぱいに吸った。

淡路島に来て、よかった……。

この時はじめて、素直な気持ちでそう思った。

でも、のんびりしていられない。腕のGショックの針を見ると、時刻はもう午後三時を過ぎていた。

早くやることをすませて、今夜泊まるペンションに行かないと……。

萌子が淡路島公園に来たのには、特別な理由があった。あの『キマイラ』から来た会社説明会の招待状の中に、〈――宿泊は県立淡路島公園内のコテージ――〉と書かれていたからだ。つまり、この広大な県立公園のどこかに『キマイラ』が所有するコテージがあり、南條君も斎藤君もそこに泊まっている――もしくは泊まっていた――はずなのだ。

だが、不思議なことに、兵庫県の公式ウェブサイトを見ても県立淡路公園内にコテージがあるとはどこにも書いていない。『三次元の森』のホームページにも、載っていない……。

いったいこの広大な公園のどこに、そんなコテージがあるのだろう……。

『キマイラ』グループがこの県立公園を私物化するために建てたコテージだとしたら、きっと『三次元の森』に近い方にあるに違いない。今日はこの後、予約してあるペンションに行くにしても、そのコテージの場所だけは確認しておきたかった。もしかしたら、南條君や斎藤君に会えるかもしれないし。

萌子は展望広場のデッキを降り、『三次元の森』の方に向かった。広場からまた森の中に入り、小径を歩く。気が付くと周囲から少しずつ、人の姿が見えなくなった。

遊歩道は森の中で、幾度となく分岐を繰り返す。分岐点には必ず、道標（みちしるべ）の矢印が立っていた。目印になる場所や、アトラクションの名前が書いてある。

↓淡路ハイウェイオアシス――。

↓火の鳥の散歩道――。

↓管理事務所――。

↓昭和池――。

↓D駐車場――。

↓三次元の森――。

新緑の森を抜け、広場に出ると、至る所に初夏の花が咲き乱れていた。広い水辺には水鳥の群れが羽を休め、空を見上げればトビが気流に乗って舞っている。また森に分け入れば木洩れ日の中に野鳥が飛び交い、恋の歌を口遊(くちずさ)んでいる。

まるで、楽園のような公園だ。

だが、一歩でも『三次元の森』の中に足を踏み入れ、目の前に醜怪な、安っぽいモニュメントが現れると、一気に奈落に突き落とされたような気分になる……。

人はなぜ、こんな物を作るの？

このコンクリートの塊が、美しいとでも思うから？

それとも、お金のため？

自分たちのやっていることが自然への冒瀆であることがわからないの？

萌子は、歩き続ける。

森の中で何度も方向に迷い、気が付くとまた前に歩いた場所に出ていた。そんなことが、何度もあった。

でも、コテージが見つからない。あの招待状に書いてあることが本当ならば、この森のどこかにあるはずなのだけれども……。

時計を見た。もうそろそろ、四時になる。

予約したペンションからは、五時ごろまでに着いてほしいといわれていた。今日はもう諦めて明日、出直した方がよさそうだ。

駐車場に戻ろうか……。

そう思いながら、森を抜けて次の広場に出た時だった。前方の森の手前の丘の上に、六棟のコテージが見えた。

あそこだ……。

萌子はコテージに向かった。あたりに人影はない。日がかすかに、西に傾きはじめていた。気が逸った。あのコテージのどこかに、南條君と斎藤君がいる……。

だが萌子は、そこで足を止めた。いったい何なの……。

コテージの手前に立つ木の陰から、男が一人、姿を現した。

派手なジャージを着た、若い男だ。男は笑いながら、萌子の方に歩いてくる。手に、チェーンを握っている。

萌子は後ずさり、踵を返した。右手の森に向かって、走った。

萌子は大学に進学しても、キックボクシングのジムに通っていた。毎日、ロードワークをやっている。走るのは得意だ。

だが、そこに立ち止まった。正面の森の中からも、男が出てきた。

今度は、二人……。

反転して、背後の森に向かった。森までは、およそ一〇〇メートル。でも、逃げ切れる。

懸命に、走った。後ろから追ってきた男たちを、引き離した。あと、三〇メートル。だが、そこで立ち止まった。

前方の森の中からも、ジャージや革ジャンを着た男たちが出てきた。

今度は、三人……。

男たちは全員、手にバットやロープ、鉄パイプを持っている……。

三人が、萌子の行く手を阻むように横に広がった。反転し、逆に逃げた。だが、追ってきた男たちも背後まで迫っていた。そいつらも、手にバットやナイフを握っている。

気が付くと萌子は芝の広場に立ち尽くし、六人の男に取り囲まれていた。

――こいつ、〝白いバイクの女〟やろ――。

――どうする？――。

――まあええから。とりあえず、姦っちまえや――。

男たちが、笑いながら輪を狭めてくる。武器になるようなものは、何もない。

だめだ……逃げられない……。

その時だった。

森から、バイクのかん高いエンジン音が聞こえてきた。

男たちが、森を振り返った。萌子も、森を見た。

次の瞬間、森の小径からライトをハイビームにした大型バイクが飛び出してきた。

黒いレーシングスーツを着た〝男〟の乗るバイクは猛スピードで芝の広場を突っ切り、こちらに向かってくる。

目の前のギャップで、バイクは怪鳥のように宙に舞った。

さらに加速した。前輪を上げたまま、爆音と共に男たちの輪に突進した。

男たちが逃げた。だが、逃げ遅れた一人は、バイクに轢き潰された。

バイクはさらに、男たちを追った。バットを持った男は後ろでスライドターンをするバイクの後輪に足元を弾かれ、体が飛んだ。

革のレーシングスーツの〝男〟はバイクを走らせたままバットを拾い上げ、次の男に向かった。逃げる男に追いつき、その後頭部に一閃。男は血飛沫と共に、もんどり打って地面に叩き伏せられた。

萌子は呆然と立ち尽くしたまま、その光景を見ていた。

すごい……。あの人、〝仮面ライダー〟みたい……。

バイクはそれ以上、男たちを追わなかった。レーシングスーツの男はバットを捨て、こちらに戻ってきた。

萌子の目の前でパワーターンし、そこに停まった。

「後ろに乗りな」

意外と高い声が、フルフェイスのヘルメットの中から聞こえた。

「はい……」

どうするべきか、考えている余裕はなかった。萌子はバイクに駆け寄り、レーシングスーツの〝男〟の後ろに飛び乗った。

「摑まってな。飛ばすよ」

「はい……?・?・」

レーシングスーツの〝男〟がアクセルを開けた。バイクは爆音と共に加速する。ギャップだらけの草原を、飛ぶように走った。

萌子は振り落とされないように、必死でレーシングスーツの〝男〟の体にしがみついた。

その時、右手が胸に触れた。

ふくよかな、乳房の感触……。

この人、〝女〟だ……。

バイクは草原から、森を駆け抜ける。歩道を走り、階段を上る。もう陽は西の森に沈みはじめていた。

どこをどう走ったのか、わからなかった。気が付くと、バイクは東南側の外れのB駐車場に停まっていた。

「降りな。あの〝HONDA〟はお前のバイクだろう」

革のレーシングスーツを着た〝女〟がいった。

「はい……そうです……」

萌子は、バイクから降りた。少しよろけながら、自分のHONDA・PCXに向かって歩いていく。

その時だった。

駐車場の片隅で、車のヘッドライトが点灯した。エンジンの轟音。

次の瞬間、黒いマークXのシャコタンがタイヤを鳴らしながら、二人の方に突っ込んできた。

萌子は、逃げた。だが、革のレーシングスーツの女は逃げなかった。

バイクに乗ったまま、ウエストポーチの中から銃を抜いた。それを両手で構え、車に向かって三発、撃った。

夕暮れの斜光の中で、三発とも車のフロントウインドウに着弾したのが見えた。

黒いマークXは急ハンドルを切ってスピンし、そのまま駐車場の脇の大木に激突した。間もなく大破した車から漏れたガソリンに引火し、炎上した。

萌子はその光景を唖然と見守った。

いったいこの人は、何なの……。

黒のレーシングスーツの女が銃を仕舞い、萌子にいった。

「お前、笠原萌子だね」

「はい……」

なぜこの人は私の名前を知ってるの??

いったい、誰なの???

「もし死にたくなかったら、そのＨＯＮＤＡで私についてきな」

「はい……」

萌子はヘルメットを被り、バイクに乗った。革のレーシングスーツの女はエンジンを掛けるのを見届け、駐車場から走り去った。

萌子は小さなHONDA・PCXで、必死にその後を追った。

6

ラジオから音楽が流れていた。

ニニ・ロッソのトランペットの名曲「皆殺しの歌」だ。

やがて静かな音楽が終わり、〝ウェルパーFMアワジ〟の夕方の番組が始まった。

——今晩は。午後五時になりました。この時間の番組〝イブニングムーン〟のパーソナリティーは私、染谷遥子。これから黄昏のひと時をゆっくりとお過ごしください。

まずは懐かしい映画〝リオ・ブラボー〟からニニ・ロッソの〝皆殺しの歌〟を聴いていただきましたが、私染谷はこの曲が大好き。皆殺し……なんて物騒なタイトルが付いていますが、ムードのある良い曲ですよね。月がきれいな夜には時々、この曲が聴きたくなる染谷でした。

さて、朝から〝ウェルパーFMアワジ〟をお聴きの皆様にはもう気になって仕方がない今日のキーワード〝白いバイクの女〟ですが、あれからどうなったでしょう。最新情報によりますと、〝白いバイクの女〟は午後四時ごろに県立淡路公園の〝三次元の森〟付近で目撃されたとのこと……。

でも、ちょっと待って。〝白いバイクの女〟は二人いたという情報もあります。二人が公園のB駐車場から、二台の白いバイクに乗って走り去ったのを見た人がいます。これからもこの〝白いバイクの女〟の動きからは目が離せませんね。

さて、次はちょっと趣を変えて、ショパンのピアノ・ソナタ第二番より〝レクイエム〟をお聴きください——。


男は森の中の小屋で丸めた蒲団に寄り掛かり、焼酎を飲んでいた。

ランタンの明かりを見つめながら、『ウェルパーFMアワジ』の番組に耳を傾けている。今朝からずっと、パーソナリティーは〝白いバイクの女〟というキーワードを呼び掛けている。この〝白いバイクに乗った女〟——もしくは、〝白いバイクに乗った髪の長い女〟——が、二日前に滝本晃兼を〝殺った〟女であることはすぐにわかった。つまり、『ウェルパーFMアワジ』が〝女〟を手配したということだ。

〝白いバイクの女〟はまだ捕まっていない。殺されてもいない。いまもこの島の中を逃げている。

だが、〝白いバイクの女〟が二人いたというのはどういうことだ?

それに、流れている曲が気になる。「皆殺しの歌」は、〝二人を殺せ〟ということだ。それは、わかる。だが、二人がまだ生きているのに次の曲がショパンの「レクイエム」というのは、なぜなんだ?

まさか、また任俠道義会の残党の誰かが死んだのか?⋮?

その時、手元のスマートフォンがメールを着信した。

男は串焼きの鹿肉を齧り、手の脂をズボンで拭い、スマホのメールを開けた。

やはり、思ったとおりだ……。


〈——連絡事項。

今日の午後4時20分ごろ、淡路公園のB駐車場で樽本洋司(たるもとようじ)が白いバイクの女に殺られた。

会長を殺ったのと同じ銃だ。他に、金村健介(かなむらけんすけ)が頭を割られて重態。2人が重傷。

白いバイクの女は2台のバイクで島の東側の国道28号線を南に向かった。見つけ次第、2
人を殺せ——〉

男は口元に笑いを浮かべ、メールを閉じた。そうか。樽本も殺られたのか。任侠道義会の残党は、かなり焦っているようだ。

だが、いくら組織を企業化して『(株)ギャザー警備』などと社名を付けても、所詮は指定暴力団だ。会長が殺られ、さらに四人ほど潰されたようだが、組員はまだこの島に五〇人以上は残っている。〝白いバイクの女〟が一人なのか二人なのかは知らないが、いずれは奴らの餌食になるだろう。

それにしても、ラジオの放送を手配のツールにしているところはさすがだ。

『ウェルパーFMアワジ』は、三年ほど前にできた淡路島唯一のFM局だ。『キマイラ』グループが一〇〇パーセント出資する（株）ウェルパーが運営している。

つまり、今回の〝白いバイクの女〟の一件は裏で『キマイラ』グループ会長の阿万隆元と、特別顧問の五味秀春が糸を引いているということか……。

少しずつ、滝本が消された筋書きが見えてきた。

つまり滝本は、何らかの理由で阿万隆元と五味秀春の怒りに触れたのだ。阿万と五味が絡んでいるなら当然、県警、少なくとも淡路島の警察署は〝グル〟だということになる。

いったい滝本は何をやらかしたんだ？

いずれにしても今回の一件は、自分のことと満更、無関係ではないということになる。

男はランタンとペンを手にし、狭い小屋の中に立った。

壁に向かい、そこに貼ってある二万五〇〇〇分の一の淡路島の地図をランタンの光で照らし、地図に書き込んだ。

最初に〝白いバイクの女〟が確認されたのは四月二八日の午後八時半、この洲本市の新開地だった。女はラウンジ『麗仙』に単身乗り込み、二人のボディーガードと数人の女が見ている目の前で滝本晃兼を射殺した。

そのおよそ一時間後、津名一宮インター付近の検問で淡路島の所轄署員が犯人の物らしきバイクが逆方向に逃走するのを目撃。だが、これは未確認情報だ。

さらにその一時間後、島の最南端の西淡三原インターチェンジ付近で任侠道義会の残党四人が女の乗ったバイクを発見。二台の車で追跡したが、逆に銃撃を受けて逃げられた。

その後、〝白いバイクの女〟の目撃情報はぷっつりと途絶えている。

次に女が目撃されたのは二日後の今日、四月三〇日の昼ごろだった。突然、島の北西部にある『あわじエコール』に姿を現わし、店内をのんびり見物していた。その後、女はやはり観光地の『三次元の森』に移動。先ほどの〝連絡事項〟のメールによるとさらに女は『県立淡路公園』のB駐車場に現れてもう一人の〝白いバイクの女〟と合流。元組員四人を〝破壊〟して、島の南部に向かっていることになる。

何かがおかしい……。

〝白いバイクの女〟は、何を考えているんだ……??

だが、島の東海岸沿いに南下しているとしたら、こちらに向かっているということだ。

待つか。もしくは係り合いにならぬようにこのまま身を潜めるか。

いや、違う。今回の件は、自分とも無関係ではない。

待つのなら、逆に出迎えるべきだ——。

男はランタンを持って小屋の外に出た。小屋の後ろに、ギリーネット（迷彩ネット）を被せた〝何か〟が置いてあった。

ネットを捲った。

YAMAHA・XTZ750スーパーテネレ一九九一年——。

男はその傷だらけのブルーの車体を、まるで生き物に接するように優しく撫でた。

エンジンは4ストロークDOHC並列二気筒の七四九cc。かつてYAMAHAがダカール・ラリーなどの砂漠のエンデューロラリーを戦うために作ったハイパワー、ハイスピードの怪物マシンだ。

デビューはエンデューロラリー全盛の一九八九年。ダカール・ラリーでは九〇年に二輪総合二位を獲得し、翌九一年には一位から三位まで独占した。この九一年モデルからは、ヘッドライトが丸目二灯になっている。

このブルーのＹＡＭＡＨＡ・ＸＴＺ７５０は、かつて男がダカール・ラリーにプライベート・エントリーした時に使ったものだ。ブルーのタンクに付いた凹みと傷は、このバイクの名前の由来にもなったテネレ砂漠で転倒した時に付いた。

バイクは傷付き、男は肋骨を折った。それでもバイクを起こし、走り続けた。

結局、ゴールの三日前、モーリタニアの砂漠でギアボックスを壊し、タイムアウトとなり、ラリーをリタイヤした。ダカールの海岸には、ゴールの翌日に辿り着いた。

懐かしい……。

男はもう一度、ＸＴＺ７５０のタンクを撫でた。

あのころの自分は若く、輝いていた。それなのに、なぜ、こんな世界に足を踏み入れてしまったのか……。

男は、ＸＴＺ７５０に跨った。エンジンや五速ギアボックスは入念に整備してある。だが、もう半年以上はエンジンを掛けていない。

セルを回した。やはり、ブルーの〝怪物〟は目覚めなかった。バッテリーが上がっている。

仕方なく男はキックペダルを起こし、全体重を乗せて踏み込んだ。

重いピストンが動いた。だが、エンジンは掛からない。

だいじょうぶだ。こいつは、生きている。ガソリンも入っている。

男は再度、キックペダルを踏み込んだ。

二度……三度……四度……五度……。

エンジンが咳き込むように息をつく。そして七度目に、七四九ｃｃの並列二気筒エンジンが低い息吹と共に目覚めた。

右手で、アクセルを開ける。ブルーのマシンはまるで猛獣のように咆哮を上げた。

男は傷付いたタンクを、愛おしそうに撫でた。そして、心の中で語り掛ける。

お前と一緒に、おれは戦う。

もう二度とリタイヤはしない……。

7

萌子は焚火の炎を見つめていた。

その向こうに、革のレーシングスーツを着た女の顔がある。

女はレーシングスーツのジッパーを胸の下まで下げ、倒木に足を広げて座り、焼いたブラックバスを食っていた。その顔が焚火の炎で赤く染まり、怪しく揺らいでいた。

「何を見てるんだよ。私の顔に、何か付いてるか？」

女が魚を食う手を止めて、萌子を見据えた。奇妙なイントネーションだった。

「ごめんなさい……。あなたがとても、きれいだから……」

正直に、いった。

萌子は本当に、こんなきれいな女の人を見たことがなかった。髪はザンバラだが、それもとても似合っている。まるで、宝塚の男役のスターのようだった。

「これでも〝きれい〟か？」

女がザンバラ髪を避けて、左の頬を見せた。刃物で斬り裂かれ、それを無造作に縫ったような大きな傷があった。

「……うん……。それでも、きれい……」

「ふん……」

女が鼻で笑い、またブラックバスを食いはじめた。

「どうした。その魚、食わないのか。食える時に、食っておけ」

女にいわれ、萌子は自分も焼いたブラックバスを手にしていることを思い出した。

「はい……」

夕方、女が目の前の湖で棒で作った銛で突いた魚だ。それをナイフで裂いて内臓を出し、女にいわれるがままに焚火で焼いた。

萌子は、ブラックバスを齧った。持っていた塩でとりあえず味付けはしたけれど、生臭くてあまり美味しくない。

確かに魚は食べたかったのだけど……。

でもそれはタイやヒラメや海の新鮮な魚のことで、こんなはずじゃなかったのに……。

「あの……ひとつ教えてもらえますか?」

萌子が訊いた。

「何だ?」

女が口の中の魚の骨を焚火の火の中に吹き捨てた。

「どうして、私の名前を知ってるの……」

女はしばらく、黙っていた。萌子を無視するように、魚を食う。だが、やがて面倒臭そうに、こう答えた。

「お前、笠原武大の娘だろう」

「はい……」

萌子の頭の中で、記憶が目まぐるしく交錯した。

この女の人は〝お父さん〟のことも知っている。

正確だが、奇妙なイントネーションの日本語。BMWの大型バイク……。

そういえば〝お父さん〟がいっていた。四年前、京都の板倉勘司の家に監禁されていた時に、〝北〟の女工作員の見張りが付いていた。その女は頰に大きな怪我をしていたが、BMWのバイクに乗って逃走し、まだ捕まっていない。

名前は、確か……。

「あなた、〝グミジャ〟さんね?」

萌子が名前を言うと、魚を食う女の手が止まった。

「なぜ、わかった?」

「〝お父さん〟に聞いていたから……」

女が頷き、また魚を食いはじめた。それだけで、納得したようだった。やがてブラックバスの身をあらかた食べ終えると、その骨を火の中に投げ入れた。

「笠原は、〝生きてる〟のか?」

彼女が〝北〟の工作員だとしても、〝生きてる〟かどうかというのはおかしな訊き方だった。

「〝生きて〟ます……。有美子さんという人と結婚して、元気にしてます……」

〝有美子〟と聞いて、女の表情に憎悪の炎が掠めた。

そうだ、この人の頬を切り裂いたのは有美子さんだった……。

だが、女の目の炎は、一瞬で静まった。

「そうか……。笠原は結婚したのか……」

〝グミジャ〟が草の上に、ごろりと横になった。

何かを考えているように、口元に笑いを浮かべている。いまはもう、瞳に映っているのは焚火の炎だけだ。

「なぜ、私を助けてくれたの?」

萌子が訊くと、〝グミジャ〟はふと笑いを洩らした。

「別に……。もしかしたら、笠原に会えるかと思ったのさ……」

〝グミジャ〟がいった。

この人はまだ〝お父さん〟を狙っているの?

そうじゃない……。この人は、〝お父さん〟のことが好きだったんだ……。

ラジオからは、バーブラ・ストライサンドが歌う「追憶」が流れていた。

「萌子、お前はなぜこの島に来たんだ?」

〝グミジャ〟が訊いた。

萌子は少し考え、こう答えた。

「大学の友達を捜しに……。友達は先月の末にある会社の就職説明会に招待されてこの島に来て、三泊で帰るはずだったのに、行方不明になってるんです……」

〝就職説明会〟というい方で、彼女にわかるだろうか。だが、〝グミジャ〟は理解したようだった。

「どんな会社の?」

「〝キマイラ〟という派遣会社の大手です。いろいろと悪い噂のある会社なの……」

『キマイラ』と聞いて、女が何か思い当るように頷いた。

ラジオの音楽が終わり、夜の番組が始まった。

――今晩は。〝ウェルパーFMアワジ〟、今夜の〝ミッドナイト・コンパス〟は私、天海祥子がお送りいたします。

さて、朝からリスナーの話題になっている今日のキーワードは、〝白いバイクの女〟でしたね。ここでまた、ひとつ新しい情報が入ってきました。

二人の〝白いバイクの女〟の一人の名前がわかったようです。

あなたの名前は〝モエコ〟さんね。

モエコさん、もしいまこの放送を聞いていたら、お友達から伝言があるの。大至急、ラインで連絡がほしいとのこと。

さて、次の曲に行きましょう。映画『卒業』から、サイモン&ガーファンクルの〝ミセス・ロビンソン〟をどうぞ――。

このラジオ番組のパーソナリティーも私の名前を知っている。

いったい、どういうことなの……?

8

その男は〝赤足〟と呼ばれていた。

〝赤足〟は道行く人の足にまとわりつくという妖怪である。香川県のある島では、山道の辻などで赤い足を地面から突き出して現れるという。

なぜそう呼ばれるようになったのか、男は自分でも覚えていない。いつごろからそう呼ばれるようになったのかも、忘れてしまった。だが、どっちにしろ、本名で呼ばれるよりはましだ。

〝赤足〟は笑っていた。

おかしくておかしくて、仕方がない。

なぜならば、この一〇年以上、自分のことを〝赤足〟と呼んで蔑んできた滝本晃兼が殺されて、『(株)ギャザー警備』が自分の手元にころがり込んできたからだ。

〝社長〟だろうが〝組長〟だろうが、そんなことは知ったこっちゃない。

滝本はこの世界で多少は頭の切れる男だったが、少し調子に乗りすぎた。指定暴力団の〝任侠道義会〟を見限り、(株)ギャザー警備を立ち上げた時点で、満足していればよかったのだ。

〝赤足〟は、いまの自分の立場に不満などなかった。あとは(株)ギャザー警備の役割を〝上〟からの命令どおりに遂行し、このケチな〝社長〟の椅子を守るために不確定要素をひとつずつ消していくだけだった。

たとえば、あの〝白いバイクの女〟のような……。

だが、その前に、〝赤足〟と呼ばれたこの自分の足元を少し掃除しておく必要があるだろう。

「おい、タクミ、前に出ろや」

〝赤足〟は会社の三階の事務所に二〇人ほどの〝幹部〟を集め、その中の一人に声を掛けた。

〝タクミ〟と呼ばれた若い男が、松葉杖を突いて前に出た。

「はい……」

顔が、怯えている。

この期に及んでトレードマークの黒いジャージの上下を着ているが、パンツは片方が股の下あたりで切り取られ、足にギプスを巻いている。

「おれが誰だかわかるか」

〝赤足〟が訊いた。

「……はい……。〝赤足〟さん……」

〝タクミ〟がいい終える前に、〝赤足〟はそのギプスをしている左足を蹴った。悲鳴を上げて倒れた〝タクミ〟の顔を、横から踏みつけた。

「誰が〝赤足〟やって……?」

「はい……しゅみましぇん……」

〝タクミ〟が〝赤足〟の足の下で、涙声でいった。

「まあ、おれは寛容な男や。〝赤足〟と呼んだことは許してやろう。そして、これからは、おれのことを何と呼べばいいか教えてやろうやないか……」

「……はい……」

「今日からおれが〝社長〟だ。文句のある奴は前に出ろや」

〝赤足〟はそういいながら、周囲を見渡した。いままで〝赤足〟と呼んでいた幹部全員が、黙って頷いた。

「おい〝タクミ〟よぉ、お前、二度ドジ踏んだのわかってるやろなぁ……」

〝赤足〟が靴底の下の〝タクミ〟にいった。

「はい……」

一度目は、〝ケンスケ〟と二人で護衛に付いていながら、その目の前で滝本が殺られるのをむざむざ見ていたことだ。そして滝本を殺った女を、見逃した。

もっとも、こいつのドジのために自分が〝社長〟になれたのだから、考えようによっては〝手柄〟ともいえるのだが。

だが、二度目のドジは致命的だ。せっかくラジオのＦＭ局を使って〝白いバイクの女〟を『三次元の森』に追い詰めたのに、このマヌケのおかげでまんまと逃げられた。その結果、こいつを含めて大切な兵隊を四人、潰された。

「まあ、ええやろ。やっちまったことは仕方ねぇ……」

〝赤足〟は、タクティカルブーツの踵で〝タクミ〟の顎を力まかせに踏みつけた。

乾いた枝が折れるような音がして、血と共に白い歯が数本、リノリウムの床の上に飛び散った。

〝赤足〟は、歩きながら話した。

「お前たちは何なんや！　それでも元〝道義会〟の極道か！　女二人にコケにされてタマは

付いとんのか！　滝本のオジキを入れてもう五人もハジかれとんのやぞ！　恥ずかしくないんか！　〝上〟から命令が来とるんやぞ！　もたもたしとったら、お前らが消されるぞ！」

〝赤足〟は話しながら、〝タクミ〟の折れた足を踏んだ。砕けた顎から、絶叫が洩れた。

「いいか。あの〝白いバイクの女〟はまだこの島にいるんや！　サツに取られるな！　絶対に、逃がすな！　〝上〟からは賞金が出とるんやぞ！　男なら、その手で摑んでみろや！」

会議が終わって、〝赤足〟は社長室に入った。

改めて、社長の革の椅子に座った。そして広いデスクの上の卓上ライターで、ポールモールに火をつけた。

椅子の背もたれに体を預け、煙を深く吸い込む。最高の気分だ。

だが、この椅子は処分しよう。新しいコノリーレザーの椅子に、買い替える。あの滝本の尻の臭いが付いた〝お古〟に座っていたくはない。

しばらくするとドアがノックされ、幹部の一人が入ってきた。

道西康志（どうさいやすし）、『(株)ギャザー警備』がまだ〝任俠道義会〟だったころからの番頭の一人だ。

「〝社長〟……お呼びでしょうか……」

深く、頭を下げた。さすがに礼儀は心得ている。だが、その落ち着いた態度が気に入らない。

「おう、康志。〝社長〟と呼ばれるのは気分がえぇなぁ……」

〝赤足〟がいった。

道西はかすかに頷き、目礼を返しただけだ。

「ところでお前、三尾がどこにいるか、知っとるんやろう」

〝赤足〟が、口元に笑みを浮かべた。

「さあ。三尾に関しては何も……。生きているのかどうかも知りませんが……」

道西が、静かに白を切った。

「そんな訳はないやろう。あの男が、死ぬ訳がない。この島を出た形跡もない。つまり、まだこの島のどこかにいるということや。違うか?」

〝赤足〟がいうと、道西はかすかに首を傾けた。

「はぁ……」

芝居のうまい奴や。

「三尾を捜せ。見つけて、おれの前に連れてこい」

「つまりそれは、滝本が死んだので、三尾は許されるということですか?」

道西が訊いた。

「許すかどうかは、おれが決めることや。お前には関係ないやろう」

〝赤足〟がいった。

「もし、死んでいたら?」

「そしたら骨を持ってこい。奴の骨を見たら、納得してやる」

あの男がこの島の中にいると思うと、おちおち枕を高くして寝られない。

道西は少し考えていたが、やがて頷いた。

「わかりました。やってみます……」

踵を返し、社長室を出ていった。

〝赤足〟は溜息をついた。

どうも、あの道西という男は気に入らない。無表情で、何を考えているのかわからないところがある。

まあいい。あいつも滝本の〝お古〟だ。

そのうち、新しいのに替えればいい。

9

萌子は朝露の冷たさで目を覚ました。

湖のコンクリートの護岸の上で薄いシュラフ一枚で寝たので、ひと晩中寒かった。

上半身を起こし、冷えきった手足を伸ばした。体が、ばらばらになりそうに痛かった。

これから、どうなるんだろう……。

たったひと晩こうして野宿しただけで、もういろいろな意味で自分の限界にきているような気がした。

ぼんやりと、周囲を見渡した。昨夜の焚火の跡は、夜中に降った雨で消えていた。その向こうの木陰にはタープが張られ、木の幹に吊るされたハンモックには〝グミジャ〟が寝ている。

彼女は革のレーシングスーツを脱ぎ、エマージェンシーシートを体に一枚巻いているだけだ。この人はどうしてこんなに、タフなんだろう……。

萌子はシュラフを抜け出し、もう一度、体を伸ばした。体がかじかんで、動かない。何か、温かいものが飲みたかった。紅茶のティーバッグなら、持っている。

周囲で薪になりそうな小枝を拾い、丸めた紙と一緒に焚火の跡の上に載せ、マッチを擦った。だが、薪も地面も湿っていて、火がつかない。何度やっても、だめだった。

リュックの中にはキャンプ用のガスコンロが入っているけど、ガス缶を忘れてきた。何もかもうまくいかなくて、情けなくなってきた……。

「何をやってんだ……」

〝グミジャ〟がザンバラ髪を搔きながらハンモックの中から起きてきて、大きなあくびをした。

着ているのはタンクトップ一枚きりで、下はビキニのショーツだけだ。この人はスタイルがいいし、とてもきれいなんだけど、同性から見ても目のやり場に困るところがある……。

「焚火に火をつけようかと思って……」

「そんなもんじゃ火はつかないさ。私がやってやるよ」

〝グミジャ〟はバイクの大きなサドルバッグを開け、カセット式のバーナーを出して火をつけた。炎の強さを調整し、焚火の薪を炙った。またたく間に、火がついた。

「ありがとう……」

「日本人はこれで魚を焼いて食うんだろう。でも、こうやって使った方が利口だ」

〝グミジャ〟はそういって、鼻で笑った。

萌子はコッヘルで湯を沸かし、自分と〝グミジャ〟のマグカップに紅茶を淹れた。

「紅茶、飲みますか?」

「ありがとう……」

〝グミジャ〟が、自分のカップを受け取った。

湖の朝靄を眺めながら、二人でしばらく紅茶を飲んだ。体が少しだけ、温まってきたような気がした。

〝グミジャ〟のアイフォーンからは、ラジオの番組の音楽が流れている。昨夜と同じＦＭ局だ。だが、今日はまだ、〝白いバイクの女〟については何もいっていない。

「友達には連絡を取ったのか?」

「まだです……」

〝グミジャ〟が訊いた。

「どうして。昨日、ラジオで、友達がラインで連絡をくれといっていただろう」

「だって……。〝友達〟といっても誰のことかわからないし、ラジオ番組が私の名前を知っているのも変だし……。それにスマホの電源を入れたら、位置情報でこの場所を知られちゃうかもしれないし……」

萌子がいうと、また〝グミジャ〟が鼻で笑った。

「日本人は、いつも何かを心配している」

でも、絶対に罠だ。

「〝グミジャ〟さんのスマホは、だいじょうぶなの？」

「このスマートフォンは心配ない。持ち主はもう死んでるから、足は付かない」

〝持ち主はもう死んでる〟といういい方が、とても怖く感じた。

「ずっと、ここに隠れてるんですか？」

萌子が訊いた。

「そうもいかないだろう。食料も手に入れなきゃならないしな……」

ラジオの音楽が終わり、朝六時の天気予報が始まった。

——今日の淡路島方面は曇り後、雨……。午後から夜にかけて、強く降るでしょう——。

この湖の周辺には雨をしのげる場所がない。小雨なら何とかなるが、大雨になったらどうにもならない……。

「それにしても、腹が減ったな……。また、魚でも獲るか……」

〝グミジャ〟が呟く。

萌子も、お腹が減っていた。昨日の昼にコンビニのお握りを食べて以来、まともな物を何もお腹に入れていない。〝お父さん〟からあれほど、いつも緊急の食料を持っておけといわれていたのに……。

「そうだ、いい物がある」

萌子は5・11のバックパックのポケットを探った。中から、食べかけのギンビスアスパラガスを出した。昨日、コンビニで買ったのを忘れていた。

「それ、何？」

「日本のお菓子。おいしいわよ」

萌子が自分の分を取り、袋を〝グミジャ〟に渡した。彼女も一本取り、しばらく不思議そうに眺めていたが、それを食べた。

「美味しい……」

〝グミジャ〟が笑った。

二人で貪るように、ギンビスアスパラガスを食べた。三分の二ほど残っていた袋の中身が、瞬く間に空になった。大した量ではなかったが、少しお腹が満たされたような気分になった。

でも、不安は消えなかった。

「これから、どうしよう……」

萌子がぽつりといった。

「どうするかって、いつまでもここにいる訳にいかないだろう。何とか、この島から脱出しないと……」

「でも、その前に友達を捜さなくちゃ……」

萌子がいうと、〝グミジャ〟が呆れたように溜息をついた。

「お前は〝パボ〟か。自分が殺されるかどうかという時に、友達の心配してんのか？」

〝殺される〟と聞いて、改めて怖くなった。

「どうして私が殺されるの……」

この島に来て、悪いことは何もしていない。誰かに恨まれるようなこともしていない。それなのに、いきなり襲われて、〝グミジャ〟に助けられ、気が付いたらこんなことになっていた。

「〝白いバイクの女〟というのは、私さ。お前は、私と間違われたんだよ」

萌子が訊いた。

「あなたは、何をしたの？」

「ちょっとした〝仕事〟をしただけさ。まあ、運が悪かったと思って諦めるんだな」

〝仕事〟って何だろう……。

考えなくても、だいたい想像はできるけれども。でも、運が悪かっただけで、間違われて殺されるのは嫌だ……。

その時、何か音が聞こえた。

大きな蜂が、飛ぶような音……。

「萌子、伏せろ！」

急に、突き飛ばされた。

「何⁉」

「あれだ！」

〝グミジャ〟がウエストポーチのホルスターから銃を抜いた。

萌子は草原に身を伏せ、空を見上げた。湖の上空に、小型のヘリコプターのようなものが飛んでいる。

ドローンだ……！

「シバ！」

〝グミジャ〟がドローンに向けて、銃を撃った。

一発……二発……！

三発目がドローンに当たり、バラバラに吹き飛んだ。

「萌子！　見つかった！　逃げろ！」

〝グミジャ〟がレーシングスーツをサドルバッグに放り込み、ヘルメットを摑んでBMW・F700GSに飛び乗った。

「はい！」

萌子はシュラフを丸めてバックパックに詰め込み、HONDA・PCXに乗った。エンジンを掛け、ヘルメットを被る。

「そんなことはどうでもいい！　急げ！」

〝グミジャ〟がアクセルを開ける。萌子もその後を追った。

湖から、林道を下った。森を抜け、断崖を走る。

道幅は狭い。左は崖、右は渓だ。路面は所々舗装が途切れ、荒れている。

萌子は必死に、〝グミジャ〟を追った。だが、バイクの腕が、まったく違った。それにこのHONDA・PCXでは、BMWのオフロードバイクについて行ける訳がない。

タンクトップを着た〝グミジャ〟の背中が、どんどん離れていく。その姿が、崖の向こうに消えた。

待って……。

バランスを崩し、タイヤを滑らせながら走る。転倒しないように走るだけで、せいいっぱいだった。

やっぱり、だめだ。ついて行けない……。

だが、次のコーナーを曲がったところで、意外なことが起きた。

〝グミジャ〟がバイクを止めて、両手を上げていた。林道の先に大きな黒いSUVが駐まり、行く手を塞いでいる。

萌子も〝グミジャ〟の横にバイクを停めた。SUVの前に男が二人立っていた。一人が拳銃――GLOCK19――を〝グミジャ〟に向けている。

「お前も、手を上げろ。二人とも、バイクを降りろ」

銃を持っている男がいった。

顔にサングラス。黒いニットの上に、龍の刺繍の入ったジャンパー。もう一人は、黒いTシャツに金鎖。二人とも、いかにもその道の人間という出で立ちだった。

古いヤクザ映画でしか見たことのないような光景……。

萌子も両手を上げ、バイクを降りた。〝グミジャ〟も、降りた。

その時〝グミジャ〟が、萌子を睨んだ。何もいわなくても、その意味がわかった。

——お前がいたから逃げられなかった——。

そういいたいのだろう。

ごめんなさい……。

二人の男が、こちらに歩いてきた。一人が萌子に銃を突き付け、訊いた。

「お前が〝アサハラモエコ〟か?」

名前を間違えている。〝アサハラ〟じゃなくて、〝カサハラ〟だけど……。

でも、一応、名前は知っているらしい。

「そうです……。〝カサハラ〟萌子です……」

「ショウジ、〝上〟からの命令や。こいつには傷を付けるな。生かして連れて行く。縛れ」

銃を持った男が、もう一人に命じた。

「はい……」

〝ショウジ〟と呼ばれた男が萌子に歩み寄り、ポケットからガムテープを出した。

〝上〟からの命令……って、どういうことなの……。

「もう一人は、どうするかな。なかなかいい女やないか。少し、楽しむか……」

男が〝グミジャ〟の頭に、GLOCKの銃口を向けた。

〝グミジャ〟は両手を上げたまま、冷静に事態を見守った。

ウエストポーチのホルスターには、ベレッタが入っている。だが、先程ドローンを撃ち落とした時に全弾を使い切った。

もうひとつ、スパイダルコのナイフも入っているが、相手が銃を向けているのでは勝負にならない。

何か、切っ掛けがあれば……。

「……なかなかいい女やないか。少し、楽しむか……」

〝グミジャ〟は男の言葉を聞き逃さなかった。

私と、やりたいの？

それならば、話が早い……。

「……お兄さん……私と、したいの……」

〝グミジャ〟は上目遣いに男を見つめ、頭上の両手の手首を縛られたように絡ませた。相手を誘うように、腰を動かす。

「おいショウジ、この女、やる気やで……」

男が、〝グミジャ〟に近付く。左手を、タンクトップの中に入れてきた。

〝グミジャ〟は、妖艶な笑顔をつくろう。私の体を、好きなようにすればいい。こうしてやれば男が喜ぶことは、〝北〟にいたころから仕込まれてきた。

だが、男は〝グミジャ〟の体をまさぐりながら、右手の銃を顎の下に突き付けている。銃口が、肉に食い込むほど強く。これでは、動けない……。

男は〝グミジャ〟のウエストポーチの中を探り、ベレッタを出した。口笛を吹きながら、それを自分のベルトに挟んだ。次に、スパイダルコのナイフを見つけ、片手で刃を起こした。

「こいつはよく切れそうや……」

男が〝グミジャ〟のタンクトップを切り裂く。刃の先を乳房に当て、ゆっくりと引いた。皮膚が、肉と共に切れたのがわかった。

〝グミジャ〟が苦痛の呻きを洩らした。

まずい……。この男は、生粋のサディストだ……。

切り刻まれて、殺される……。

男が〝グミジャ〟の乳房の血を舐め、顔を歪めて笑った。

その時、突然、男の頭の横に何かが突き刺さった。

矢、だ……。

血飛沫と共に両目の眼球が飛び出し、男がその場に崩れ落ちた。

〝グミジャ〟は咄嗟に男が落としたＧＬＯＣＫを拾い、萌子の前に立っているもう一人を撃った。

二人が死んだことを確かめ、矢が飛んできた方に視線を向けた。道を塞ぐSUVの向こうに、クロスボウを持った男が立っていた。

中世の騎士のような男……。

男がこちらに歩いてきた。死体の頭から、矢を引き抜く。

「服を着ろ。行くぞ」

男がいった。

10

〝本社〟警備局公安課特別捜査室〝サクラ〟に〝事件〟の第一報が入ったのは、五月一日、土曜日の夕刻だった。

〈――本日午前七時ごろ、兵庫県淡路市久野々(くのの)の山中の林道で殺人事件が発生――。

被害の男性二人はいずれも淡路市志筑に本社を置く（株）ギャザー警備の社員と思われるが、搬送先の病院で心肺停止を確認――。

死因は一人が小口径の銃、もしくはクロスボウのようなもので頭を射貫かれており、もう一人は9ミリ口径の銃で背中から心臓を撃たれた銃創が直接の死因と判明――。

現場から凶器に使われたと思われる9ミリ口径の空薬莢ひとつを回収。これが二八日の夜に洲本市の新開地で起きた男性殺人事件の凶器、元警視庁刑事部長の大江寅弘が所持していたベレッタM92Fと一致するかどうか現在確認中――〉

田臥健吾はゴールデンウィークを返上して〝本社〟に登庁し、兵庫の〝支社〟（兵庫県警）からの報告で〝事件〟を知った。

「何かキナ臭いんですよね……。まだこの〝事件〟の凶器が大江のベレッタと決まった訳じゃないんですが、この四日間で二回も9ミリルガー弾を使った〝殺し〟が淡路島で起きるなんて、偶然とは思えませんからね……。それに三日前に殺された滝本も、今回の二人も、三人とも元任侠道義会のギャザー警備の人間だからなあ……」

それに昨日の夕方には、同じ淡路島の淡路公園の駐車場で乗用車が炎上して男が焼死する〝事件〟が起きている。その〝犠牲者〟の男も、元任侠道義会の構成員だったという情報もある。

いったい淡路島で、何が起きてるんだ……？

「まあ、いってみれば指定暴力団同士の抗争なんでしょうけれどね。死んだ大江の〝銃〟が使われているのが厄介なんだよなぁ……。どうしますか……」

室井が腕を組んで溜息をついた。

二年前、元刑事部長が仙台で殺され、〝現場〟から銃が消えた。その銃が兵庫県の指定暴力団同士の抗争で使われたとなれば、それだけで〝本社〟の管轄だ。

しかも警視庁は、大江の死を、〝本社〟の〝サクラ〟の責任だといっている。そうなれば、手をこまねいている訳にもいかない。

「もしかしたら、あの〝北〟の工作員の〝グミジャ〟という女が絡んでいるということか……」

「その可能性はあるでしょうね……」

あの時、大江が首を搔き切られて殺された仙台のホテルの部屋から、一人の女が消えた。その女はＢＭＷの大型バイクを乗り回し、その数日後には田臥の〝サクラ〟の部下、矢野アサルと銃撃戦を演じた。

女が〝グミジャ〟のコードネームで呼ばれる〝北〟の元工作員であったことは、アサルが確認している。さらにアサルの胸から摘出した９ミリルガー弾の線条痕検査を行なったところ、使われた銃は大江のベレッタＭ92Ｆであったこともわかっている。

現在〝グミジャ〟――本名不詳――は、大江寅弘元刑事部長殺害の容疑者として、特別指名手配が掛かっている。だが〝グミジャ〟は二年前に福島第一原発の避難指示区域内で姿を確認されたのを最後に、完全に消息を絶っていた。

「もし〝グミジャ〟が今回の一件に絡んでいるとすれば、理由は何なんだ……」

田臥が首を傾げる。

「まあ、〝北〟とは無関係だとは思いますけれど。単純に考えれば、元任俠道義会の抗争でどちらかの側に雇われた〝殺し屋〟なのか……」

「もしくは、淡路島の利権に絡んでもっと大きな組織が動き出しているのかもしれんな……」

近年、淡路島には、いろいろと黒い噂が絶えない。その発信元はすべて、国政にまで深く喰い込む『キマイラ』グループ会長の阿万隆元と特別顧問の五味秀春だ。

「いずれにしても、〝グミジャ〟が淡路島にいるということですよね」

室井がいった。

「そうだ。あの島からは、出られない……」

淡路島は、神戸淡路鳴門自動車道の北の明石海峡大橋と、南の大鳴門橋、あとはフェリー以外では出られない。もし〝グミジャ〟がまだ淡路島にいるのだとしたら、完全に袋のネズミだということだ。

「行くか?」

田臥がいった。

「でも、キマイラが絡んでるとなると厄介なことになるかもしれませんよ」

下手をすれば、〝本社〟の捜査であっても政治的に潰される。

「しかし〝グミジャ〟には特別手配が掛かってるんだぞ。〝本社〟担当の我々が動かんわけにはいかんだろう。まさか奴らだって、元刑事部長殺害の捜査に口出しはできんはずだ」

「まあ、それはそうですが……」

室井はどうも、気が向かないらしい。

「よし、アサルを呼んでくれ。あいつは、どこにいる？」

「今日は、休みを取っていると思いますが……」

だとすれば、プライベートの携帯でしか連絡は取れない。

「わかった。おれが連絡しておく」

〝グミジャ〟の件となれば、アサルに声を掛けないわけにはいかない。

二人は女同士で、お互いに生死を懸けて戦っている。その結果アサルは、一時は再起不能とまでいわれた重傷を負った。

それに〝グミジャ〟の顔を知っているのは、アサルだけだ。

11

矢野アサルは伊豆の天城高原にいた。

小田原から熱海峠を抜け、伊豆スカイラインを南へと下る。終点の天城高原ＩＣで出て、さらに遠笠山道路を上っていく。道はやがてその終点の国立公園の森の中の、広大な別荘地に入っていく。

日本がまだ戦後の高度成長期にあった昭和三六年（一九六一年）に分譲が開始された、東急天城高原別荘地である。

別荘地にはホテルやゴルフコース、リゾートマンションやテニスコートがある。分譲地は計九カ所に分かれ、総区画数は二〇〇〇にも及ぶ。

だが、天城高原が一大リゾート地として栄華を誇ったのは、いわゆるバブル経済が終焉を迎えた一九八〇年代までだった。その後は年号が平成に変わると共に天城高原のステイタスも凋落の一途を辿り、近年は天城の象徴ともいえるヒノキ、ツガ、スギの国有林や周囲の原生林の樹木も生長し、別荘地全体が森に呑み込まれようとしている。

かつての高級別荘も次々と廃墟となり、朽ちて土に帰っていく。昔は南側斜面の分譲地ならどこからでも眺められた相模湾や伊豆七島の絶景も、いまは生長した樹木に目隠しをされるように見えなくなってしまった。特にここ一〇年ほどではシカやイノシシなどの動物が爆発的に増加し、人間の領域が野生に侵蝕されていくようでもあった。

それでもアサルは、天城高原が好きだった。

この地には、子供のころからのいろいろな思い出がある。

祖父が東急電鉄の役員で、この天城高原に別荘を持っていた。外交官だった父が帰国して日本にいる時には、よく家族でその別荘に遊びにきたものだ。夏には従姉妹たちと庭でバーベキューを楽しみ、冬に雪が降るとクローズドされたゴルフ場でソリで滑って遊んだ思い出もある。

祖父はもう何年も前に亡くなったが、別荘は父が引き継ぎ、いまも残っている。最近はほとんど使う者もいないので、祖父の別荘も他の建物と同じように森の中で朽ちはじめている。床が軋み、屋根の一部ははがれ、壁にはカビが生えている。

エジプト生まれの母は、湿気の多い天城を嫌っていた。だが、アサルは、このアンティークな雰囲気の家が好きだった。いまでも、好きだ。

ここに来ると、忘れていた〝何か〟を思い出せそうな気がする。失った〝何か〟を取り戻せそうな気がする。だから時間が取れると、いつも一人でこの天城の家にやってくる。

アサルは黒いレギンスとタンクトップのトレーニングウェアに着換え、森の中の道を走った。路面は森の湿気で綿の絨毯のように苔が生えている。ナイキのランニングシューズの靴底が滑る。だが、体のバランスを鍛えるにはそのくらいの方がちょうどいい。

別荘地の中の道は曲がりくねっていて、アップダウンがきつい。走り出してすぐに、心拍数が上がる。だが、その負荷が、いまのアサルには心地好い。

ゴールデンウィーク中だというのに、人や車にはほとんど出会わない。そのかわりに、至るところでシカの群れを見かけた。

いまも天城杉の森の中に、シカがいた。アサルと目が合うと、尻のホワイトフラッグをなびかせながらシカは深い森の中に消えた。

ジョギングを終え、祖父の家に戻った。

ここは、アサルの聖域だ。二年前にこの家を一人で使うようになってから、まだ誰も人を入れたことがない。

リビングのソファーセットを片付け、そこにバーベルやベンチ、ダンベルなどのウエイトトレーニングの道具が並んでいる。これもすべて、アサルが買ってここに運び込んだものだ。

まずカーペットの上で、入念にストレッチを行なう。古傷が、引き攣るように痛む。だが、その痛みに耐えることがいまの自分に必要なことを、アサルは本能的に理解している。

体がほぐれたところで、ウエイトトレーニングに移る。まずはシットアップ……腹筋運動だ。

いまのアサルには、辛いトレーニングのひとつだ。右脇腹に9ミリ弾で撃たれた傷と、大きな手術痕がある。あの時、腎臓の一部を失い、三日間生死の境をさまよった。

痛みに耐えながら、腹筋運動を行なう。ベンチに置いたバーベルのシャフトに両足の踵を乗せ、両腕で頭を抱える。歯を食いしばりながら、ゆっくりと五〇回。インターバルを置き、腹を左右にねじりながらさらに五〇回。これを五セット繰り返す。

腹筋を終えて、次はトレーニングベンチに移る。角度を調整し、腹ばいにベンチに寝て両手を頭の上に組む。上半身をゆっくりと反らすように、バックエクステンション……背筋運動を二〇回、五セット行なう。

さらに、ベンチプレスだ。ベンチに四〇キロのバーベルを組み、その下に潜り込む。両手でシャフトをしっかりと握り、呼吸を合わせて胸の上に下ろす。息を吐き出しながら、上げる。

アサルにはこのトレーニングも辛い。負荷の掛かる右胸にも撃たれた傷がある。弾は手術で取り出したはずなのに、まだ胸の中に違和感と鈍痛が残っている。

四〇キロのバーベルで二〇回を五セット。重量を抑え、回数を増やしているのは、単に筋肉のバルクアップが目的ではないからだ。アサルが必要としているのは、強靱かつしなやかで、実用的な筋肉だ。

ただ単に筋肉量を増やしただけでは、〝あの女〟と戦えない……。

ショルダープレスやダンベルカールも同じだ。軽めのダンベルで、回数をこなす。必要なのはパワーではなく、スピードとスタミナだ。

バーベルやダンベルを使ったウエイトトレーニングを終えて、チューブトレーニングに移る。ここでもクールダウンを兼ねながら、あらゆる筋肉トレーニングを行なっていく。

たっぷりと二時間、体を鍛えた。薪ストーブの熱と湿気で、全身から汗が噴き出している。

アサルは着ているものをすべて脱ぎ捨てて全裸になり、地下の風呂場に向かった。

脱衣場の大きな鏡の前を通る時に、ふと足を止めた。

鏡の前に立ち、全身を映す。

この二年間で、アサルの体はかなり変わった。昔の面影はない。いまは飢えた野生動物のように、鋼の筋肉が全身を被っている。

右脇腹には酷く大きな、手術の痕がある。右胸には銃弾を受けた傷があり、乳房が引き攣るように歪んでいる。すべて、二年前に〝グミジャ〟という〝北〟の元工作員と戦った時の傷だ。

だがアサルは、傷付いた自分の体を嫌いではなかった。むしろ、愛おしい。

女としての美しさなど、どうでもいい。この傷の疼きさえあれば、自分はいつでも女を捨てて戦うことができる。

　アサルはタオルを肩に掛け、風呂場に入った。古いヒノキの湯舟の蓋を外し、ぬるめの温泉の湯にゆっくりと傷付いた体を浸す。こうしていると、自分の体の中に日本人の血が半分流れていることを実感する。

　負荷を掛けた筋肉を湯の中でほぐし、体を十分に温めてから風呂を出た。シャワーで汗を流し、シャンプーで髪を洗う。

　以前は長かった髪も、一年前に短く切った。長い髪は、戦うのにじゃまになるだけだ。マイナス要因でしかない。

　体にバスタオルを巻いてダイニングに戻り、冷蔵庫からアイスティーを出してコップに注ぐ。濡れた髪を拭いながら、それを飲んだ。アラブの血が入っているアサルは、紅茶がないといられない。

　汗を絞り出した細胞に、水分が行き渡っていく。体が、生き返る……。

　汗が引くのを待って、新しい下着とTシャツ、サラサのパンツを身に着けた。リビングの、窓辺に立つ。大きく育った天城杉の森の隙間から、遥か眼下に相模湾と伊豆七島を一望するパノラマが広がっている。

　アサルは、この風景が好きだ。この風景を見るために、いつもこの朽ちかけた祖父の家にやってくる。

　この窓辺に立って遠い海を眺めていると、自分は何があっても生きていける気がしてくる。

あたりの風景を、黄昏の光が包みはじめる。日が沈めば、天城の森が目覚める。一人だけの、長い夜が始まる。

アサルは食事を作るために、キッチンに立った。大量のサラダに、茹でて脂肪を抜いたラム肉、それにキドニー豆のスープ。これらはすべて筋肉を育てるための、エネルギーになる。

だが、その時、アサルのアイフォーンがメールを着信した。

メールを開く。

〝本社〟の上司、かつては恋人でもあった〝サクラ〟の田臥からだった。

〈——いまどこにいる?

淡路島にDPRK-52が潜伏しているとの情報がある。我々はいまから車で現地に向かう。

本社で待つ——〉

アサルはたったそれだけの文面を見て、事態を把握した。

〝DPRK〟は〝北〟の暗号、その〝52〟はあの女——〝グミジャ〟だ——。

アサルはすぐに、返信した。

〈——私はいま伊豆の天城高原にいます。自分の車で来ているので、直接現地に向かいます。

私の銃も用意してください——〉

食事は、後だ……。

アサルはいま着たばかりのTシャツとパンツを脱ぎ、黒いタクティカルウェアの上下を身に着けた。身の回りの物と、ＢＵＣＫの１１９番のナイフをスポーツバッグに詰め込み、家を出た。

家の前に駐めてある自分の車——黒いスバルＸＶ——の荷台にバッグを放り込み、運転席に座った。

ジハード……。

セルボタンを押してエンジンを掛け、日の暮れた天城の山を下った。

第二章　イザナギと呼ばれた男

1

五月二日、日曜日――。

ゴールデンウィーク中のこの日も、淡路島に本州からの観光客が続々と入ってきた。

神戸淡路鳴門自動車道の淡路ＩＣからは、家族連れの乗用車や観光バスが列を成して降りてくる。淡路ジェノバラインのフェリー各便も、普段は見かけない若者やサイクリングの客でいっぱいだ。

男――三尾義政（よしまさ）――は、山の峠道の中腹から〝下界〟の様子を見守っていた。ニコンの双眼鏡の視界の中に、遥か眼下を走る海沿いの国道二八号線が見える。まだ早朝だというのに、普段は地元の人間しか走らないこの道にもう渋滞が始まっている。

〝下界〟ではコロナウイルスという伝染病が流行っていると聞く。世界中でパンデミックを引き起こし、何万、何十万という単位で人が死んでいるとも聞く。もしそれが事実だとしたら、いまの日本のこの状況は何なのか。伝染病の話がデマなのか、それとも日本人の感覚が狂っているのか……。

三尾は双眼鏡をゆっくりと動かした。やがてその視界の中に、高さ一〇〇メートルもある巨大な観音像の廃墟の姿が入ってきた。

滑稽で、奇怪な光景だ。誰が何のために、このようなものを作ったのか。本当に神仏に帰依するつもりならば、こんな巨大な糞のようなものを、この美しい風景の中に建てたりはしない。

まあ、いい。伝染病もこの巨大な仏像も、淡路島の山の中に潜む自分には関係のないことだ。

三尾は双眼鏡を下ろし、それを汚れたM－65ジャケットのポケットに仕舞った。テンポイントのクロスボウを背負い、YAMAHA・XTZ750スーパーテネレに跨る。エンジンを掛け、林道を下った。

森の中の小屋に帰ると、タープの下の調理台の前に女が立っていた。

昨日、助けた〝グミジャ〟という女だ。何か料理を作っている。

「飯を作ってくれてるのか。すまないな……」

三尾が、〝グミジャ〟の後ろからカセットコンロの上の鍋を覗き込む。

「あなたは昨日、私を助けてくれた。それに昨日の夜は、あなたが食事を作った。だから今度は、私が作る……」

〝グミジャ〟がいった。

もう一人の萌子という少女——三尾には実際に少女に見えた——は、外のテーブルの上にコッヘルやスプーン、割箸、マグカップを並べている。

「美味そうだな……」

たまらない匂いがして、腹がグゥ……と鳴った。

「冷蔵庫の中にシカのモツがあったから。調味料も揃ってたから、ホルモンクッパを作ってる。美味しいよ……」

〝グミジャ〟がそういって、照れたように笑った。

料理ができて、三人で外のキャンプ用のテーブルに座り、食べた。〝グミジャ〟が作ったクッパは、本当に美味かった。

だが、ある意味では、いまの三尾には場違いな光景でもあった。

三尾は、元任侠道義会の残党に追われている。この島から出ることもできずに、もう二年以上もこの山の中に潜伏している。その自分にとって、いかなる理由があるにせよ、こんな平和な食事の風景は似つかわしくない。

「どうしたの。美味しい？」

〝グミジャ〟の声で、我に返った。

「ああ、美味い。本当に美味いよ……」

三尾はまたクッパを食いはじめた。

この〝グミジャ〟という女が本当にあの滝本を殺したのか？

もし情報が正しければ、この女は他に滝本の部下の樽本洋司を含め、元組員四人――昨日の一人を入れて五人――を無力化したことになる。

「なぜ、滝本を殺したんだ？」

クッパを食いながら、何気ない振りを装い、訊いた。

〝グミジャ〟はしばらく、黙っていた。だが、そのうちに特に気負うでもなく、ごくあたり前のようにいった。

「〝仕事〟だよ。最初は、割のいい〝仕事〟だと思ったから……」

「誰に頼まれた？」

三尾が訊いた。

「それはいえない。私も、プロだからね……」

〝グミジャ〟がそういって笑った。ごく普通の、若い女のように。

訳のわからない女だ……。

だが、自分と同じ匂いのする人間であることは、確かだった。

〝グミジャ〟は静かに食事をした。

〝北〟の労働党三号廏舎にいた時には、よく教官にいわれたものだ。

食事中に無駄口を叩くな。必要最小限度だけのことを話し、相手をよく観察しろ――。

〝グミジャ〟は自分の習性どおりに、クッパを食いながら目の前に座る男を観察した。

身長は一七五から一八〇センチ。細身だが、骨格からすると体重は七五キロ以上はあるだろう。年齢は四〇から四五歳くらいか。着ているものの汚れ方とみすぼらしさからすると、何らかの事情があり、この山の中の小屋に長いこと潜んでいたのだろう。

だが、上着を脱いでTシャツ一枚になるとその下に実用的な、まるで野生動物のような筋肉が潜んでいることがわかる。おそらく若いころに何らかのスポーツか、格闘技で鍛えたに違いない。

そのTシャツの両袖の下のあたりの筋肉に、刺青の一部が見える。つまり、〝ヤクザ〟か。自分を〝イザナギ〟と名告ったが、それが本名の訳がない。

「ねえ、〝イザナギ〟……。あなたはなぜ私たちのことを助けたの?」

しかも、人を殺してまで……。

「別に。大した理由はないさ。ラジオの放送を聴いていて、〝白いバイクの女〟が追われていることを知った。面白そうだから、首を突っ込んでみたくなった。そう思ってバイクで山の中を走っていたら、あの場面に出くわした……」

それは〝嘘〟だ。あの場面に偶然に出くわす訳がないし、あのクロスボウで男の頭を射抜くやり方には、まったく躊躇が感じられなかった。

だが、いかなる理由であれ、人を殺してまで自分とモエコを助けたことは事実だ……。

「もうひとつ、訊いていい？」

〝グミジャ〟がいった。

「何だ？」

〝イザナギ〟がクッパをすすりながら答える。

「あなたは、何者なの。普通の日本人じゃない……」

〝グミジャ〟が訊くと、〝イザナギ〟はしばらく笑っていた。

「ただの〝ヤクザ〟だ。見ればわかるだろう……」

その答えを聞いて、ふと力が抜けた。

まあいい。

理由はわからないが、自分は本能的にこの男を〝信頼できる〟と感じている。

いまはそれだけで十分だった。


萌子はクッパを食べながら、二人の会話に黙って耳を傾けていた。

いったいこの人たちは何なの……。

この〝グミジャ〟という人は、私の見ている前で人を殺した。一昨日、淡路公園の駐車場で一人。いや、バイクで轢き潰した人やバットで頭を殴った人も死んでいるかもしれない。

昨日も一人、銃で撃ち殺した……。

それに島の中で追われるようになった理由を、〝タキモト〟という人を殺したからだといっている。それがこの〝グミジャ〟という人の〝仕事〟で、つまり、〝殺し屋〟って、どういうことなの……。

この私たちを助けてくれた〝イザナギ〟と名告る男の人もそうだ。この人も、弓矢のような銃で人を一人、殺した。頭を射抜いて、簡単に……。

しかもこの男の人の体には、刺青が入っている。職業も、〝ただのヤクザ〟だといっているし……。

それに、この二人の会話は、何なの?

〝タキモト〟を殺したとか、それが割のいい〝仕事〟だとか、〝プロ〟だからとか。そんなことを、クッパを食べながら話している。しかも自分の前のテーブルの上に、二人とも銃を置いて、笑いながら……。

でも、そもそも私はなぜこんな所にいるんだろう。ただ、ゴールデンウィークを利用して、大学の友達の南條君と斎藤君を淡路島に捜しにきただけだったのに。それが気がついたらこんなことになっていて、いまは森の中の小さな山小屋の前で女の〝殺し屋〟と〝ヤクザ〟と一緒に朝食を食べている。

萌子は、黙ってクッパをすすった。せめて救われるのは、このクッパが掛け値なく美味しいということだった。

この〝グミジャ〟という女の人は、〝殺し屋〟なのに、どうしてこんなに料理が上手なんだろう……。

ふと、そんなつまらないことを考えた。

テーブルの上のラジオからは、例の『ウェルパーFMアワジ』の放送が流れていた。

――おはようございます……。日曜の朝八時からの番組、〝ビューティフルサンデー〟は私、浅田とき子がお送りしています。

さて、今日は五月二日の日曜日。ゴールデンウィークもいよいよ後半。皆さんはいかがお過ごしですか？

ところで気になるのは、このゴールデンウィークに入ってからずっと島内で話題になっていた〝白いバイクの女〟……。今日も朝から、情報が入ってきました。

二人のバイクは昨日の朝早く常隆寺近くの林道で目撃されましたが、そこで〝イザナギ〟と合流し、また姿を消したそうです。何だかとても、不思議な話……。

〝白いバイクの女〟に関する情報は、これからもお待ちしています。

さて、レッツ・ミュージック。日曜の朝はまずこの懐かしい曲から。ＡＫＢ48の二〇一〇年のヒット曲、〝ヘビーローテーション〟をお聴きください――。

静かな森の中に、場違いな明るい曲が流れはじめた。

2

休日の神戸は、静かだった。

この時間、いつもなら海上コンテナを積んだトレーラーが行き来するハーバーハイウェイも、あまり車が走っていない。

内陸側の阪神高速も、いまは順調に流れていた。

矢野アサルはスバルXVのアクセルを踏み込みながら、その阪神高速三号線を走っていた。前を走る大型トラックをパスし、左手のポートアイランドの風景を見やった。巨大ビル群と神戸大橋、バースに積まれた海上コンテナの山が、初夏の陽光に輝いていた。その周囲に林立する巨大なガントリークレーンは、休日のこの日はほとんど動いていない。

右手を眺めれば、遥か山の手にまで古い街並が続いている。背後に迫る山は、六甲山だろうか。

この美しく巨大な都市が、一九九五年の阪神・淡路大震災で一度、壊滅したと聞かされても、実感が湧かなかった。もっとも震災があった当時アサルはまだ四歳で、外交官だった父の仕事の関係でフランスに住んでいた。だから、この神戸の悲劇に関しては、直接の記憶が存在しない。

間もなくアサルは、生田川のインターで高速を降りた。ナビの指示通りに元町の市街地を走る。もう目の前に、兵庫県警本部の高級ホテルのような高層ビルが聳えていた。

兵庫県警は、不祥事の多い警察として悪名が高い。二年前には巡査長が窃盗容疑で逮捕され、昨年は巡査部長が署内の女子トイレで盗撮。他に署員の酒気帯び運転の事故も起きている。さらに数年前から現在に至るまで、署員同士の不倫、交番内での性交、警察官の女子高校生に対するわいせつなど、スキャンダルが絶えたことがない。

まあ、いいだろう。警察官だって、人間だ。アサルだって、神の目を盗んでセックスを楽しむことはある。

午前九時半に、合流場所の兵庫県警に着いた。

受付で警察手帳を出し、〝本社〟公安の矢野アサルと名を告げると、二一階の展望室のような広い会議室に案内された。

暗くなれば、ポートアイランドの夜景が一望だろう。こんなところで仕事していれば、部内で不倫のひとつも試してみたくなる気持ちもわからないではない。

「アサル、遅かったな」

窓際の席で、〝本社〟公安〝サクラ〟の室長、田臥健吾が軽く手を上げた。

その横に、同じ〝サクラ〟の室井智。他に、兵庫県警の担当者だろうか、知らない顔が三人。三人は警察官とは思えないような高級スーツを着こなしている。

「すみません。途中のサービスエリアで仮眠していて寝過ごしました。〝本社〟公安〝特捜〟の矢野アサルです」

アサルが兵庫県警の三人に挨拶をして、田臥の横に座った。〝サクラ〟は〝本社〟内部の一部の暗号名なので、出張先では〝特捜〟と名告る。

「まあいい。我々も早朝にこちらに着いていままで仮眠していたところだ。それでは、兵庫県警の皆さんを紹介しよう。右から刑事部組織犯罪対策局の大西(おおにし)さん、同じく薬物銃器対策課の清村さん、そして警備部公安第二課の藤原さんだ……」

三人が順に、頭を下げた。

だが、事情を知らないアサルは三人の内の二人が、〝組織犯罪対策局〟と聞いて、疑問を感じた。あの〝北〟の工作員崩れの〝グミジャ〟が絡んでいる案件なのに、なぜ〝マル暴〟が出てくるのか……。

それに、こうして東京から〝出張〟してきた我々〝本社〟の三人と向き合いながら、どこか友好的ではない空気を感じた。

「さて、話を続けますか……」

室井がいつもの口調で、おっとりといった。県警の三人の内の一人、清村が頷く。

「まあ……先程のギャザー警備ですか。我々もあの警備会社が元任俠道義会だということは把握してますし、それで滝本の〝殺し〟の一件で〝公安〟の方から報告がいったんやと思いますがね……。しかし、任俠道義会が解散したのはもう四年も前ですからね……」

つまり、もう〝支社〟の〝マル暴〟には関係がないということか。

次に、〝公安〟の藤原という男が軽く挙手をした。

「〝本社〟の田臥さんに報告を入れたのは私なんですがね。とにかく犯行に使われた銃の線条痕が元刑事部長の大江さんのベレッタと一致したっていうしね。これはもう、我々が出しゃばるところやなくて、〝本社〟の領分やないかと思いましてね……」

この藤原という男が、ここにいる三人のまとめ役らしい。

「まあ、そんな訳でしてね……。銃も〝本社〟の〝セン〟のものが使われたとなると、うちの薬物銃器対策課としても出る幕とちゃいますからなぁ……」

清村がいった。

話を聞いて、アサルはだいたい事情が呑み込めてきた。

あの夜の銃撃戦の光景が脳裏にオーバーラップし、右脇腹と胸の傷が疼いた。

田臥は、三人の話に黙って耳を傾けていた。

どうも、おかしい。

四日前の時点では特に懸念事項もなく通常どおりの報告がなされ、東京を出る直前の連絡でもこれといって違和感は覚えなかったのだが……。

ところがこちらに着いてから今回の案件の担当者と話しはじめると、どこかぎくしゃくしはじめた。

特に田臥は、公安の藤原則貴（のりたか）という男をよく知っていた。年齢は同期だし、同時期に〝本社〟公安の教育課程を受講し、一〇年ほど前には兵庫県内の指定暴力団絡みの抗争に関連する共同捜査でチームを組んだこともあった。

田臥は話を聞きながら、藤原の表情をさり気なく観察した。

この男が何か隠し事をしたり嘘をついたりする時は、よくわかる。目線が泳ぎ出し、どこか落ち着きがなくなる。

「しかしこのギャザー警備の社員や関係者に絡んで、もう三件も〝殺し〟が連続してるわけですからね……。〝支社〟は関係ないようなことをいわれてもなぁ……。しかも、〝被害者（ガイシャ）〟はもう三人か、いや四人か……」

室井が資料を読みながら、手にしていたペンで頭を掻いた。

「〝被害者〟の中にギャザー警備の社員が何人かいることは、我々の方にも情報は入ってますけどね。これが全員、元任俠道義会の残党かっちゅうと、確認が取れまへんのでね……。まあ、いまのところは〝支店〟（所轄）の淡路島の所轄の方からの連絡待ちちゅうところなんですがね……」

大西があくびをこらえながらいった。

つまり、〝被害者〟の全員が元任俠道義会の残党と確認できなければ、県警の組織犯罪対策局は動かないということか。

「ところでそのギャザー警備のバックっていうか、スポンサーっていうのは、例の〝キマイラ〟グループなんだろう。手を出しちゃまずいということなのか？」

田臥は突然、核心を突いた。

思ったとおり、場が凍りついた。

県警の三人がお互いに顔色を見ながら、目配せを送り合う。その様子を見ているだけで、だいたいのことは察しがついた。

「いや、田臥さん、それは……」

清村が何かをいおうとして、その言葉を呑み込んだ。

「おれ、何か不都合なことでもいったか？」

田臥がとぼける。

「いや、そういう訳ではないですが……。ただ、キマイラは大企業ですし、淡路島のいくつかの関連施設にギャザー警備が入っているという話は聞きますが、バックとかスポンサーというのはちょっと……」

やはり、キマイラの施設の警備にギャザー警備が入っているのか。これは美味しい情報だ。

「まあ、キマイラグループは淡路島を〝乗っ取る〟という話もあるしな。そうなると、元任侠道義会の残党のような用心棒も必要になるんだろう……」

その場がまた、凍りついたように固まった。


県警ビルの地下駐車場を歩きながら、室井が文句をいった。

「田臥さん、何であんなことといったんですか。いきなり〝キマイラ〟の名前を出したら、〝文社〟を敵に回すようなものでしょう」

『キマイラ』が兵庫県知事をはじめ、県のすべての官庁と蜜月なことは誰だって知っている。県警も同じだ。

「まあ、いいじゃないか。おれがああいったから、ギャザー警備とかいう会社がキマイラの利権に食い込んでいることが奴らの口からわかったんだから」

田臥は県警の三人とぎくしゃくしたことに関して、何も気にしていなかった。だいたいあの藤原という男とは、前回チームを組んだ時から相性がよくなかった覚えがある。

「しかし、これから〝支社〟からは何も情報が入らなくなりますよ」

「〝支社〟がだめなら、淡路島に直接乗り込んで〝支店〟を叩けばいいさ……」

現在、淡路島の所轄は、淡路市岩屋の北淡路警察署と南あわじ市の淡路中央警察署の二カ所に分かれている。今回の一連の〝事件〟では四月二八日の夜に洲本市の新開地で起きた滝本晃兼の〝コロシ〟が淡路中央署、それ以外の二件が北淡路署の管轄だ。

「所轄の方にだって、いまごろもう連絡が行ってますよ。〝本社〟の奴らが行くから、相手にするなって。所轄の協力なしで、どうやって捜査するつもりなんですか」

「それはそれで、いいじゃないか。〝本社〟だけで勝手にやれということだろう。好きに暴れさせてもらう」

「田臥さん、また暴れるつもりなんですか。まったく、もう……」

室井がそういって、溜息をついた。

「ところでアサル、お前の車はどれだ？」

田臥が後ろを振り返り、アサルに訊いた。

「そこにある黒のスバルです。田臥さんのは？」

「もちろん、あれさ」

田臥はポケットからリモコンキーを出して操作すると、駐車場の奥で黒のメルセデス・ベンツS550のサイドランプが点滅してキーの解除音が鳴った。

警察庁は二〇一三年の春、半ば秘密裏に警備局に二台のW220型メルセデス・ベンツを導入した。一台は防弾システムを組み込んだS550ロング。もう一台がこのS550だ。防弾仕様のロングの方は、二年前に田臥がロシア人のスパイ、イゴール・ガレリンの身柄を移送するミッションの途中で全損させてしまった。だが、こちらのノーマル仕様の方は、まだ生き残っている。すでに八年を経過した車だが、〝本社〟公安では田臥以外には好んで使う者もなく、まだ二万キロそこそこしか走っていない。

「私の銃は用意してくれましたか?」

アサルが訊いた。

「ああ、あのメルセデスのトランクにGLOCK19が一式入っている。後で、島に着いたら渡す」

「ありがとうございます」

アサルは昨年の秋にアメリカのクワンティコFBIアカデミーに短期留学し、9×19ミリと45ACP弾を使うオートマチックの射撃プログラム、M4アサルトライフルの射撃プログラム、さらにコンバットシューティングのカリキュラムをすべて受講し、ライセンスを取得してきた。それならば、これまでの32ACPのSIG・P230を持たせるより、9ミリのGLOCKを使わせた方が戦闘力は上がる。

「それじゃあ、ここからはまたしばらく別行動だ。淡路島に入ったら、北淡路署で落ち合おう」

「了解しました」

アサルがスバルＸＶのドアを開けるのを見届け、田臥と室井もメルセデスに乗った。

3

同日同時刻、石川県輪島市——。

笠原武大は輪島塗の塗師屋造りの家が並ぶ工房長屋の一角、『小谷地漆器工芸』の塗師蔵で漆塗りの作業に集中していた。

世間はゴールデンウィークだが、塗師に休日は関係ない。仕事があれば塗師蔵に籠もるし、なければ休む。そういうものだ。

椀をひとつ塗り終えたところでふと手を休め、手元に置いてあったアイフォーンをチェックした。

妻の有美子からのラインが一件。

〈——お昼はこちらで食べますか——〉

時計を見ると、もう午前一一時を過ぎていた。

〈――家に帰って食べる。よろしくね――〉

返信を入れた。だが、他にはラインもメールも、何も入っていない。

萌子はどうしたんだろう……。

笠原が久し振りに娘の萌子に連絡を取ったのは、連休二日目の四月三〇日の夕刻だった。仕事を終えて着替えながら、このゴールデンウィークは輪島に遊びに来ないのかと、何気なくラインを入れた。

萌子は大学の四回生になっても、まだ恋人がいる気配もない。だからだろうか、金沢に下宿していても、休みの度に父親や祖父母のいる輪島に遊びに来る。今回のゴールデンウィークも、どうせそうするだろうと思っていた。

ところがその夜、萌子から返信がなかった。

まあ、笠原の連絡への返信を萌子が忘れるのは、いつものことだ。最初は、それほど気にもしていなかったのだが。

翌日の朝に一回、夕刻にも一回、さらに今朝もまたラインとメールを入れておいたのだが、いまだに返信がない。

何かあったのでなければいいが……。

これまで笠原と娘の萌子には、世間の常識では考えられないようないろいろなことがあった。笠原だけではなく、萌子も命を狙われたことがある。

今日は、五月二日だ。丸二日も連絡が取れないと、さすがに心配になってくる。

笠原は試しに、萌子のアイフォーンに電話をかけてみた。やはり、繋がらない。

萌子に何か起きたようだ……。

笠原は、そう判断した。

どうにかして、他に連絡を取る方法はないか。いま萌子は金沢市内のマンションに一人暮らしをしている。その管理会社を当るか。もしくは、大学か。だが、いずれもゴールデンウィーク中なので、休みだろう。

萌子の大学の友達で笠原が知っているのは、高校の時からの同級生の南條康介君だけだ。だが、連絡先がわからない。

いや、南條君の父親、湖月寺の住職の南條茲海ならば、連絡先を知っている……。

笠原はアイフォーンの〝連絡先〟の中から南條茲海の携帯の番号を探し、電話を掛けた。

呼び出し音が三回鳴り、電話が繋がった。

「すみません、南條さんでいらっしゃいますか。私……」

——ああ、笠原さん。お久し振りです。いや、こちらからお電話しようかと思っていたところだったんですが——。

笠原の言葉を遮るように、茲海の声が聞こえてきた。

「何か、あったのですか?」

笠原が訊いた。

――はい、実は三日前でしたか、萌子さんがバイクでこちらにお寄りになりましてね。その件でお電話くださったんじゃあ――。

どういうことだ？

事情が呑み込めない。

茲海が、事の次第を順を追って笠原に説明した。

大学が春休みに入って間もなく、息子の康介が令和四年度新卒の就職活動の一環として、某一部上場企業の会社説明会に出席するために友人と兵庫県の淡路島に向かった。三泊四日の予定で、四月一日には帰りに湖月寺に立ち寄ることになっていた。

ところが当日になっても康介と友人は姿を見せず、新学期が始まっても金沢にも戻らなかった。茲海は何度か息子にメールや電話を入れたが、最初のうちは何らかの返信があったものの、数日後にはまったく音信不通になってしまった。

これを心配したのが、高校時代からの同級生の萌子だった。およそ二週間ほど前から、茲海のもとに何度か連絡が来るようになった。

そしてその康介が淡路島に向かってから、およそ一カ月後――。

ゴールデンウィーク初日の四月二九日、萌子がバイクに乗り、一人で湖月寺に立ち寄った。

旅仕度だった。

どうするつもりなのかと訊くと、これから淡路島に康介ともう一人の友達を捜しに行くという。

その時、茲海は、康介のことは心配いらないから、淡路島には行かない方がよいと止めたのだが……。

だが、萌子は茲海のいうことを聞かず、湖月寺に一泊して、翌日に淡路島に向かった。それが、四月三〇日の朝のことだった。以来、茲海も心配して萌子に何度かメールや電話を入れてみたのだが、康介と同じように連絡が取れなくなっているという。

笠原は茲海の説明を聞きながら、ひとつ気になることがあった。

なぜ、淡路島なのか……。

話が途切れたところで、訊いた。

「ところで康介君が説明会に行ったのは、何という会社なのですか」

――〝キマイラ〟です――。

やはり、そうか……。

『キマイラ』グループは笠原も、何年も前から胡散臭い会社だとマークしていた。

会長の阿万隆元はもちろんだが、経済学者の五味秀春が特別顧問に就任してからは代々の政権に深く取り入り、本業の派遣業務のみならずあらゆる利権に喰らいついて暴利を貪っている。今年の東京オリンピックでも一日当りの人件費が最高三〇万円で計算され、その九割以上が〝キマイラ〟の利益になるというカラクリが、大手新聞社によって暴露されたばかりだ。最近は本社機能をすべて淡路島に移す計画を公表して話題になったが、それも本来の目的が島の〝乗っ取り〟にあることは暗黙の了解だ。

「茲海さんは、今日はこれからお時間が取れますか」

——だいじょうぶです。何ならこれからしばらく、暇を取るつもりでしたので——。

そのひと言で、茲海の本心が伝わってきた。

「わかりました。それではこれから、私も輪島の工房を出ます。夜にはそちらに着けると思いますので、よろしくお願いします」

——わかりました。お待ちしています——。

電話を切った。

笠原はもう一度、着信履歴から妻の有美子の番号を探して電話を掛けた。

「ああ、ぼくだ。いまから帰るけど、昼食をゆっくり食う時間がなくなった。すまないけど、これからバイクで出掛けるから、三日分くらいの旅仕度をしておいてくれないかな……」

電話を切り、仕事場を片付けて、工房を出た。

4

夕刻、神戸市の南京町——。

元町通と栄町通にまたがる中華街を、二人の男が歩いていた。

淡路島の(株)ギャザー警備の社長〝赤足〟と、数時間前に〝専務〟という肩書を与えられたばかりの道西康志だった。

〝専務〟といえば聞こえがいいが、以前の任俠道義会の因習でいえば〝若頭〟といった地位だろう。もしくは、組長専属の護衛役といったところか。

南京町は、横浜や長崎と並ぶ日本の三大中華街のひとつだ。東西二〇〇メートル、南北僅か一一〇メートルの一角に、一〇〇以上の中華料理屋や土産物屋などの店舗がひしめき合っている。

街が黄昏の光に染まる時刻になって、東の入口の長安門や中央広場のあづまやにライトアップが始まった。いつもなら、ゴールデンウィーク如何にかかわらず、南京町名物の豚饅頭や天津包子、焼売などの食べ歩きを楽しむために観光客が集まりだすころだ。だが、昨年からのコロナ禍で閉まっている店も多く、客の姿も疎らだった。

道西は狭い路地の入口にある〝福龍房〟という小さな看板の前に立ち、周囲を警戒しながら〝赤足〟を招き入れた。

二〇一二年に改正暴力団対策法が施行され、指定暴力団への締付けが強化されたとはいえ、神戸はやはり〝裏社会の街〟だ。勢力圏外の組織の者が大手を振って歩けば、いつ、何が起こるかわからない。南京町はそのような組織から暗黙の了解で〝中立地帯〟として認められ、平和が保たれてはいるが、用心を怠らぬに越したことはない。

路地の奥に、店の小さな入口がある。この店に来るのは、ある種の裏社会への出入りを許された限られた者だけだ。

道西がまず入口のドアを開け、特に異常がないかを確認する。店の中は意外に広いが、他に客はいない。

〝赤足〟が店に入ってドアを閉める。奥からチャイナドレスを着た女が出てきて、店の奥の衝立で仕切られた席に案内された。

席には先客が一人、中国服を着た男が座っていた。

男が道西と〝赤足〟が入っていくと席を立ち、満面の笑みを浮かべた。

「これはこれは〝赤足〟大人、それに道西さんも。元気でしたか。〝赤足〟大人は社長になられたってね。恭喜、祝賀！」

さすがに中国社会は情報が早い。

「汪さん、お久し振り。お元気そうで何よりですわ」

〝赤足〟と男が、中国式に拱手を交わした。道西は黙って黙礼を送り、二人が向かい合って座るのを待って自分も席に着いた。

男の名は汪龍光。もちろん〝龍光〟は通名だろう。一見して中華料理屋の人の好い親父にしか見えないが、神戸のこのあたりでは中国の黒社会の顔役の一人として知られている。汪がどこの組織に属するかは誰も知らない。だが、中国の黒社会とトラブルが起きたり、何か裏の〝仕事〟を依頼したりしたい時には、汪を通せば大概のことは話がつく。

用件があって呼び出せば、汪はいつも場所を指定して一人でやってくる。だが、今日もこの薄い壁の向こうの部屋には銃や青竜刀を持った手下が数人、息を潜めていることだろう。

間もなく赤い回転テーブルの上が料理と酒で埋めつくされ、汪と〝赤足〟の〝干杯(ガンベイ)〟が始まった。道西はただ黙ってジャスミン茶を飲み、腹を保つ程度に点心を口に運びながら、事の成り行きを見守った。

「さて、大人。腹が満ちてお互いに酒に酔う前に、大切な話をすませてしまおう。今夜、私をここに呼び出したのは、どのような用件なのですか？」

汪が訊いた。

「そうだそうだ。そのことをまず話さなければなりまへんな。今日は汪さんに、頼みたい〝仕事〟があってここに来たんですわ」

〝赤足〟はすでにビールから老酒を飲みはじめ、上機嫌だった。

「〝仕事〟ですか。それは良い。どのような〝仕事〟でも私のことを思い出していただけたのなら、光栄だ。きっとお役に立てるでしょう」

汪はまるで気軽な手間仕事でも請け負うような調子で、〝赤足〟の話を聞いている。だが、最近のテレビのニュースを多少でも見ているならば、〝赤足〟がどのような〝仕事〟を持ち込む気なのか考えるまでもなくわかっているはずだ。

「実は、私の会社ではいま少し問題を抱えておるんですわ。そこで、汪さんに〝掃除〟をお願いしたいのやけど、やってもらえまへんやろうか……」

〝赤足〟の口調も、本当に部屋の〝掃除〟でも頼むような気安さだ。

「〝掃除〟ならば、ちょうどよい〝掃除人〟がいますよ。ぜひ、私にやらせてください。大人が社長になったお祝いだ」

「汪さん、おおきに。それやったらまず、〝干杯〟しようやないですか」

〝赤足〟と汪は老酒の入ったグラスを掲げ、飲み干した。

何とも陳腐なやり取りだ。この芝居掛かった会話の中で、飯を食いながら、人の命が売り買いされるのだ。そして最後まで生き残った奴が勝つという、単純なゲームだ。

「それで、大人……私が取り除くのは、どんな〝瘤〟ですか。ひとつですか？　それとも、二つですか……？」

中国では邪魔なものを〝瘤〟という。

「ああ、簡単ですよ。女の〝瘤〟がひとつに、男の〝瘤〟がひとつ。それにもうひとつの女の〝小籠包〟は、潰さずにそっと私の皿の上に持ってきてもらえまへんやろか。こんな風に……」

〝赤足〟はそういって蒸籠の中の小籠包の臍を箸で摘み上げて蓮華に受け、皮を傷付けないように汁ごと口に吸い込んだ。

だが、道西は、男の〝瘤〟がひとつと聞いて、おや？……と思った。

〝赤足〟はやはり、三尾義政を始末するつもりなのか……。

それに、潰さずに皿の上に持ってくる〝小籠包〟というのは、誰のことだ……？

「では、もう一度、我々の再会と〝仕事〟の成功を願って、〝干杯〟しましょう。ほら、道西さんも飲みましょう」

道西は汪にいわれ、仕方なく老酒の入ったグラスを手にした。

「干杯！」

「干杯！」

「干杯……」

グラスを掲げ、それを一気に飲み干した。


店を出たのは、八時ごろだった。

道西は酔い潰れた〝赤足〟に肩を貸して南京東路を歩き、メリケンロードに待たせてあった白いレクサスＬＳ４６０に乗せた。

「よし、秀司。〝会社〟まで戻ってくれ」

〝赤足〟が、運転席に座る男にいった。

「はい……」

秀司と呼ばれた男は、静かに車を出した。

いまギャザー警備に生き残っている若手では、唯一まともなのがこの男だ。運転もうまいし口数も少ないので、道西も目を掛けてやっている。もっとも任侠道義会からの社員には、最初からろくな奴がいなかったが。

レクサスは滑るように、夜の神戸の市街地を抜け、京橋のインターから阪神三号線に乗った。あとは名谷ジャンクションから垂水ジャンクションを経由し、舞子トンネルを抜けて明石海峡大橋を渡れば、もう淡路島だ。ここまで来れば、もう安心だ。

「よぉ……道西よぉ……」

酔って寝ていると思っていた〝赤足〟が、リアシートの道西の横で何かをいった。

「何でしょう」

「お前、本当は、三尾の居所を知っとるんやろう……」

また、三尾か……。

「いえ、私は何も……」

道西は白を切った。

どうせこの男は酔っている。ここで話したことは、明日には忘れているだろう。

「しらばっくれんとけや……。ほなら道西、三尾がなぜ〝イザナギ〟って呼ばれとんのか、知ってっか……」

「さあ、知りません……」

そういえば〝赤足〟や死んだ滝本が、三尾を〝イザナギ〟と呼んでいるのを聞いたことがある。

「……三尾はなぁ……〝イザナギ〟の子孫なんや……。だから〝イザナギ〟なんや……」

〝赤足〟が奇妙なことをいった。

「〝イザナギ〟の子孫って、どういうことですか?」

道西が訊いた。

だが、〝赤足〟は、車に揺られながらまた眠ってしまった。

5

淡路島に着いて三日目の夜——。

萌子は闇の中に揺らぐ、焚火の炎を見つめていた。

今日は、安息日だった。

日中は山小屋の中で昼寝をしたり、近くの森の中を散策したりして過ごした。何か使えそうな物や、食べられそうな物を探した。シカの親子やコジュケイの群れに出会ったが、結局、何も手に入らなかった。

〝イザナギ〟という人が住んでいる山小屋は、狭いけれど意外と快適だった。広さは、六畳間ほどだろうか。廃材や間伐材で作ったのか、壁は隙間だらけだが、いまの季節はそこからかすかに風が入ってきて心地好い。ちゃんと床も張ってあるので、それほど虫も入ってこない。

昨夜はそこにひと組の布団を三人で分けて川の字のように敷き、〝イザナギ〟、〝グミジャ〟、萌子の順に並んで眠った。お父さんか南條君以外の男の人と同じ部屋に寝るのは初めてだったので少し怖かったが、心身共に疲れていたのですぐに眠ってしまったし、結局何も起きなかった。

〝イザナギ〟は、とても不思議な人だった。自分では〝ただのヤクザ〟だといっているし、確かに腕から背中に掛けて大きな刺青が入っている。人も殺している。でも萌子は、この人を怖くなかったし、どう見ても〝ただのヤクザ〟には見えなかった。

あえていうならば、どこか次元の違う世界から現世に現れた未知の人類——もしくは宇宙人？——のような、不思議なオーラを感じさせる人だった。見た目は髪と髭が伸びて、古いジャンパーとボロを着た、汚いおじさんにすぎないのだけれど。

その〝イザナギ〟は夕方にポンコツの軽トラックに乗って山を下りていき、お酒やお茶、食料、トイレットペーパーなどを大量に買って戻ってきた。お金さえあれば、必要最小限度の日用品を買える安全な店が、近くにあるようだった。

夜は買ってきた食料と、小屋の冷蔵庫の中に入っていた鹿肉で焼肉をして食べた。鹿肉を七輪の炭火で炙り、それをウスターソースに付ける食べ方はとても美味しかった。

〝イザナギ〟や〝グミジャ〟は、肉を食べながらビールや焼酎を飲んだ。二人はお酒に酔って、なぜか楽しそうだった。萌子も、楽しかった。昨年の夏、大学の友達たちと行ったキャンプの夜のように……。

でも萌子は、どことなくこの二人の間には入り込めないような、絶対的な〝壁〟のようなものを感じていた。でも、それは当然なのだ。〝イザナギ〟はヤクザだし、〝グミジャ〟は殺し屋なのだから……。

いまも〝イザナギ〟と〝グミジャ〟は、焚火を囲んで萌子の前に座っている。お酒を飲みながら、楽しそうに話している……。

「〝グミジャ〟、お前のベレッタをちょっと見せてくれないか。おれのも、ほら……」

〝イザナギ〟が自分のGLOCK19をベルトから抜いて、差し出す。

「うん、はいこれ……」

〝グミジャ〟がウエストポーチのホルスターからベレッタM92Fを抜き、〝イザナギ〟に渡す。

「やっぱりベレッタはいいな。握りやすいし、狙いやすい……」

〝イザナギ〟がそういって銃を構え、闇の中を狙う。

「GLOCKもいいわ。最高よ。私も〝北〟にいる時に、訓練で撃ったことがある……」

〝グミジャ〟は銃のマガジンを抜き、またそれを入れて、両手で構えるポーズを取る。

「だけど〝奴ら〟がそのGLOCKを落としてくれたのは運が良かった……」

「そうね。あなたは銃が手に入ったし、私は同じ口径の弾をもらえた……」

〝グミジャ〟がそういって笑った。

萌子には、まったくわからない会話だった。この人たちはその銃を使って、まだ人を殺すつもりなのかしら……。

「あのぉ……」

萌子がいることを思い出したように、二人がこちらを向いた。

「何だ?」

〝イザナギ〟がいった。

だけど、何だか自分だけが浮いている気分になった。

「あなたはなぜ〝イザナギ〟なの……?」

萌子が訊いた。

「おれがか?」

〝イザナギ〟が自分を指さした。

「そう……。〝イザナギ〟って、本名じゃないですよね……。それなのに、どうして〝イザナギ〟って呼ばれてるんですか……」

自分でも、唐突だと思った。

だが、〝イザナギ〟は、真面目な顔で頷いた。

「日本の神話については、詳しいか?」

「少しは……。古事記や日本書紀の現代語訳くらいは読んだことがあります……」

事実だった。

ウェクスラー式知能検査でIQが170以上あった萌子は、子供のころからいろいろなことに興味を持ち、大人が読むような本も読み漁った。

〝お父さん〟の書棚に入っていた『古事記』や『日本書紀』も、そのひとつだった。内容は、いまもだいたい覚えている。

「それならば、この淡路島が神話の中で、どのような島か、知っているだろう」

「はい……。日本書紀の巻一、神代上の第四段に書かれている〝国産み〟の神話に出てくる〝淡島〟のことですよね……」

〝国産み〟は、日本の国土がどのようにして生まれたかを語る創成の神話である。その記述が、古い文献にはっきりと残っている。

『日本書紀』によると、天地創造を司るコトアマツカミは、イザナギとイザナミの二人の神に日本の大地（大八島）を作るように命じ、この時に最初にできた陸地が〝淡路洲〟であるとされている。また『古事記』ではこれを〝淡道之穂之狭別島（あはぢのほのさわけのしま）〟と記している。つまり、これが現在の淡路島である。

「そうだ。つまり日本列島の中で最初にできた島が淡路島で、それを作ったのが〝イザナギ〟だということだ……」

〝イザナギ〟がいった。

「そこまではわかります。でも、なぜあなたが、その〝イザナギ〟なのか……」

突然始まった奇妙な神話の話に、〝グミジャ〟はきょとんとしている。

「それなら〝三尾神社〟を知っているか。滋賀県にある神社だ」

「知ってます。大津市にある神社ですよね。主祭神は伊弉諾尊（いざなぎのみこと）……」

二年前、琵琶湖の辺（ほとり）にある南條君の実家の湖月寺に世話になった時に、二人で近くの寺社巡りに出掛けた。その時に、三尾神社にも行ったことがある。

イザナギノミコトには腰帯が三本あり、これが尻尾に見えたことから、別名を〝三尾大明神〟と呼ばれた。これが三尾神社の名前の由来である。

「そこまで知ってるなら、話が早い。おれの本名を教えてやろう。三尾義政という」

「あっ！」

萌子は〝イザナギ〟の本名を聞いて、思わず声を出した。

〝三尾〟姓を名告るものは、〝イザナギ〟の子孫であるとされている……。

「そういうことだ。おれの故郷は、岐阜県の飛騨高山だ。あのあたりには〝三尾〟という姓が多い……」

イザナギノミコトは、飛騨に住んでいたとされている。いまも高山市には〝三尾〟という地名が残っている。

「あなたは本当に、〝イザナギ〟の子孫なの？」

萌子が訊いた。

だが〝イザナギ〟は、笑いながら首を横に振った。

「何千年も前の話だぞ。そんなこと、わかるものか」

他にも滋賀県の高島市や長野県にも〝三尾〟という地名は残っているし、清和源氏や豪族三尾氏の末裔、裏木曽に土着した平家の落人がルーツという説もある。

「それなら、どうして……」

「〝イザナギ〟というのは、おれのただの渾名だよ。裏社会じゃ、本名より渾名の方が便利なことがある。だけど、そのうちに誰かが、おれのことを本当に〝イザナギ〟の子孫だといいはじめたのさ」

「なぜ……」

「おれが〝イザナギ〟の末裔だと、都合のいい奴がいたんだ。金になるからさ。そのためにおれを〝イザナギ〟の子孫に祭り上げて、政治的に利用しようとした」

「誰がそんなことを……」

「考えればわかるだろう。この島を、乗っ取ろうとしている奴らさ」

「なるほど……」

それで、わかった。

もし〝イザナギ〟の子孫がいれば、この淡路島を乗っ取ることを正当化できるということか。なぜなら淡路島は、元々〝イザナギ〟のものだからだ。

「それならなぜ、あなたは追われているの?」

だが、その時、遠くから車のエンジン音が聞こえた。

音が、次第にこちらに向かってくる。三人は、息を潜めて事の成り行きを見守った。

やがて周囲の森が車のハイビームの光で照らされ、三人が焚火をしている場所の二〇メートルほど手前で止まった。

〝グミジャ〟がホルスターからベレッタを抜いた。だが、〝イザナギ〟はそれを手で制し、自分がGLOCKを抜いて立った。

車のライトが消え、ドアが開いた。

「三尾さん、待て。おれだ。道西です。撃たないでくれ……」

スーツ姿の男が一人、両手を上げて降りてきた。他に、人は乗っていないようだ。

〝イザナギ〟が銃を下ろし、男に歩み寄る。

「なぜメールをしなかった。ここには来るなといったろう……」

〝イザナギ〟がいった。

「だいじょうぶですよ。そのポンコツの軽にはナビが付いてない。足跡は付きませんから……」

道西と名告った男が、焚火の前に座る萌子と〝グミジャ〟を見渡した。

「この二人が〝白いバイクの女〟だ。何があったんだ。急ぎの用か？」

〝イザナギ〟が訊いた。

「そうです……。実は今日、〝赤足〟に連れられて神戸の南京町に行ってきました。例の、汪龍光の店です……」

「何だって……」

二人のやり取りは、萌子と〝グミジャ〟がいる所まで聞こえてくる。何か、問題が起きたらしい。

「〝赤足〟が、中国人の〝殺し屋〟を雇いました。明日、北九州からこちらの方に着くようです……」

「どこの人間だ。蛇頭か。それとも、三合会か？」

「わかりません。しかし福建の連中だといっていましたから、斧頭幇か清竜会あたりの奴らかもしれません……」

「人数は？」

「それもわかりません。ただ〝赤足〟は三尾さんとあそこにいる女の一人を始末し、もう一人は拉致って連れてくるように注文を出しました。たぶん、あの若い方の女です……」

「わかった。気を付ける」

「それから〝赤足〟は、おれが三尾さんの居所を知っていると疑っているようです。もしかしたら今後、おれに何かあるかもしれません……」

「その前に、島から逃げろ」

「いえ、だいじょうぶです。私にはまだやらなくちゃならないことがありますので」

「〝恵美ちゃん〟のことか？」

「そうです……。あいつを〝迎賓館〟から連れ出すまでは、この島を逃げるわけにはいきませんから……」

「お前も、気を付けろ」

「ありがとうございます。三尾さんも、ご無事で。それじゃあおれは、戻ります……」

男が一礼して車に乗り、帰っていった。

〝イザナギ〟が焚火のところに戻ってきた。

「いまの、誰なの？」

〝グミジャ〟が訊いた。

「おれの舎弟だ。道西という男だ」

「あの男、なぜこの場所を知ってる？　信用できるの？」

〝イザナギ〟が首を傾げた。

「さあな。信用できる奴なんて、この世に誰もいないさ。ただ道西は、この島の中で唯一、おれの味方であることは確かだ。少なくとも、いまのところはな……」

〝グミジャ〟は、その答えで納得したようだった。

「〝イザナギ〟、わかった。あなたにまかせる……」

〝グミジャ〟がいった。

萌子は二人のやり取りを聞きながら、一人、考えた。

自分は、何をしたらいいのだろう……。

だが、いまは何をすべきかもわからなかったし、何ひとつ信じることもできなかった。

ラジオからは、エンニオ・モリコーネの「死刑台のメロディ」が流れていた。

6

夜の明石海峡大橋を、二台のバイクが連なり、淡路島に向かっていた。

前を行くのはＹＡＭＡＨＡドラッグスターＸＶＳ１１００のブラック。もう一台は二〇〇二年型の古いハーレーダビッドソンＦＸＤＬローライダー。どちらもアメリカンタイプの大型バイクだった。

ゴールデンウィーク中にもかかわらず、橋は空いていた。疎らな車の流れの中を、二台のバイクはＶツインエンジンの低いエンジン音を響かせながらゆったりと走っていた。

間もなく二台は、全長およそ四キロの巨大な明石海峡大橋の中央を越えた。

前方に、淡路島の暗い島影が迫っていた。

明石海峡を渡り、二台のバイクは淡路島で最初のサービスエリア——淡路ＳＡ——に入った。

観覧車のある、丘の上の広いサービスエリアだ。展望台からは、ライトアップされた明石海峡大橋と、対岸の神戸の夜景が見える。だが、この時刻になると車はほとんどいない。

二台のバイクは並んでフードコートの前に止まり、エンジンを切った。だが、店はもう閉まっていた。

バイクから、二人の男が降りた。どちらも申し合わせたようにジーンズに革のライダースジャケット、その上に袖を切り取ったデニムのジャケットを着ていた。背中には、鷲の羽の刺繡が入っている。

二人がアメリカンタイプのジェットヘルメットを脱ぎ、風を通す。

ＹＡＭＡＨＡに乗っていたのは萌子の父親の笠原武大、ハーレーダビッドソンの方は湖月寺の住職の南條茲海だった。

「いま一〇時ですか。意外と早く着きましたね……」

笠原が腕のGショックを見ながら、いった。

滋賀県の琵琶湖畔にある湖月寺を二人でバイクで発ったのが、午後八時ごろだった。大津インターで名神高速に入ってからはノンストップで走り続けてきたとはいえ、思ったより順調だった。

「しかし、さすがにYAMAHAは〝足が速い〟ですな。このポンコツのハーレーで付いていくのは大変です……」

「いや、〝本物〟はやはり一緒に走っていても風格がありますよ」

笠原がバイクを買ったのは、四年前に萌子のPCXに少し乗らせてもらったことが切っ掛けだった。ちょうどそのころに世話になった湖月寺の住職の茲海がこのハーレーを持っていたので、自分もアメリカンタイプの大型バイクが欲しくなった。若いころから大型二輪の免許は持っていたので、二年前にこのYAMAHA・XVSを買った。

「しかし笠原さんは輪島からずっと走り詰めだったので、疲れたでしょう」

茲海にいわれて改めて考えてみると、輪島の自宅を出たのが今日の正午過ぎ。滋賀の湖月寺に着いたのが七時ちょうどぐらいだった。その間も最低限の休みを取るだけで、もう一〇時間近くバイクを走らせてきた。さすがに、疲れていないといえば嘘になる。

「まあ、だいじょうぶです。お茶でも飲んで、先を急ぎますか」

「私も。でも、お茶はほどほどにした方がよろしいですぞ。飲みすぎると、着いてからのビールの味に差し支えますからな」

茲海が仏門に下った者らしからぬことをいって、笑った。

お茶を飲み、トイレに行って、また二人でバイクに乗った。

今夜からしばらくの間、茲海の紹介で、淡路七福神のひとつ弁財天を祀る道禅寺という寺に世話になることになっている。寺まではここから二つ先の北淡インターで降りて西の海岸線を走り、あと三〇分ほどだという。

二台のバイクは淡路サービスエリアから本線に戻り、Ｖツインエンジンの音を響かせながら、神戸淡路鳴門自動車道を南へと向かった。


同じころ――。

二台のアメリカンバイクの数分後に、明石海峡大橋を渡って淡路サービスエリアを通過した黒い大型セダンがいた。

車種はトヨタ・センチュリー。後部座席には『キマイラ』グループ特別顧問の五味秀春と、秘書の新藤直久（しんどうなおひさ）。運転席と助手席には警護が二人乗っていた。

五味は新神戸で新幹線を降り、迎えの車で淡路島の『キマイラ』の施設〝青海荘〟に向かっていた。東京での仕事を終え、夜に淡路島に入る時にはいつもそうしている。

〝青海荘〟では、『キマイラ』グループの会長の阿万隆元が待っている。いや、正確には、阿万と会うのは明日だ。表向きは休日のゴルフと明日の夜の〝青海荘〟でのパーティーへの誘いだが、今回は他に懸案事項がひとつ。明日、どこかで、〝いま淡路島で起きていること〟について阿万と話し合わなくてはならない。

五味が腕のロレックスの時計を見た。

「もうすぐ着くな……」

「はい、あと二〇分ほどで着くと思います」

秘書の新藤が、低い声で答えた。

「〝知事〟は?」

「はい、昨日、現地に入られたようです」

「そうか……」

あまりにも静かなことが、かえって不安だった。

田臥健吾は、淡路市の〝レジデンス・アワジ〟という海辺の貸別荘の一室にいた。一泊一棟一五万円以上する高級貸別荘だ。だが、どうせ官費だ。同じ省庁でも外務省や財務省の連中が海外に出張する時にはもっと高級なホテルに泊まるのだから、かまうものか。

田臥はシャワーを浴びて一日の嫌な汗を流し、コンビニで買ったハイボールを飲んでいた。窓の外には、対岸の神戸の夜景が映っている。

ここは何もかも、快適だった。こうしていると、自分が何をしにこの島に来たのか、忘れてしまいそうになる。

それにしても奇妙だ。県警も所轄も、まるで淡路島には何も起きていないといわんばかりにしらを切る。〝本社〟の捜査に〝支社〟や〝支店〟が協力的ではないことはよくあるが、ここまであからさまなことは珍しい。

いったいこの島で、何が起きてるんだ……。

その時に、ドアノブが小さな音を立てて回った。

ドアが、静かに開く。バスローブを着たアサルが、体を滑り込ますように入ってきて、ドアを閉めた。

「どうしたんだ？」

田臥が訊いた。

「寝られないの……」

暗い部屋の向こうで、なぜかアサルが泣いているように見えた。

「こっちに来いよ」

「うん……。でも、いい……。自分の部屋で寝るわ……」

アサルがそういって、また部屋を出ていった。

田臥はまた窓に映る夜景を見ながら、ハイボールを飲んだ。

同じころ、北九州市――。

一台のハイエースが深夜の小倉北区を出発し、関門海峡へと向かった。

車内には中国福建省の黒社会〝斧頭幇〟の兵隊、六人が乗っていた。

頭目は元人民解放軍の魁列亮という男だった。

通称、〝虎人(フーレン)〟——。

虎に憑依された戦人、の意味を持つ。

中国には、人を五人殺していられなくなった。数年前に日本に密入国してからは、何人殺したかも覚えていない。

車は間もなく関門橋を渡り、本州に入った。

朝までには〝仕事〟のある淡路島に着くだろう——。

魁はハイエースのリアシートで腕を組み、目を閉じた。

7

物音で目を覚ました。

しばらく目蓋が重くて目が開かなかったが、外が少し明るいことがわかった。

朝なのか、それとも夕方なのか……。

南條康介は無意識に、枕元のスマートフォンを手探りした。それが、長年の癖だった。

だが、スマートフォンがない……。

鉛のように重い頭で考えた。

なぜ、ぼくのスマートフォンがないんだろう……。

そのうちに、思い出した。

そうだった……スマートフォンは、〝ヨシコさん〟に預けてあるんだっけ……。

また、物音が聞こえた。康介は、何とかして重い目蓋を開けようと、朦朧とした意識の中で頑張った。

やっと、薄目が開いた。だが、視界は横になったままだ。

部屋にもうひとつあるベッドの上で、友達の斎藤大輝の寝ている背中が見えた。チェック柄のパンツとTシャツ姿で、掛け布団を抱き締めている。どうやら、まだ眠っているらしい。

大輝、起きろよ……。

康介は、懸命に呼び掛けた。だが、まるで息が詰まっているように、声が出ない。

重い頭と首を、動かしてみた。セメントで固められたように、動かない。薄目を開けた視線だけを、音のする方に向けた。

〝ヨシコさん〟がいた……。

テーブルの上に、朝食のお皿やパンを並べている。

そうか、朝なんだ……。

そんなことを思っているうちに、〝ヨシコさん〟がこちらに歩いてきた。

「さあ、南條さんも斎藤さんも、起きてくださいね。もう八時よ。朝ごはん、用意できましたからね」

肩を揺すられて、やっと本当に目が覚めた。体は重いけど、どうにか動くようになった。

斎藤も、何やら意味不明のことを呟きながら寝返りを打ち、ベッドに体を起こした。

ぼんやりと、南條を見ている。目に、生気がない。きっと、ぼくもそうなのだろう……。

「ほら、二人とも、早く朝食を食べてくださいね。今日もこれから〝セミナー〟がありますからね」

〝ヨシコさん〟に急かされて、二人はベッドから下りた。寝癖のついた髪を掻き、あくびをしながらダイニングに向かう。テーブルに着き、またあくびをした。

朝食はハムエッグとサラダ、スープに焼きたてのパン。あまり食欲がなかったはずなのに、食べはじめたらいくらでもお腹に入る気がした。

「はい、どんどん食べてね。パンのおかわりはいくらでもありますからね」

〝ヨシコさん〟は、康介と大輝の世話係だ。歳は四〇くらい、グラマーな美人で、二人の食事の仕度から洗濯、スケジュールの管理まで何でもやってくれる。

もしかしたら、セックスのことも……。

でも、なぜ〝ヨシコさん〟がぼくたちの世話係になったんだろう……。

そもそも、何でぼくたちはこんな所にいるんだろう……。

そして、ここはどこなんだろう……。

そのあたりのことは、あまりよく覚えていない。

「……ねえ、ヨシコさん……。ぼくのスマホがないんだ……。知らないかな……」

口の中のパンをもぐもぐ嚙みながら、大輝がいった。

「あら、スマホなら私が預かってますよ。忘れちゃったの？」

そうだよ。〝ヨシコさん〟に預けてあるんじゃないか……。

康介はそのことだけは、覚えていた。

「……スマホ……返してくれませんか……」

「いまはダメよ。カリキュラムの〝セミナー〟がすべて終わるまで、私が預かっておく約束でしょう。終わったら、ちゃんと返してあげますから」

「……はい……」

大輝は素直に頷き、またパンを食べはじめた。そのやり取りをぼんやり聞きながら、康介は何も違和感を覚えなかった。

そうだよ……スマホは〝ヨシコさん〟に預けるって、約束したじゃないか……。

食事が終わると〝ヨシコさん〟が食器を片付け、二人のグラスに水を入れてくれた。そして二人の前に、三種類の色の違う薬を三錠ずつ置いた。

「はい、これいつものビタミン剤よ。元気が出るから、ちゃんと飲んでくださいね」

〝ヨシコさん〟がそういって、キッチンで洗い物をはじめた。

「はい……」

大輝が三錠の錠剤を口に放り込み、水で飲み下した。康介も、そうした。

だが、ぼんやりしていて、手の中から薬を落としてしまった。三錠の錠剤はフローリングの床の上をころがり、テレビキャビネットの下に入って見えなくなった。

康介は、ぼんやりとそれを見ていた。面倒なので、取りに行く気はなかった。〝ヨシコさん〟も洗い物をしていて、気が付いていない。

まあ、いいか。ビタミン剤なんて、飲まなくても平気だ……。

〝ヨシコさん〟が洗い物を終えて、テーブルに戻ってきた。

「薬はちゃんと飲みましたか?」

「はい……」

「はい……」

二人が子供のように返事をした。

返事をしながら、康介は思った。自分の頭の中は、どうしちゃったんだろう……。

「それじゃあ南條さんも斎藤さんも、いつもの〝制服〟に着替えておいてくださいね。九時になったら迎えのバスが来ますから。わかりましたね」

「はい……」

「はい……」

〝ヨシコさん〟がドアに鍵を掛けて、部屋を出ていった。

康介は椅子から立ち、大きなガラス窓のある窓際に立った。外にはデッキがあり、その向こうには広大な芝と、森が続いている。

ここは、森の中のコテージだ。もう長いこと、康介と大輝はここにいる。外に自由に出ることはできないけれど、とても居心地が好いので不満はない。

この森の中には他にもいくつかのコテージがあって、そこにも何人かの学生たちがいる。みんな〝セミナー〟の仲間だ。自分たちがなぜここにいて、なぜ〝セミナー〟で学んでいるのかあまりよく思い出せないけれど、いまはとても楽しい。こうしていると、とても幸せな気分でいられるからだ。

「康介……そろそろ着替えないと……」

大輝にいわれて、振り返った。

「そうだね……準備しないと……」

康介はクローゼットを開けて〝制服〟が掛かっているハンガーを取り、青い修行服を身に着けた。

8

淡路島の道禅寺は、島の中央部、西の山田漁港のあたりから少し山間(やまあい)に入ったところにある静かな禅寺である。

淡路七福神霊場のひとつ、四番霊場の弁財天を祀る寺としても知られている。この弁財天は八本の腕がある珍しい像で、顔がある有名タレントにそっくりだったことから、一時は島の観光名所として人気になったこともあった。

笠原武大と南條茲海の二人は、寺の庫裏の一室で朝食を終え、のどかなひと時を過ごしていた。ゴールデンウィーク中なので参拝者が訪れているのか、時折その声が庫裏まで聞こえてくる。

「しかし、淡路島は意外とヤクザ絡みの事件が多いようですな……。特に連休に入る直前くらいから、島のあちらこちらで集中して起きている……」

茲海がお茶をすすり、兵庫県の地方紙を読みながら呟く。横の座卓の上には、ここ数日分の地方紙が積まれている。

「確かに、多いですね……。最初に起きたのは四月二八日の夜か……。殺された〝滝本〟という男は新聞では〝会社社長〟になっていますが、ネットで検索すると解散した〝任俠道義会〟というヤクザ組織の組長だったようですね……」

笠原がパソコンで検索しながら答えた。

その後も、島では奇妙な事件が続発している。二日後の四月三〇日の夕刻には淡路島公園内で暴力団同士の乱闘事件が発生。一人死亡、二人重傷。その数分後には同公園のB駐車場内で車が炎上する事件が発生し、男が一人死亡した。さらに翌五月一日の朝には島内の大塔峠の近くの林道でも暴力団同士の抗争があり、ここでも男二人が射殺されている――。

この一連の事件の情報の中に、頻繁に引っ掛かってくるのが『(株)ギャザー警備』という会社名だ。四月二八日の夜に新開地で射殺された滝本晃兼という男は、この〝ギャザー警備〟の社長だった。そして翌々日、その翌日に殺された男たちも、〝ギャザー警備〟の社員だったという噂も流れている。

「新聞には〝ギャザー警備〟という名前はどこかに出てきますか?」

笠原が訊いた。

「いや、こちらにはまったく……。殺された男たちはただ〝会社社長〟、〝会社員〟となっているだけですな……」

「ちょっと、調べてみますか……」

笠原は〝ギャザー警備〟とキーワードを打ち込み、グーグルで検索した。すると、同名の会社概要がヒットした。

〈――社名　株式会社ギャザー警備
本社　〒656―2131
兵庫県淡路市志筑〇〇〇.
設立　2017年
資本金　3000万円
社員　70名
代表取締役社長　滝本晃兼――〉

代表取締役社長の欄は、まだ滝本のままになっていた。だが、次の一行を読んだ時、笠原は息を呑んだ。

〈――営業種目 施設、設備、建造物等の保全と警備。主に淡路島内の（株）キマイラ、キマイラグループが管理する施設の警備を請負または受託――〉

ここに〝キマイラ〟が出てきた……。

「茲海さん、ちょっとこれを……」

「何です？」

「これです。どうやら〝ギャザー警備〟というのは、例の〝キマイラ〟グループの関連企業のようですね……」

笠原がそういって、パソコンのディスプレイを茲海に見せた。

「いや……これは……。それじゃもしかしたら、うちの康介や萌子さんも、この一連の事件に何か関係しているんでは……」

「まさかとは思いますが、その可能性はあるかもしれませんね……」

笠原はさらに、パソコンを操作した。

ツイッターで〈――ギャザー警備――犯人――〉という検索ワードで検索すると、興味深いキーワードが引っ掛かってきた。

〈――白いバイクの女――〉

何だ、これは？

〈――ギャザー警備の連中を殺ったのは、白いバイクに乗った髪の長い女やで。めっちゃ美人やて、ラジオでいってたで――〉

〈――おれも聞いたよ。白いバイクの女は2人いるんや。いまギャザー警備の奴らが追ってるって聞いた。捕まったら殺されるんとちゃうか――〉

他にも、似たような投稿がいくつかある。

〈――白いバイクの女は、まだ逃げてるらしいで。2人の内の1人のバイクはHONDAのPCXや。ギャザー警備から賞金が出るって噂や――〉

〈――知ってる。その女のPCXのナンバーは、金沢〇〇〇〇だって。この前ラジオでいってた――〉

まさか……。

金沢○○○の白いHONDA・PCXは、萌子のバイクだ……。

「笠原さん、どうかしましたか」

茲海にいわれ、我に返った。

「ええ……。また奇妙な情報が引っ掛かってきたもので……」

「どんな情報です？」

「〝情報〟というか、これなんですが……」

笠原はまた、パソコンの画面を茲海に見せた。

「ほう……。〝白いバイクの女〟ですか。この女が本当に、犯人なんですかね……」

「わかりません。問題は、その二人の女の内の一人が乗っているバイクなんです。ナンバーが、萌子のものと同じなんです……」

「まさか……。それでは、萌子さんが……？」

「わかりません……。私も、まさかとは思うんですが……」

他にもまだ、〝白いバイクの女〟に関連する投稿があった。

〈──白いバイクの女はもう死んだらしいよ。昨日からラジオで何もいわなくなったからね──〉

「この〝ラジオ〟というのは。何でしょうかね……」

茲海が首を傾げる。

「さあ、わかりません。地元のFM局か何かの番組の中で、〝白いバイクの女〟のことが話題になっていたということなのかな……」

笠原が首を傾げる。

「しかし、おかしくありませんか。ギャザー警備の滝本という男が殺されたのは四月二八日の夜のことでしょう。萌子さんはその翌日に私の所に寄ったのだから、まだ淡路島にはいなかったはずだが……」

確かに、茲海のいうとおりだ。

少なくとも萌子が最初の事件に関係しているということは、時系列を考えても有り得ない。

「しかし、萌子が何らかのトラブルに巻き込まれたのは確かなようです」

「そのようですな。どうしますか？」

「ともかく、今回の一件の手掛かりはこのギャザー警備にあるようですね。本社の住所もわかりましたし、まずここに行ってみたいのですが……」

「ここからそう遠くありませんな。こうしていても何も始まらない。よし、行ってみましょう」

二人は読んでいた新聞とパソコンを片付け、庫裏を出た。

9

警察庁公安〝サクラ〟の田臥と室井は、淡路島公園のB駐車場の前にいた。

四月三〇日の夕刻、車の炎上事件が起きた〝現場〟だ。

「ここですね……」

「そうらしいな……」

田臥は現場保存用のテープを踏んで、メルセデスを駐車場に入れた。外に出ると、あたりにはまだガソリンの臭いが残っていた。路面の一部と周囲の木が、真黒に焼けただれていた。

焼けた車は二〇一〇年式の黒いトヨタ・マークX。所有者は淡路島に住む樽本洋司、三六歳。おそらく車の中で焼死していたのも、この男だろう。遺体の服の中に、同名の男の身分証が入っていた。

問題はその遺体の頭部から二発、背後の木の幹から一発、計三発の9ミリのパラベラム弾が見つかったことだ。

三発ともフロントガラスを貫通して変形し、火災の熱で溶けていたために、二発からは線条痕が検出されなかった。だが、遺体の頭部に入っていた一発には、かすかに残っていた。

その線条痕が、二年前に殺された警視庁の元刑事部長、大江寅弘が所持していたベレッタM92Fの物と一部が一致した。もしかしたら、同じ銃が使われていた可能性がある……。

「左奥に、フル加速したようなタイヤ痕がありますね……。すると車はあのあたりから駐車場の出口の方に向かってきて、途中で急にハンドルを左に切った……。そしてあの焼けた木に激突して炎上した……。すると、銃を撃ったのはおそらくこの白墨の印あたりか……。確かに、〝支店〟の連中の説明どおりではありますね……」

室井が〝現場〟を歩きながら呟いた。

田臥と室井は昨日、淡路島に入ってまず所轄の北淡路署に寄り、刑事課の担当から管轄の二件——正確には三件か——の報告を聞いた。担当者は〝事件(ヤマ)〟に関しては何かを隠蔽しようとする様子はなかったが、だからといってそれ以上の協力をするつもりもないようだった。最低限度の説明と簡単な事件資料を渡された後で、あとは勝手に調べてくれとでもいわんばかりに体よく追い払われた。

「撃ったのは白いバイクに乗った女だといったな……」

〝事件〟には、目撃者がいた。

〝犯人(ホシ)〟はバイクに乗った二人組だ。一人はおそらく、四月二八日の夜の新開地でギャザー警備社長の滝本晃兼を殺った〝グミジャ〟だろう。だが、もう一人は〝女のようだった〟というだけで、何もわからない。

「しかし例の〝グミジャ〟が殺ったんだとしたら、〝いい腕〟をしてるな……」

射撃地点から着弾地点までは、およそ二〇メートルから二五メートルはある。この距離から猛スピードで向かってくる車を正面からベレッタで撃ち、三発の内二発をドライバーの頭に命中させるのは、ほぼ神業に近い。あのアサルがやられるわけだ。

そして二人の女は、二台のバイクに分乗してこの〝現場〟から走り去った……。

田臥のポケットの中で、アイフォーンが振動した。

アサルからだ。

「そちらはどうだ……」

――はい……私はいま、F駐車場から〝三次元の森〟に入ったところにいます。森を抜けて、芝の広場になっているところです――。

「何か、見つかったか」

――はい……芝の上に、バイクのタイヤの跡が残っています。現場保存用のテープなどはありませんが、おそらくここが〝支店〟の担当者がいっていた、もうひとつの〝事件〟の〝現場〟だと思います――。

四月三〇日の夕刻、この淡路公園の周辺で二件の〝事件〟が起きた。一件はいま田臥と室井がいるB駐車場の車の炎上事件。もう一件は隣接する〝三次元の森〟の中で起きた地元のチンピラ同士の乱闘事件だ。

この〝事件〟でも金村健介という男がバットで頭を割られて重態、〝支店〟によると昨日の朝に死亡した。他に二人が足を骨折するなどの重傷を負っている。

この二件の〝事件〟には、発生した時刻と〝現場〟が近いだけでなく、他にもいくつかの共通点がある。殺られた樽本と金村がどちらも〝ギャザー警備〟の社員で、元任侠道義会の組員であったこと。重傷者二人も、その関係者であったこと——。

〝犯人〟がいずれも大型バイクに乗っていたこと——。

つまり、やったのはあの〝グミジャ〟だということだ。わからないのは社長の滝本を消した〝グミジャ〟が、なぜまた〝ギャザー警備〟の下っ端と交戦することになったのか、その理由だ。

「他に、何が見える？」

田臥がアサルに訊いた。

——特に、不審なものはありません……。遠くにコテージのような建物が何軒か……おそらく〝三次元の森〟の宿泊施設でしょう。他に、親子連れの観光客が、何組か——。

「よし、そうしたらこちらと合流しよう。いま我々のいるB駐車場の方に来てくれ。久野々の〝現場〟に寄って、志筑の〝ギャザー警備〟の本社に向かおう」

9ミリ弾とクロスボウのようなもので二人が殺された久野々の山中の〝現場〟は、細い林道の峠道だと聞いている。田臥が乗るメルセデスよりも、アサルのスバルXVに同乗した方が行きやすい。

——了解しました。これからF駐車場に戻り、そちらに向かいます。一五分くらいで着くと思います——。

「待ってる」

田臥がそういって、電話を切った。

アサルはアイフォーンをジーンズのポケットに入れ、スバルを駐めてあるF駐車場に向かった。

広場を横切り、足早に森を抜ける。

途中で小学生くらいの兄妹を連れた夫婦とすれ違った。〝三次元の森〟は、つい先日、この近くで忌まわしい〝事件〟があったとは思えないほど平穏そのものだった。

駐車場に着いて、黒いスバルXVに歩み寄る。周囲には、十数台の車が駐まっていた。

今日は、五月三日……。

月曜日だが、日本の〝ゴールデンウィーク〟と呼ばれる連休中としては、車はそれほど多くない。

その時、気になる車がアサルの目に留まった。車種はトヨタ・ハイエースのスーパーロング。警察庁の公安に配属されれば、嫌でも日本のメーカーの車種はすべて暗記させられる。確か一四人乗りの、コミューターというグレードだ。

運転席に六〇歳くらいの男が一人。見たところ、どこかの旅館かホテルの送迎バスのようだが、白い大きなボディーには何も文字が書かれていない。

アサルが気になったのは、そのハイエースに乗り込んだ六人の団体客の姿だった。全員、二〇歳前後の若者だった。男が五人に、女が一人。六人全員が、奇妙なデザインのお揃いのブルーの服を着ていた。

何の団体だろう……。

宗教か何かだろうか……？

団体には、四十代ぐらいに見えるガイドらしき女が付いていた。女は六人をコミューターの中に先導し、全員が乗ったことを確認すると、自分も助手席に乗り込んだ。

ハイエースがゆっくりと駐車場を出ていった。アサルは自分のスバルに乗り、走り去るハイエースをアイフォーンのカメラで何枚か写真を撮った。

何となく気にはなった。後を尾けてみたかったが、いまは田臥と室井をB駐車場で待たせている。

写真には、車のナンバーも写っている。後で調べる気になれば、何とかなるだろう……。

アサルはスバルのエンジンを掛け、F駐車場を出ると、ハイエースとは逆の方向に向かった。

10

森の中に、沢があった。

その沢を石伝いに上流に向かうと、古く小さな砂防ダムがある。

晴天が続けば涸れてしまいそうな小さな沢だが、砂防ダムにはいつもプールのように浅く水が溜まっている。澄んだ水だが、なぜか生温い。

よく見れば、沢の底から泡が出ている。温泉が湧いているのだ。

野生動物は、温泉のある場所をよく知っている。いまも脚を傷めた牝鹿が一頭、プールに体を浸して休んでいた。心地好いのか目を細めて、体が船をこぐように揺れている。

その牝鹿が突然、目を開けた。

顔を上げて、あたりの様子を探る。〝何か〟の気配を察したらしい。

体を起こして水から出ると、そのまま自分の気配を殺して森の中に消えた。

しばらくすると、沢を登る誰かの足音が聞こえてきた。

間もなく、沢に人影が現れた。〝イザナギ〟だった。

〝イザナギ〟は砂防ダムの堤の上に上がり、そこに持っていたタライと着替え、ベルトから抜いたGLOCK19を置いた。

着ている物を脱ぎ、裸になった。背中一面に、日本神話のイザナギとイザナミの国産みの図柄の刺青が浮き上がる。この刺青も、三尾義政が〝イザナギ〟と呼ばれる所以のひとつだ。

湯だまりに飛び込み、頭から水を浴びた。冷たくはないが、温かいというほどでもない。湯とも水ともつかぬほどの温度だが、これはこれで慣れてしまえば悪くない。

〝イザナギ〟はゆったりと体を伸ばした。カイナ五分から胸にかけて彫られた波と鯛の図柄が、水と穏やかな陽光を受け、命を得たように輝いた。

森は静かだった。

〝イザナギ〟が水の中で気配を消すと、いつの間にか森のあちこちに野鳥が飛び交い、囀(さえず)

りを競い始める。気が付くと森の奥から、牝鹿が一頭、じっと〝イザナギ〟を見つめていた。お気に入りの岩に体を預け、木漏れ日を見上げながら考える。

さて、これから、どうするか……。

あの〝グミジャ〟と萌子という二人の女を拾ったことは、失敗だったかもしれない。このままだとあの二人が、自分の命取りになる可能性もある。

だが、あの時は道西から連絡を受け、ギャザー警備の連中が〝白いバイクの女〟二人の居場所を突き止めたことを知った。しかも、自分がいる場所のすぐ近くだった。もし自分が助けなければ〝グミジャ〟は殺されていたし、あの萌子という女は〝キマイラ〟の奴隷にされていただろう。

あの道西の妻の恵美子のように……。

まあ、やっちまったことは仕方ない。人生、何が起きても因果応報だ。乗りかかった船がたとえ泥船であっても、もう後戻りはできない……。

だいたい、〝イザナギ〟自身がそうだ。このまま島に潜伏していても、いつかは奴らに狩られることになる。

その前に、自分から何とかして突破口を開かなければならなかった。あの〝白いバイクの女〟のことを知った時、それが突破口になると漠然と察したことは事実だ。ならば、自分の勘を信じるまでだ……。

その時、物音がした。

誰かが、沢を登ってくる……。

足音が近付いてくる。人間、だ。間もなく人影が見えた。

〝イザナギ〟は服の上からGLOCKを取り、砂防ダムの堤の陰に身を沈めた。

〝グミジャ〟か……。

〝イザナギ〟はまたGLOCKを服の上に置き、〝グミジャ〟が上がってくるのを待った。

タンクトップに巻きスカート。手にタオルを持っているだけの気楽な格好だ。堤の上で腕を組む〝イザナギ〟に気付き、〝グミジャ〟が手を振った。

〝グミジャ〟が堤に上がり、膝を抱いてしゃがんだ。上から、〝イザナギ〟を見つめた。

「何してるの？」

〝グミジャ〟が首を傾げて頰笑む。

「見ればわかるだろう。風呂に入ってるのさ。一緒に、入るか」

「うん……」

〝グミジャ〟が堤の上に立ち、服を脱いだ。タンクトップと巻きスカートの下には、何も着ていない。傷だらけだが、彫像のように美しい体だった。

はにかみながら、堤の上に座る。足を濡らして水に入ると、抜手を切って〝イザナギ〟の元に泳ぎ寄った。そして〝イザナギ〟の首に腕を回し、膝の上に乗った。

「この傷、もうだいじょうぶか……」

〝イザナギ〟が、〝グミジャ〟の乳房の痛々しい傷を、指先でなぞった。

「だいじょうぶ……。あなたが縫ってくれたから、もう痛くない……」

〝イザナギ〟が顔にかかる髪をそっと上げると、〝グミジャ〟は恥じらいながら傷を隠した。

「この傷は？」

「頬は……ナイフで切られた……。額は、トラックの事故……」

〝グミジャ〟の体には、まだ他に無数の傷があった。腰や太腿には抉れたような傷があり、右肩には明らかに銃弾が貫通したと思われる窪みもある。背中に触れると、拷問でも受けたのか、背中の皮膚が簾のように波打っていた。

それらの傷が、まるで白粉彫り(おしろいぼ)りの絵のように、白い肌にさらに白く浮き上がっている。それらは、この〝グミジャ〟という女が、これまでいかに壮絶な運命を生きてきたかを無言のうちに物語っていた。

「あまり、見ないで……」

〝グミジャ〟が視線を逸らし、体を隠した。

「だいじょうぶだ。綺麗だよ……」

それは、〝イザナギ〟の本心だった。

正直、これほど美しい体をした女は見たことがなかった。たとえ、醜い無数の傷があったとしても……。

「でも、本当の私を知ったら、きっと嫌いになる……」

〝グミジャ〟がいった。

「どうしてだ？」

〝イザナギ〟が首を傾げた。

「私は〝北〟の三号廏舎にいた。そう……国中から女を集めて、工作員に育てるところ……。そこで私は、バイクの乗り方も、人の殺し方も、男を喜ばせる方法も教わった。五年間、毎日、毎日……。それだけいったら、わかるでしょう……」

〝グミジャ〟がそういって、少し悲しそうに笑った。

「なぜ、過去のことを気にする。どうでもいいことだ……」

「本当に？　私を、受け入れる？」

〝受け入れる〟という言葉のニュアンスが、どうもしっくりこない。だが、けっして耳に不快な言葉ではなかった。

「お前を、受け入れる。もう、受け入れている……」

「嬉しい……。それなら私は、あなたを愛する……。これからもずっと、何があっても、けっして裏切らない……」

〝グミジャ〟が〝イザナギ〟の首に回した手を引き寄せ、唇を合わせた。

〝イザナギ〟はそのまま〝グミジャ〟の体を抱き上げ、傷付いた乳房を吸った。

〝グミジャ〟が声を上げ、〝イザナギ〟の背中の刺青に爪を立てた。

牝鹿が森の奥で、二人の姿を見つめていた。

萌子は一人で、山小屋にいた。

〝イザナギ〟が出掛け、〝グミジャ〟もいなくなってから、もう一時間以上になる。

どこに行ったのだろう……。

もし、いま何か起きたら自分では対処できないことを思うと、こうしていても不安が全身を這い上ってくるように心細い。

不安な材料は、もうひとつあった。先程から手にしている、このアイフォーンだ……。

四月三〇日の夕刻に電源を切ってから、一度も開いていない。きっと友達からのメールやライン、フェイスブックのコメントなどが何十通も溜まっているだろう。そう思うと、開くのが余計に不安になってくる。

電源を入れてみようか……。

今回、自分や〝グミジャ〟を追っているのが日本の警察やアメリカのFBI、もしくはCIAに関係している大きな組織でもなければ、スマホの位置情報から居場所を特定されることはまず有り得ない。特にアイフォーンの場合は、アップルが協力でもしない限り技術的にも不可能だろう。

電源を入れてみようか。もしかしたら、南條君やお父さんからの連絡も入っているかもしれないし……。

萌子は、アイフォーンのスイッチに手を触れた。息を呑み、しばらく考える。

でも、だめだ。電源を入れる勇気が出ない。溜まっているメールやライン、着信履歴を一気に受信してその数字がディスプレイに表示されるかと思うと、それだけで怖ろしくなってくる。

萌子はアイフォーンのスイッチから手を離し、重い息を吐いた。

やっぱり、だめだ。いまは、やめておこう……。

萌子はアイフォーンをポケットに仕舞い、狭い小屋の片隅で膝を抱えた。

狭い空間を見つめる。私はこれから、どうしたらいいのだろう……。

その時、小さな窓から差し込む森の木洩れ日の中に、意外なものがあるのが目に入った。

〝グミジャ〟の荷物の上にある、黒いウエストポーチ型のホルスターだ。

中から〝何か〟が見えている……。

萌子は床から立ち、〝グミジャ〟の荷物に歩み寄った。やはり、そうだ。ウエストポーチから見えているのは、黒光りするベレッタの銃把だった。

なぜ、置いていったのだろう。いつもは必ず身に付けているのに……。

萌子はしばらく、銃を見つめていた。見ているだけで、怖くなる。

同時に萌子の脳裏に、奇妙な感覚が芽生えはじめた。この冷たい金属でできた道具は、何て美しいんだろう……。

唐突に、銃に触れてみたくなった。

いや、だめだ。自分は銃の扱い方を知らない。だが、一度そう思うと、もう逸る気持ちを抑えられなかった。

少しだけなら、〝グミジャ〟も怒らないだろう。元のままに戻しておけば、気が付かないかもしれない……。

萌子はそっと、ベレッタのグリップを握った。ホルスターのナイロンのベルトを外し、ゆっくりと抜いた。

銃を、両手で構えてみた。本物の銃を手にするのは、これが初めてだった。とても重い。グミジャはよくこんなものを撃てると、少し感心した。

右手の人差し指を引き金に掛けてみたが、動かない。手前のレバーのようなものを動かすと赤い印が出て、元に戻すとそれが消える。何度か同じことを繰り返してみたが、何も起こらない。

もう一度、壁に向けて狙いをつける。

「ばん……」

人差し指を引き金に掛けた。今度は、軽く動いた。

あれ？

首を傾げた瞬間に撃鉄が勝手に持ち上がり、落ちた。

轟音！

「きゃー！」

同時に銃口が火を噴いて跳ね上がり、銃が手から飛んだ。次の瞬間ドアが開き、ＧＬＯＣＫを両手で構えた〝イザナギ〟が小屋に飛び込んできた。

「どうした！」

「ご……ごめんなさい……」

萌子は床に尻餅をついたまま、震えている。

〝イザナギ〟が狭い小屋の内部を見渡し、銃をベルトに差した。そこに、〝グミジャ〟が入ってきた。

「いったい何があったんだ……」

「ごめんなさい……。銃に触ってたら、弾が出ちゃったの……」

「シバ！　お前、私の銃を撃ったのか！　外に私たちがいたら、死んでたぞ！」

〝グミジャ〟がベレッタを拾い、萌子の胸ぐらを摑んだ。

「〝グミジャ〟よせ」

〝イザナギ〟が〝グミジャ〟を止めた。

「ごめんなさい……。弾が出るとは思わなかったの……」

「だけど、〝グミジャ〟がいったことは、本当だぞ。壁を貫通した弾がおれたちのどちらかに当たってたら、死んでいた。なぜ扱い方も知らないのに、銃に触ったんだ」

萌子の両目から、大きな涙がこぼれ落ちた。

「本当に、ごめんなさい……。私も、何か武器がほしかったの……」

萌子がいった。〝イザナギ〟と〝グミジャ〟が顔を見合わせた。

「なぜ、武器なんか欲しかったんだ」

〝イザナギ〞が訊いた。

「だって、私は戦えない……」

「戦えない？」

萌子が頷く。

「私は〝グミジャ〞さんに命を救われたし、〝イザナギ〞さんにも助けられた……。いつも二人に守ってもらって、後ろについて逃げるしかできなかった……」

「別に、いいじゃないか。これからも、おれたちが守ってやる」

〝イザナギ〞がいった。だが、萌子は首を横に振った。

「そんなの、嫌なの。もし二人がいなかったら、私は死んでたかもしれない……。今日も一人になったら、怖かったし……。それに二人の足手まといになるのは、もっと嫌なの……」

萌子は、お父さんから「自分の身は自分で守れ……」といわれて育った。だからパソコンを使いこなすことも覚えたし、キックボクシングもやっている。でも、銃や刃物を持った相手とは、素手では戦えない……。

「わかった。萌子、お前にちょうどいい物がある。それをやろう……」

〝イザナギ〞がそういって、壁の棚の方に向かった。棚から小さな革のポーチのようなものを取り、それを萌子に渡した。

「これ、何ですか……」

小さなポーチだが、意外に重い。

「いいから、開けてみろ」

萌子は、ポーチを開けた。中からステンレス製の、鹿の角のような形をしたものが出てきた。〝Y〟字型の両端に、厚さ一ミリ、幅一五ミリほどの赤いゴムのベルトが取り付けてある。もうひとつの小さなポケットの中には、直径一〇ミリほどの金属の玉が三〇個ほど入っていた。

「これは……」

「パチンコ……スリングショットだよ。弾は文字どおり〝パチンコ玉〟だけどな」

「これが、〝武器〟になるんですか?」

萌子が、首を傾げた。

「どれ、貸してみろ」

〝イザナギ〟はスリングショットを手にして、小屋の外に出た。昨夜飲んだビールの缶に水を入れ、それをいつも椅子にしている切り株の上に載せた。そして一〇メートルほど離れた場所に立った。

「よし、見てろよ」

萌子と〝グミジャ〟が見守る前で〝イザナギ〟はゴムに弾をはさみ、左手でスリングショットを握って構え、胸を広げるようにそれを引いた。右手を離すと金属の弾は目に見えない速度で飛んでいき、空缶は水を噴き出して宙に舞った。

「すごい……」

〝イザナギ〟は缶を拾い、萌子と〝グミジャ〟に見せた。弾は、缶の両側を貫通していた。

「どうだ。これなら十分に武器になるだろう。萌子に、使い方を教えてやる」

〝イザナギ〟がいった。

11

ギャザー警備の社長、赤須千秋は、煮ても焼いても食えないタイプの男だった。

通称〝赤足〟――。

関西、特に神戸界隈の裏社会ではそこそこ名を知られたヤクザだった。

一九八〇年代のいわゆる〝山一抗争〟(五年間、計三〇〇件以上にわたり死傷者一〇〇人近くを出した関西系指定暴力団同士の連続抗争事件)で〝鉄砲玉〟の一人として敵対する組員一人を射殺し、その後自首して収監。一五年の刑期を終えて二〇〇二年に出所。その後は古巣のY組に戻って出世したが、二〇一五年の分裂の際に新興勢力側の任侠道義会に付いた。その二年後に組が解散し、殺された滝本晃兼がギャザー警備を立ち上げた時には、その役員の一人に納まった。

立ち回りのうまい男だ。裏社会で生き残る術を心得ているタイプの男でもある。

「そういわれましてもなぁ。うちの社員どもは被害者ですよってなぁ。取り調べにはいくらでも協力しますさかい、はよう〝犯人〟を挙げてくれんと困りますなぁ……」

自分は高価な〝社長の椅子〟にふんぞり返り、田臥と室井を低いソファーに座らせて、のらりくらりとはぐらかす。自分を少しでも大きく見せようとするのは、この社会の人間の常套手段だ。だが、どんなに大きく見せようとしても、そのイタリア製の高級スーツに包まれた短い足はそれ以上、長くなることはない。

「それじゃあ、社員が、四カ所で、五人も殺られたのは偶然だっていうわけか？」

田臥が低いソファーからの目線で、赤須を見据える。本来ならば田臥の方が一〇センチは身長が高いはずなのに、見下ろされるのはあまり気分のいいものじゃない。

「まあ、偶然やとはいいまへんけどなぁ。どっかに、うちの社を恨んでる奴がおるのかもわかりまへんし……」

「心当りがあるのか？」

「まさか。うちはもう堅気の企業でっせ。なんも悪いことはしてまへんが、勘違いして恨む奴がおってもおかしゅうないちゅう意味ですわ。旦那方もご存知かと思いますが、うちはいまあの〝キマイラ〟さんのお仕事を一手に引き受けてますさかいね。まあ、やっかむ奴もどっかにおるやろうちゅうことですわ」

赤須は『キマイラ』の社名をまるで葵の御紋のように振りかざし、人を見下すように笑った。いくら警察でも〝キマイラ〟には手を出せないだろう、といわんばかりの態度だ。

嫌な野郎だ……。

「なあ、赤須さん……」

田臥が膝の上で指を組み、おっとりと笑った。

「何です?」

赤須もマスクの下で、笑い返す。

「次に殺られるのは、あんたやあらへんのか?」

田臥は耳障りな関西弁を真似て、そういってやった。

一瞬で、赤須の表情から笑いが消えた。


社長室を出て、エレベーターで一階に下りる。

〝会社〟というよりも、倉庫の事務所のような建物だ。リノリウムの床の殺風景な廊下を出口に向かう。両側には社員——手下——たちが並んで、田臥と室井が出ていくのを見送った。

「まったく、食えない野郎だ……」

「まあ、社長本人が〝キマイラ〟との関係を口にしただけ収穫だったんじゃないですか」

いつも田臥のブレーキ役を務める室井も今日は呆れたように笑っている。

田臥が入口のガラスドアを蹴り開けようとすると、赤須の手下二人が先回りしてそれを押した。

まあいい。出来の悪い自動ドアだと思えば腹も立たない。

外に出ると、路上に駐めたメルセデスの前にアサルが立ち、車を見張っていた。

アサルのスバルはギャザー警備の奴らに車種とナンバーを知られないように、近くの港の駐車場に置いてきた。

「ご苦労。さて、次に行くか……」

田臥がメルセデスに乗ろうとすると、アサルがすっと体を寄せてきた。

「田臥さん、ちょっと……」

「どうした。何かあったか？」

田臥が訊くと、アサルが目で合図を送りながら小声で続けた。

「田臥さんの後ろです。コンビニの駐車場に、黒っぽい大型バイクが二台、駐まってます。先程から男が二人、こちらを見てるんですが、ちょっと様子がおかしいんです……」

田臥がゆっくりと、振り返った。室井も気付いたのか、助手席のドアに手を掛けたままそちらを見ている。

確かにアサルがいうとおり、黒っぽいバイク——ハーレーダビッドソンのようなアメリカンバイクらしい——が二台駐まっている。傍らに、ジーンズに革ジャンパーの男が二人。距離があるし、二人ともサングラスを掛けているので人相はわからない。だが、確かにこちらの様子を窺っているのがわかる。

田臥たちを見ているのか、それとも〝ギャザー警備〟の方が目的なのか。服装や様子から見ると、少なくとも〝ギャザー警備〟の人間ではないらしい。

「行ってみよう……」

田臥は室井と共に、二人に向かった。だが、逃げる様子はない。二人は何かを話しながら、こちらを見ている。

そのうちに一人がサングラスを取り、こちらに向かって手を振った。

まさか……。

田臥と室井が、二人の前に立ち止まった。

「笠原武大……。それに、湖月寺の茲海さんじゃないか。二人してこんな所で、何やってんだ……?」

笠原が以前、無実の罪で収監されていた千葉刑務所を脱獄した時、それを担当捜査官として追ったのが田臥と室井だった。茲海は四年前、その笠原が拉致監禁された〝事件〟が解決した折、事情聴取をしたことがある。

笠原が事情を説明した。

「私たちはちょっと……。萌子と茲海さんの息子さんの康介君を、この島に捜しにきたんですよ……」

「萌子ちゃんがこの島にいるのか?」

田臥が訊いた。

笠原と茲海が顔を見合わせて、頷く。

「実は、そうなんです……」

笠原がいった。

「うちの康介もいるはずなんですが……」

四年前の〝事件〟の時、萌子の同級生の南條康介という少年にも会った覚えがある。

「萌子ちゃんと康介君に、何かあったんですか？」

室井が訊くと、笠原と茲海がちょっと困ったような顔をした。

「いいから、話してみろよ」

田臥がいった。

「そうですね……。話しますか……」

「私は、かまいませんよ。警察庁の田臥さんたちが相談に乗ってくださるなら、その方がよいかもしれませんな……」

茲海がそういって、溜息をついた。

「実は、我々もその〝ギャザー警備〟という会社の様子を探ってたんです……。萌子と康介君が、いまこの淡路島で事実上の失踪状態になってまして、私と茲海さんが調べたところ、その〝ギャザー警備〟と〝キマイラ〟という会社がどうも関係しているらしいということになりまして……」

〝ギャザー警備〟と〝キマイラ〟……？

いったい、どういうことだ？

「もう少し、詳しく話してみてくれないか」

「はい。しかし、ここで立ち話というのも何ですね。田臥さんと室井さん、少し時間は取れませんか」

茲海がいった。

「ああ、少しならかまわんですよ。どこかに行きますか」

「ええ。ここからバイクと車で二〇分ほどのところに、いま私と笠原さんが泊まっている道禅寺という寺があるんですよ。そこでお話ししませんか」

「わかりました。行きましょう」

「私らがバイクで先導します。ついてきてください」

田臥と室井は、メルセデスの場所に戻った。

「あの二人、誰なんですか。親しそうに話してたけど……」

「ああ、四年前の〝事件〟の時に板倉邸に監禁されていた笠原さんたちだ。アサルも覚えてるだろう」

「はい。覚えてますが……」

「おれたちはちょっと、あの二人の話を聞きに行ってくる。一時間くらいで戻る。それまでここで、〝ギャザー警備〟の赤須が動き出さないか見張っててくれ」

「わかりました……」

田臥と室井がメルセデスに乗った。

バイクがコンビニの駐車場から出るのを待って、後を追った。

それにしても、想定外の状況だ。

前を行く内の一人は元経産省のエリートで、いまは漆職人。もう一人は、滋賀県の湖月寺の住職だ。だが、大型バイクに乗る二人の後ろ姿はどう見てもアメリカのバイクギャング、ヘルス・エンジェルスそのものだ。

今回の一件、またあの不良オヤジ二人が何かをやらかしそうな、嫌な予感がした。

12

初夏の風に、風鈴が鳴った。

田臥は道禅寺の庫裏に上がり込み、上等な宇治茶と島名物の〝おいよさ饅頭〟をご馳走になりながら心地好い風鈴の音に耳を傾けていた。

頭の疲れを癒すには、たまには甘い物も悪くない。

「田臥さん、笠原さんたちの話、ちゃんと聞いてるんですか」

室井にいわれて、我に返った。

「もちろん、ちゃんと聞いてるさ……」

とはいったものの、実は風鈴の音を聞きながら考え事をしていた。

この島でいま〝問題〟を起こしているのが元任侠道義会の『ギャザー警備』であることも、そのバックに例の『キマイラ』がいることもわかっていた。

だが、この島で大学生が姿を消したとか、ラジオの放送で流れていた〝白いバイクの女〟というのは何なんだ？

〈――ギャザー警備の連中を殺ったのは、白いバイクに乗った髪の長い女やで。めっちゃ美人やて、ラジオでいってたで――〉

そんな話は、県警からも所轄からも聞いていない。

「その〝白いバイクの女〟の一人は、〝グミジャ〟だ……」

田臥がいった。

〝グミジャ〟と聞いて笠原がどんな顔をするのか。

横で室井が〝マズい……〟という顔で田臥を睨んだ。捜査の情報を、一般市民に洩らすなという意味だろう。だが、そんなことはかまうものか。

「〝グミジャ〟ですか……。あの、京都の板倉邸にいた〝北〟の工作員の……」

やはり笠原の顔に、複雑な表情が掠めた。

それはそうだろう。四年前、笠原はあの板倉邸に何カ月も監禁され、〝グミジャ〟の拷問を受けていたのだから。

「そうだ。その〝グミジャ〟だ」

おそらく二人は、性的な関係もあったに違いない。

「つまり、〝ギャザー警備〟の社長の滝本という男を殺したのは、〝グミジャ〟だということですね。そして萌子は、いまその〝グミジャ〟と行動を共にしているというわけですか？」

笠原が訊いた。

「そうだ……」

「すると、その件にうちの康介も関係しとるということでしょうか……」

茲海が不安そうに訊いた。

「その可能性はあると思います。なぜそうなったのか、理由はわかりませんが……」

室井が答えた。

「しかし、そもそもなぜ滝本を殺した犯人が〝グミジャ〟だとわかったんですか?」

笠原が、田臥に訊いた。

「いや、まだ〝グミジャ〟だと確定したわけではない。我々の、推察の範囲だ。それ以上のことはいえないがね……」

そう、この場ではただの〝推理〟だ。

まさか〝グミジャ〟が警視庁の元刑事部長を殺して銃を奪い、それを滝本殺しの犯行に使ったなどとこの二人にいえるわけがない。

「ひとつ、アドバイスをもらえますか」

「何だ?」

「我々二人は、これからどのように行動するべきなのか……」

笠原がそういって茲海の顔を見た。

「二人共、家に帰って大人しくしてろといっても聞かないんだろう」

田臥がいうと、二人が笑った。

「まあ、聞かないでしょうね。これから二人で〝ギャザー警備〟に乗り込むかと相談してたくらいですから」

この二人ならそのくらいのことはやりかねないだろう。

「止めはしないが、慎重にやってくれ。〝ギャザー警備〟は元任俠道義会という指定暴力団だし、銃で武装もしている。それに、〝キマイラ〟はさらに質が悪いからな。下手にちょっかいを出すと、県警を敵に回して社会的に抹殺されることになりかねない……」

「わかりました……」

「とにかく、萌子ちゃんと康介君の消息がわかったら我々に知らせてくれ。おれと室井がいま持っている携帯の番号とラインのＩＤを二人に教えておく。こちらも何かわかったら、すぐそちらに教える」

「すみません……」

その時、田臥のアイフォーンが鳴った。

ディスプレイを見る。アサルからだ。電話に、出た。

「田臥だ。何かあったか？」

――いま、赤須が動き出しました。車で会社を出るようです――。

「わかった。尾行してくれ」

――了解しました――。

電話が切れた。

13

〝ギャザー警備〟の社屋からスーツを着た赤須が出てきた。

男が、もう一人……。

二人は社屋の一階の駐車場に駐めてある白いレクサスLS460に乗り込んだ。

アサルはここで、田臥に電話を入れた。

「いま、赤須が動き出しました。車で会社を出るようです……」

電話を切り、アサルはスバルXVのギアを入れた。赤須の乗ったレクサスが駐車場を出て、こちらに向かってくる。

運転しているのは、もう一人の若い男の方だ。スバルのアサルを一瞬、見たが、気にせずすれ違った。

数秒、待った。アサルはパーキングブレーキを外してスバルをターンさせ、赤須を追った。

白いレクサスは志筑から津名町の市街地をゆっくりと抜け、国道二八号線に出ると、島の東岸に沿って北に向かった。アサルは間に車を二台入れ、それを追跡した。

気付かれているかもしれない。だが、それも想定の内だ。

白いレクサスは右手に大阪湾と遠く対岸の工業地帯を眺めながら、一定の速度で走り続ける。

間もなく前方の左手に、巨大な観音像が見えてきた。高さ一〇〇メートルの〝世界平和大観音像〟の廃墟だ。

だが白いレクサスは、その前を通過する。さらに久留麻の市街地に入り、道の駅東浦ターミナルパークを過ぎて北上する。

いったい、どこに行くのか。もしかしたら淡路ICから神戸淡路鳴門自動車道に入り、神戸に渡るのか……。

そう思った時に、レクサスは突然右にウインカーを出し、信号の標識に〝浜〟と書かれている海側に曲がった。

この先は、港だ。手前には、AIE国際高等学校もある。

船にでも乗るのだろうか……。

しばらくして、レクサスはさらに右に曲がり、すぐにまたウインカーを出すと、右手にある壁に囲まれた南国風の屋敷の門に入っていった。

アサルはそのまま、屋敷の門の前をゆっくりと通り過ぎた。中は、見えない。だが入口の木の看板に、大きく〝青海荘〟と書かれていた。

ここか……。

次の角を曲がり、屋敷の死角に入ったところで車を停めた。

アイフォーンを出し、田臥に電話を入れた。

「アサルです。いま、赤須の行き先を確認しました。赤須の乗った車は、〝キマイラ〟の〝青海荘〟に入りました……」

——ご苦労。どこか、屋敷を見張れる場所で待機していてくれ。我々もいまから、そちらに向かう——。

「了解しました」

電話を切り、溜まっていた息を吐いた。

14

午後二時を過ぎたころから、〝青海荘〟に次々と高級乗用車が到着した。

まずメルセデス・マイバッハが一台と黒のセンチュリー二台が、連なるように門を入った。乗っていたのは〝キマイラ〟グループ総帥の阿万隆元と、特別顧問の五味秀春。他に二人の秘書の坂本真澄（さかもとますみ）と新藤直久、県知事の園田義彦（そのだよしひこ）、接待役のホステス三名がその三台に分乗していた。全員、ゴルフ帰りの気楽な服装だったが、スモークガラスの外から車内の様子はわからない。

その三〇分後には、関西のお笑いタレント二名が乗った白いマセラティ・レヴァンテが着いた。彼らは今夜の〝会合〟の客の一人であると共に、司会を務めるホストでもある。

動きが次第に目まぐるしくなった。

先程、阿万や五味の一行が乗ってきたセンチュリー二台が、また屋敷の門を出て北に向かった。おそらく新神戸駅あたりに、別の客を迎えに行くのだろう。

それと入れ替わるように、若い女たちを乗せたマイクロバスが一台。スタッフの車なのかワゴン車が二台、次々と屋敷の門の中に消えた。

車だけではない。女たちを乗せてきたマイクロバスが門を出て、今度は二〇〇メートルほど離れた海に向かった。河口の港に停まると、そこに関空から出た大型クルーザーが接岸し、一〇人ほどの客が下船した。全員、俳優や歌手、スポーツ選手、財界人などの各界の著名人ばかりだった。

夕刻になり、先程出ていった二台のセンチュリーが戻ってきた。車内にはそれぞれ、現役の大臣とその秘書が乗っていた。

「いったい、何人集まるんだ……」

田臥は〝青海荘〟から一〇〇メートルほど離れた路上にメルセデスを駐め、門に出入りする車の様子を見守っていた。

こちらから見張れるのだから、先方からも丸見えのはずだ。だいたいこんな目立つ車に、気付かないはずがない。それでも次々と客が訪れるのだから、別にやましいことはないという訳か。

「まあ客だけで三〇人から四〇人、スタッフ入れたら六〇人ちょいというところですか。いったい、どんな人間が集まるんですかね……」

室井がそういって、あくびをした。

もちろんこの位置からでは、門に入っていく車の中の客の顔までは見えない。

〝青海荘〟は、〝キマイラ〟グループの数ある施設の中でも特殊な役割を持つ建物だ。東京港区の〝鶯鳴館〟と共に、〝キマイラの迎賓館〟とも呼ばれる。

以前は個人の邸宅だったが、いまはすべて改築されて、アジアン・リゾートのような趣の建物に変わっている。中には広いパーティー会場と宿泊できる部屋があり、建物の周囲も南国風の庭園になっていると噂されるが、一〇〇〇坪を超す敷地はすべて高い壁で囲まれていて中の様子はほとんどわからない。

この壁の向こうで、年に何度か、日本中から政財界の著名人、芸能界やスポーツ界の有名人が招待されて秘密裏にパーティーが開かれる。主催は、〝キマイラ〟グループ総帥の阿万隆元だ。会場では最高級の料理や酒が振る舞われ、〝北〟の喜び組さながらの美女軍団のホステスから献身的な接待を受ける。

だが、すべては風説だ。実際にパーティーに参加した招待客や関係者でなければ、そこで何が行なわれているのか誰もわからない。招待された者は、自分の見たことを絶対に話さない。

一部には会場にドラッグが出回ったという話や、ホステスを自由にできるという噂もある。実際に東京の〝鶯鳴館〟では、パーティーに出席した某有名歌手と会場のホステスが、後に覚醒剤の乱用で警視庁に逮捕されたこともある。だが、警視庁は当時、それ以上介入できなる。

〝キマイラ〟が主催するパーティーは、時に大臣クラスの大物政治家も招待される。そうなれば、阿万の勝ちだ。他の〝首相案件〟と同じように、警察も手を出せない完璧な聖域になかった。

たとえば巨額収賄事件や性的暴行事件であったとしても、総理大臣やその友人が絡んでいれば、警察上層部や役人が寄ってたかって揉み消してしまう。メディアの報道も、核心を突かない。巨悪はけっして、逮捕されることはない。

悲しいかな、日本はそういう国だ……。

「おれたちも入ってみるか。このメルセデスなら入れてくれるかもしれんぞ」

田臥がいった。

まんざら、冗談でもなかった。

「まさか……。やめてくださいよ。我々は、パーティー用のジャケットなんか持ってきていませんし……」

室井がさりげなく止めた。

「それなら私がホステスに雇ってもらおうかな。何をされるのか、楽しみ……」

アサルがリアシートから、呑気なことをいった。

いずれにしても、こちらの存在は知られている。それでもこれだけ堂々と振る舞うのだから、この屋敷の中で行なわれることにはやはり、何も問題はないということだろう。

「今夜、このパーティー会場を〝グミジャ〟が襲う可能性はあると思うか」

田臥が室井に訊いた。

「いや、それはないでしょう。もしその危険があるのなら阿万と五味は県警を動かして警備させるでしょうし。いや、それとも、すでに〝私服〟が中に入っているのかな……」

少なくともギャザー警備の連中は中に入っているだろう。だが、奴らが〝グミジャ〟に太刀打ちできないことは、これまでの経緯からも明らかだ。

その時、屋敷の門に、一台のマイクロバスが入った。

先程の車とは違う。車種はハイエースのスーパーロング。一四人乗りのコミューターだ。すでに周囲は暗くなりはじめているので、この位置からでは中に客が乗っているのかどうかわからない。

「待って……。いまのハイエース、見たことあります……」

アサルがいった。

「どこで見たんだ?」

田臥と室井がリアシートを振り返る。

「今日の朝、〝三次元の森〟のF駐車場で見たんです。運転手の他に、女のガイドが一人……。他に〝三次元の森〟の中から出てきた大学生くらいの若者が六人乗り込んで、私とは逆の方向に走り去りました……」

大学生くらいの若者が六人……。

「その若者たちの特徴は？」

田臥が訊いた。

「年齢は全員二〇歳から二二〜三歳くらい。男が五人に、女が一人。全員、ブルーの制服のようなものを着ていました」

男が五人に、女が一人……。

田臥と室井が顔を見合わせた。

「なぜそのことを、いままで報告しなかったんだ」

「報告しようにも、時間がなかったじゃないですか。私と田臥さんたちは別々の車で行動していたし、ここに来てからはずっと〝青海荘〟のことばかり話してましたから。しかし、なぜそのことが重要なんですか」

確かに、アサルのいうとおりだ。

アサルがその学生風の六人を見た時点では、まだ我々は萌子と康介がこの淡路島で行方不明になっていることすら知らなかった。そしてアサルには、まだそのことを話してもいない。

「アサル、さっきコンビニの前で〝ギャザー警備〟の様子を窺っていたバイクの二人の件だ。実は、興味深い情報がある。笠原の娘の萌子と、もう一人、南條茲海の息子の康介が、この島で行方不明になっている。そしてその裏に、〝キマイラ〟が絡んでいるらしい……」

田臥は、南條康介が就職活動で〝キマイラ〟の会社説明会に出席するためにこの島に来たことを説明した。そこで消息を絶ち、萌子がそれを追ってきた。

だがアサルは、さほど驚いた様子を見せなかった。

「なるほど……。それで私が見かけた六人の若者たちに、話が結びつくわけですね……」

「そうだ。その六人の中に、南條康介がいたのかもしれない……」

もしかしたら、萌子も……。

「手がかりはあります。私、あのコミューターの写真を撮りました。ナンバーも写っているはずです。これです……」

アサルがそういって、アイフォーンの中の写真を見せた。

〈——神戸230　な　○○ - ○○——〉

「ナンバーで、持ち主を当ってみます」

室井がすぐに、自分のノートパソコンを開いた。

「室井、ナンバーの他に、先月から今月にかけて全国の大学生の〝行方不明者届〟がどのくらい出ているか確認してみてくれ。特に、四回生だ……」

「わかりました……」

室井がパソコンのキーボードを叩く。

「もしかしたら、いまこの〝青海荘〟の中に行方不明の学生たちもいるということなのか……」

田臥が、呟く。

「もしかしたら。でも私は、他の可能性も考えています。彼ら、別のところにいるのかもしれない……」

アサルがいった。

「別の場所?」

「そうです。私、今朝、〝三次元の森〟で面白いものを見かけたんです。田臥さんにも、電話で報告したはずです。遠くに、コテージのような建物が何軒かあったんです……」

コテージか……。

だが、コテージに六人も監禁することが可能だろうか。それとも、自分の意志でそこにいるのか……。

「なぜ、学生たちがそこのコテージにいると思うんだ?」

田臥がアサルに訊いた。

「はい、私が彼らを見たのは、朝の九時前でした。様子からしてどこからか〝三次元の森〟に来たのではなく、これから出掛けていくように見えました。時間的にも、そう判断すべきかと思います」

アサルがいった。的確な分析だ。

「あのハイエースの所有者がわかりました」

室井がいった。

「どこだ？」

「株式会社キマイラ観光……。やはり〝キマイラ〟傘下のグループ企業ですね……」

どうやら、間違いなさそうだ。

その六人の中に、茲海の息子の南條康介がいる可能性がある。

「それから、もうひとつ。〝本社〟のウェブサイトにアクセスしたところ、今年の四月から五月にかけて行方不明者届が出ているのは、二十代だけでも一六〇〇件以上……。大学生かどうかで絞り込むことはできませんが、二一歳から二三歳に限定しても、四〇〇人以上……。この中にその六人がいるのかどうかは別として、大学生なら下宿していて親が失踪に気付かない場合もあるでしょうし、現時点で該当者を特定するのは難しそうですね……」

そういうことだ。

つまり、その六人が本当に行方不明者ならば、保護する必要がある。だが、〝キマイラ〟案件となると、〝支社〟や〝支店〟では手を出せないだろう。

保護するならば、我々だけでやるしかないということだ。

「その〝三次元の森〟のコテージに行ってみるか……」

ここでこうして、パーティーの見張りをしていてもしょうがない。

「田臥さん、行って何をするつもりですか？」

「なぜだ」

「宗教団体に入信している信者と同じです。彼らは、未成年じゃないんですよ。自分の意志で〝キマイラ〟の施設にいるのだとしたら、家族や警察も手は出せない。そんなこと、わかりきってるでしょう」

室井が、田臥の考えていることを先読みしたようにいった。

「わかってるよ。別に騎兵隊みたいに突撃したりはしないさ。ただ、そのコテージに本当に学生たちが宿泊しているのか、確かめに行くだけだ。それならかまわんだろう」

「まあ、それならば……」

「よし、アサル。そのコテージに案内してくれ。お前の車に、付いていく」

「わかりました」

アサルがメルセデスを降り、後ろに駐めてあるスバルXVに乗った。

15

パーティーは、盛況だった。

関西のお笑いタレント今村進太（いまむらしんた）が司会を務め、〝キマイラ〟グループ総帥の阿万隆元が簡単な挨拶を行なった。

その後は経団連の役員、兵庫県知事、淡路市長、保守系の大物議員らが次々とスピーチに立ち、場が盛り上がったところでドン・ペリニヨンが開いた。

あとは『あわじエコール』の〝レストラン・あわじ〟のシェフ、寺田義人（てらだよしと）がプロデュースするフレンチのフルコースと、日本ではお目にかかれないブルゴーニュの高級ワインがふんだんに振る舞われる。

パーティーのホステスの一人、道西恵美子は、会場のテーブルを回って客たちにワインを注ぎながら思う。

今夜はこの客たちの中で、誰が私を抱くのだろう……。

以前はよく阿万や五味の部屋に呼ばれたものだが、彼らはもう私の体には飽きている。もう一年以上、呼ばれていない。きっと今夜も、私より若い子を部屋に呼ぶに違いない。

それとも、保守党の大物のあの男だろうか。前回は、彼に呼ばれた。あの男はバイアグラを飲んでもちゃんと勃たないくせに、いろいろ命令されるので楽じゃない。

「ワイン、いかがですか……」

恵美子は司会を終えてテーブルに着いたお笑いタレントの今村進太のグラスに、ブルゴーニュのワインを注いだ。

「おう、ありがとう……」

今村は気軽な調子で受け答え、恵美子にウィンクした。恵美子も、笑顔で返す。

まさか今夜は、この男？

そう思ってみると先程から、今村は舐めるような視線で恵美子のことを追っている。

それならそれで、かまわない。どうせ誰かに抱かれるのだから。

だけどこの男は、部屋に呼んだ女にＭＤＭＡを飲ませると聞いたことがある。それが少し怖いけれども……。

阿万隆元と特別顧問の五味秀春は、同じテーブルに並んで食事を楽しんでいた。

だが、こうしていても、他のテーブルの客が次々とご機嫌伺いにやってくる。せっかくのフレンチとワインを、ゆっくりと楽しむ暇もない。

やっと客の挨拶詣でがひと段落したところで、五味がワインを飲みながら訊いた。

「ところで阿万さん、〝あっち〟の方はだいじょうぶなの。ずい分と派手にやってるみたいだけどさあ……」

「〝あっち〟って?」

阿万が訊き返す。

「例の〝ギャザー〟のことですよ。社長の滝本が消されて、社員も何人か殺られてるって聞きましたよ……」

「ああ、その件か……」

阿万がワインを口に含み、続ける。

「日中はゴルフや何やらで時間がなかったけど、話そうとは思ってたんだ。滝本の後釜は一応、赤須にやらすことにしたよ……」

「赤須って、例の〝赤足〟ですか……。あの男、信用できるのかね……」

「まあ、他にいないからな。本当は三尾がいれば奴にまかすんだが、〝あんなこと〟があったからね……」

阿万がシャトーブリアンをひと切れ口に放り込み、ワインで飲み下した。ワインが胸の白いナプキンにこぼれ、赤い染みができた。

「滝本を〝殺った〟のは、〝女〟だって？」

「ああ、そうだ。それも間もなく決着するさ。赤須が神戸から〝掃除屋〟を呼んだらしいんだ。中国人だそうだ」

「それならいいけど。あまり長引かせると、厄介なことになりますよ」

「わかってるよ……」

「それと、もうひとつ。例の学生達の件。〝教育〟は順調に進んでるんですか？」

五味が訊いた。

「ああ、そちらの方はうまくいってる。結局、残ったのは六人だけだけど、毎日おとなしく〝セミナー〟を受けているらしい」

その話を聞いて、五味がおっとりと笑った。

あの六人は、社会の仕組の本質を見抜く分析力を持っている。だが、残念なことに、権力に従順ではない。

このまま放置しておけば、いずれは〝キマイラ〟グループだけでなく、我々支配層の共通の敵となるだろう。そのような危険分子は早い内に芽を摘んでおくか、逆に飼い馴らしておかなくてはならない。

「いま、学生たちはどこにいるんですか。まさか、まだあのコテージにいるんじゃないでしょうね」

あのコテージの近くで〝ギャザー警備〟の警備員が襲われたと聞いている。学生たちを〝飼い馴らす〟にはもってこいの施設だが、すでに安全とはいえない情況になってきた。警察庁の公安も島に入ったという情報もあるし、早い内に他に移した方がいい。

「五味ちゃん、心配いらないよ。今日、他の施設に移すように指示を出しておいた」

「それはよかった。どこに移したんですか？」

「それは五味ちゃんにもいえないよ。〝安全な場所〟さ。まあ、まかせておけって」

阿万がそういって笑った。

「特に問題はない。もし、問題があるとすれば……」

五味がワインを口に含む。

「うん、ひとつあるとすれば、〝イザナギ〟の件だな」

「三尾は、まだ見つかってないんですか」

「ああ、見つかってない。生きているのか死んでいるのかもわからない……」

「困ったものですね……」

「しかし、赤須に何か考えがあるそうだ。このパーティーのホステスの中に、〝イザナギ〟の居場所を知っている女が一人いるらしい……」

「まさか……」

「さあな。まあ、赤須にまかせてみるさ」

阿万がそういって、グラスのワインを空けた。

背後から女がワインのボトルを差し出し、阿万のグラスにブルゴーニュを注いだ。

阿万が、振り返る。

「ああ、恵美子か。ありがとう」

女が優雅に礼をして歩み去った。


道西恵美子は残りが四分の一ほどになったワインのボトルを持って、カウンターに戻った。

〝青海荘〟のパーティーでは、どんな高級なワインでも残り四分の一を切ったら客のグラスには注がない。澱が入るからだ。

だから新しいボトルに換えて、またテーブルを回る。それが決まりだ。

恵美子が新しいワインを手に会場に戻ろうとした時、マネージャーの曽根という男にバックヤードから呼ばれた。

「恵美子、ちょっとこっちへ……」

「はい、何でしょう……」

手招きされてバックヤードに入ると、そこに〝ギャザー警備〟の新社長の赤須千秋が悪趣味なイタリア製のスーツを着て立っていた。

「恵美子、久し振りだな。元気だったか」

赤須が恵美子の体を品定めするように、いった。

「はい、何とか元気でやってます。なぜ、私を？」

恵美子が最も嫌いな男だった。自分はこの男のために、こんな売春婦のようなことをやらされている。

「今日はもう〝仕事〟はしなくていい。おれに、ついて来い」

赤須がバックヤードの裏口に向かう。マネージャーの曽根も、恵美子に目配せして頷く。

「どういうことなんですか？」

歩きながら、恵美子が訊いた。

まさか今夜は、赤須の相手をさせられるのだろうか。以前にも一度、パーティーの途中で呼び出されて、スタッフが通るキッチンの裏の廊下でやられたことがある。

「心配するな。今日は、道西に会わせてやる」

赤須が、歩きながらいった。

「道西に……。主人が、ここに来てるんですか……」

「そうじゃない。道西のいるところに連れていってやるという意味だ。おれについて来い」

赤須が振り返り、口を歪めて笑った。

道西に会わせるって、どういうことなのだろう……。

恵美子は三年前まで、神戸の高級ラウンジのホステスだった。何人かの〝太客〟を持ち、二五歳で店のナンバーワンを張った。道西と兄貴分の三尾、死んだ滝本、そして〝赤足〟ことこの赤須も、ホステス時代の客だった。

道西に惚れ、結婚した後も、恵美子はホステスを続けた。まだ下っ端だった道西の出世と、生活を助けるために。

結婚してから、恵美子の売り上げはさらに上がった。生活も安定し、そろそろホステスから身を引こうと思った時だった。ラウンジの店長に呼ばれ、恵美子の〝太客〟の何人かの売り上げが、すべて〝売掛〟だったことを知らされた。

その金額、およそ三千万円……。

道西と恵美子には、どうにもならない金だった。結局、〝ギャザー警備〟の滝本と赤須の口利きで〝キマイラ〟に肩代わりを頼み、店との間で話を付けた。そして〝青海荘〟のホステスとして働くことになった。もしそうしていなければ、恵美子は沖縄の売春宿か、雄琴のソープにでも沈められていただろう。

後から知ったのだが、恵美子の〝破産〟はすべて赤須が仕組んだことだった。飲み代を踏み倒した〝太客〟もすべて赤須の仲間だったし、ラウンジの店長もグルだった。おそらく赤須はそのどさくさの中で上手く立ち回り、自分も一千万は抜いたに違いない。

私をなぜ、道西に会わせるのだろう。

年季明けまで、五年だといわれていた。でも、まだ二年しか経っていない……。

「外に出るなら、着替えてきてもいいですか……」

恵美子が訊いた。

この白いブラウスとロングスカートの制服の下には、客を喜ばすための悪趣味な下着しか身に着けていない。

「いや、そのままでいい」

赤須が面倒そうにいった。

裏口から外に出ると、白いレクサスが駐まっていた。運転席から見覚えのある若い男が降りてきて、リアシートのドアを開けた。

このレクサスも、死んだ滝本社長のお気に入りだった。つまり赤須は、滝本から会社も、車も、命も奪ったということか。

「乗れ」

「はい……」

恵美子が先に乗り、後から赤須が座ってドアが閉じられた。

「恵美子、裸になれ」

「ここで……ですか……」

「道西に会わす前に、少しは楽しませろや」

「はい……」

運転手が、前に乗った。

バックミラーの位置を合わせ、車がすべるように走りだした。

16

歪んだ空間が、揺れていた。

目の前に誰かの汚れた靴があるのだが、目に血が入ったのかよく見えない。

体を動かそうと思っても、いうことをきかない。手足を縛られているからだ……。

道西康志は、自分がなぜここにいて、何をしているのかを思い出そうとした。

ここは、津名港の港湾施設の中にある〝ギャザー警備〟の倉庫の中だ……。

自分は裸で、コンクリートの床にころがされている……。

床が生臭いのは、冷凍の魚の解けた血のせいだ……。

自分は今朝〝赤足〟にここに呼び出され、六人の中国人に痛めつけられた……。

たぶん手の指を何本かと肋骨を折られ、顔も骨折し、頭も割れている……。

食ったばかりの朝飯を吐き出し、糞と小便も漏らしたが、三尾さんの居場所はまだ吐いていない……。

頭はまだ、いかれていないようだ……。

自分はこの状況を把握できているし、心も折れていない……。

おれはおそらく、この中国人に殺されるのだろう……。

それでも三尾さんの居場所は、絶対に吐かない……。

いずれこんな日が来ることは、極道の世界に入った時から覚悟していた……。
でも、できれば最後に……恵美子に会いたかった……。
汚れた靴が、こちらに歩いてきた。
顔を、踏まれた。靴で頭を蹴られ、顔を天井に向けられた。
中国人……確か〝虎人（フーレン）〟という男だ……。
男が道西を見下ろし、中国語で何かをいった。〝斧頭幇〟の他の五人が、笑った。
暗い小さな窓に、光が射した。
外に、車が来たらしい……。
シャッターが上がり、車が入ってきた。〝赤足〟の白いレクサスだ……。
ライトが消え、エンジンが止まった。中国人たちが、またシャッターを閉めた。
運転席から秀司が降り、後ろの席のドアを開けた。中から、〝赤足〟が降り立った。
だが〝赤足〟はもう一度、後ろの席に腕を差し入れ、〝何か〟を引きずり出した。
「ほら、降りろや」
裸の、女……。
中国人たちが、下卑た笑い声を上げた。
「やめて！　きゃあー！」
女が道西を見て、悲鳴を上げた。
まさか……どうして……。

「恵美子……」

道西は、踏みつけられたまま呻いた。

駆け寄ろうとした恵美子を〝赤足〟が引き止め、五人の〝斧頭幇〟の男たちに突き放した。

「康志！」

「お前らにやるさかい、好きなようにせいや」

男たちが、恵美子の体に群がる。道西を踏みつけていた〝虎人〟という男も、笑いながら恵美子に向かった。

「やめて……。その人の前では、やめて……」

恵美子がすすり泣く。だが、男たちにのし掛かられた。狼の群れに囚われた牝鹿が、生きたまま貪られるように……。

〝赤足〟が、歩いてきた。

目の前にしゃがみ、道西の顔を覗き込んだ。

「どや、道西。恵美子に会いたがってたやろ。連れてきてやったで」

「この……腐れ……外道が……」

道西がそういって、血の唾を吐いた。

「何ゆうてんねん。お前だって極道やないか。極道はみんな、外道や」

〝赤足〟が、おかしそうに笑った。

「……糞……。恵美子は……何も……知らない……」

「そうはいかんのや。こっちは、三尾の居場所を突き止めなあかんからな。恵美子は知らんでも、お前は知っとんのやろ」

「し……知らねぇよ……。知ってても……いうか……」

「そりゃ困ったな。〝斧頭幇〟の連中に女を渡したら、どうなるかわかるやろう。酷い死に方するで。恵美子、可哀想になぁ……」

〝赤足〟が他人事のようにいって、笑った。

「お前を痛めつけても、いわんやろ。まあ、見て楽しめや……」

「糞……。やるなら、おれをやれ……」

〝斧頭幇〟の男の一人が恵美子の体を離れ、台の上にあったガスバーナーを手に取った。バーナーに火を付け、火力を調整し、それを持ってまた恵美子の方に戻った。

「やめろ……。やめてくれ……」

道西が、目を閉じた。

恵美子の悲鳴が、生臭い大気を裂いた。

17

夜明けと共に、萌子は寝床を抜け出した。

〝イザナギ〟と〝グミジャ〟は、まだ眠っていた。一つの毛布に、裸で包まりながら。

二人を起こさないように服を着て、そっと小屋を出た。手には昨日、〝イザナギ〟からもらったスリングショットを握っている。腰にはパチンコ玉が入った革のポーチがついている。

〝イザナギ〟にいわれていた。

スリングショットの練習をして、上手くなれと。

弾はパチンコの玉なので、いくらでも手に入る。なくなれば街のパチンコ屋に行って、拾ってくればいい。だから、いくら撃ってもかまわない。

萌子は森を抜けて、林道を下った。

左手でステンレス製のスリングショットを握り、ゴムの中央にある革の部分にパチンコ玉を挟んで、それを右手の人さし指と親指で保持する。いつでも撃てるように身構えながら、〝獲物〟を捜した。

そう、〝獲物〟だ……。

〝イザナギ〟がいった。スリングショットの腕を磨くには、まずは空缶を的にすること。当たるようになったら、次は動くものを狙って撃つこと……。

この山の森には、コジュケイや野生のウズラがたくさん棲んでいる。〝イザナギ〟に、それを獲ってこいといわれた。

最初は、生き物を撃つということに抵抗があった。でも、いまはそんなことをいっていられない。コジュケイやウズラが獲れれば三人の大切な食料になるし、その時にはスリングショットを本当に武器として使いこなす腕が身に付いていることになる。

萌子はスリングショットを構えながら、林道を歩く。

周囲は、深い森だ。至る所に、野生の気配が満ちている。いつ、どこから、コジュケイやウズラ、もしかしたらキジやヤマドリが飛び出してくるかもわからない。

萌子は、神経を集中した。

かすかな風……物音……そして、動物の気配……。

南條君の実家の湖月寺にいた時に、座禅を組んだことを思い出した。

そして、自分の気配を消そうと息を潜めた。でも、どうやったら本当に気配を殺せるのか、わからないけれども……。

その時、前方の森と林道の境目のあたりに、何か動くものが見えた。

鳥だ。

コジュケイ？　ウズラ？

三羽、いや、四羽いる……。

萌子は左手でスリングショットを横に構え、右手で保持したゴムを右目の下まで引いた。

一番大きな一羽に狙いを定め、玉を放った。

だが、心に迷いがあった。

玉は外れた。四羽の鳥は驚いて走り、低く飛んで、森の中に消えた。

コジュケイやウズラも、飛べるんだ……。

気が付くと萌子は、まだ胸がどきどきしていた。

昨日はちょっと練習しただけで、数メートル先の空缶ならば確実に当るようになったのに。でも、鳥には最初から当る気がしなかった。

やはり自分には、生物を撃つのは無理なのかもしれない……。

溜息をつき、萌子はもう一つ、パチンコ玉を革に挟んだ。それを手に持ち、また林道を歩いた。

コジュケイでもウズラでも、一羽でいいから仕留めて小屋に持って帰りたい……。

しばらく歩き、見晴らしのいい高台に出た。そこで萌子は、少し休んだ。

二人はもう起きたかもしれない。諦めて帰ろうかな……。

そう思った時だった。林道の遥か先に、何か動くものが見えた。

車だ。一台のバンが、林道を上ってくる。

バンは森の中に消え、またその先の林道に現れる。

この道は、行き止まりだ。誰も上がってくるはずがないのに……。

バンが、林道の途中で止まった。

萌子は木の陰に隠れ、様子を見守った。

運転席と助手席、それに後ろのドアが開き、人が降りてきた。全部で、六人。全員、迷彩服を着ている……。

一人の男が何か命令したようだが、一〇〇メートルくらい離れているので声は聞こえない。そのまま男たちは散開して、林道を駆けてこちらに向かってくる。手に、ピストルのようなものを持っている……。

どうしよう……。

足が竦んだ。でも、ここにいたら見つかってしまう……。

萌子は、小屋に向かって走った。二人に、知らせないと……。

だが、背後で男たちの声が聞こえた。

中国語……？

振り返った。見つかったらしい。男たちが萌子を指さし、追ってくる……。

萌子は、森の中に飛び込んだ。小屋を目指して、ジグザグに走る。

だが、男たちも森の中に入ってきた。このままでは、追いつかれる……。

萌子は、小屋とは逆の方向に走った。大きな木の陰に身を隠しながら走り、下草の中に飛び込んだ。

倒木の陰から、男たちを見守る。六人は森の中に散開し、萌子を捜している。その中の一人が、ピストルを構え、真っすぐにこちらに向かってくる……。

あと、一〇メートル……。

だめだ。見つかる……。

萌子はその瞬間に、スリングショットを構えて立ち上がった。迷彩服の男が、驚いてこちらを向いた。

その顔に向かって、スリングショットを撃った。

バシ！

「尖叫！」

男が中国語で悲鳴を上げ、顔を押さえて倒れた。当った……。

誰かが、銃を撃った。弾が萌子を掠め、近くの木に当った。

萌子は身を翻した。あとは振り返ることはなく、小屋を目指して必死に走った。


小屋に戻ると、二人はもう起きていた。

〝イザナギ〟も〝グミジャ〟も、もうバイクに乗る準備を終えていた。〝イザナギ〟は、背中にクロスボウを背負っていた。

「銃声が聞こえたぞ！　何があった！」

〝イザナギ〟が叫んだ。

「大変！　男が六人！　みんな迷彩服を着て、銃を持ってる！」

萌子は、自分のバイクに向かった。そこに〝グミジャ〟が、萌子のバックパックを放った。

バックパックを背負い、バイクのエンジンを掛けた。ヘルメットは、後でいい。

「よし、行くぞ。林道は無理だ。山の古い道を抜けて峠を越える。二人ともおれについてこい！」

〝イザナギ〟がYAMAHA・XTZ750スーパーテネレのアクセルを開けた。

クラッチを繋ぐ。嘶く馬のように前輪を上げるスーパーテネレを押えつけ、後輪から土煙を上げながら山に向かった。

〝グミジャ〟はBMW・F700GSをターンさせ、その後に続いた。

「待って！」

萌子が、HONDA・PCXで二人の後を追った。

背後でまた銃声が鳴った。

18

南條康介は、昨日と違う場所で目を覚ました。

一〇畳ほどの、広い和室だ。そこに康介と、同じ大学の斎藤大輝を含め、五人の男子学生が泊まっている。

〝キマイラ〟の会社説明会に参加しているもう一人の女子学生——早稲田大学の増田彩乃(ますだあやの)といった——は、たぶん隣の部屋で一人で寝ているはずだ。

昨日まで泊まっていたコテージほど快適ではないが、部屋も布団も清潔なので不満はなかった。ただ、仲間の一人のいびきがうるさかったのと、布団の上げ下げを自分でやらなくてはならないのは面倒だけれども。でも、何かの時に一緒に行動を起こすには、この方が好都合かもしれない。

場所も、どこだかわかっている。学生たちのセミナーが行なわれる『しづかホール』の近く、おそらく淡路市志筑あたりの古いビジネスホテルのような建物だ。見張りがいて、自由に出入りできない雰囲気だが、他に宿泊客がいる気配がないので静かでいい。

康介の頭は、かなりはっきりしてきていた。昨日の朝、〝キマイラ〟から配られる薬を偶然に飲まなかったことがきっかけだった。

夕方になって、ある種の薬の禁断症状のような不安感に襲われた。それで最近、頭がぼんやりするのはあの薬のせいかもしれないと思いはじめた。だから、昨日の夕食の後に配られた薬も飲んだ振りをしてトイレに流してしまった。

禁断症状のせいか、昨夜はあまり寝られなかった。体じゅうべったりと、嫌な臭いの汗をかいた。だけど、朝方になったら薬が完全に抜け切ったのか、急に気分が楽になってきた。

いまはもう、ほとんど普通だ。頭も、はっきりしている。自分たちが淡路島に連れてこられて何をやらされているのか、状況も把握できるようになってきた。

これは会社説明会なんかじゃない。〝セミナー〟に名を借りた〝洗脳〟だ……。

部屋に〝ヨシコさん〟が入ってきた。

「皆さん朝ですよ〜。起きましょうね〜。お食事できてますから、食堂の方にいらしてくださいね〜」

康介は他の四人の学生と共に布団を上げて、食堂に向かった。〝ヨシコさん〟の他にもう一人、〝コミヤさん〟という世話係のオジサンがいる。バスの運転や、食事の仕度をしてくれる人だ。

五人で、食事のトレイが並んでいるテーブルの席に着いた。今日は鯵の干物と卵焼き、納豆とサラダに味噌汁が付いた和食だった。少し遅れて彩乃が頭を掻きながら食堂に入ってきて、空いている席に着いた。

「いただきま～す……」

全員、声を揃えてそういってから、朝食を食べた。食事は、美味しかった。ご飯と味噌汁のおかわりは自由だし、最後にはミカンのデザートも付く。

康介は朝食を食べながら、他の五人を観察した。

みんな、やはり変だ。誰も何も話さずに黙々と食事を口に運んでいる。目がどんよりとしていて、覇気がない。

自分の体から薬が抜けて、こうして改めて見ていると、この異常さがわかってくる。自分も昨日までは、こんなだったのだろう……。

食事が終わると、〝ヨシコさん〟がまたあの薬を配った。

「はい、いつものビタミン剤ですよ～。疲れが取れるから、みんなちゃんと飲んでくださいね……」

そういいながら、みんなの前に三種類の色の違う薬を三錠ずつ置いていった。

康介は自分の前に置かれた薬を手に取って飲んだ振りをして、それをスウェットのポケットに入れた。水だけ、飲んだ。

隣を見ると、大輝が自分の薬を飲もうとしているところだった。康介は〝ヨシコさん〟の目を盗んで大輝の手をそっと握り、手の中から薬を取ってそれもポケットに入れた。

大輝が不思議そうな顔をして、康介を見つめている。

康介は唇に人さし指を当てて、何もいうなと目配せをした。

大輝はぽんやりしていたが、康介が何をいわんとしているのかわかったらしい。やがて、こくりと頷いた。

「さあ皆さん、食事が終わったらいつもの制服に着替えてくださいね～。今日も、〝セミナー〟ですよ～」

〝ヨシコさん〟がいった。

学生たちは、自分のトレイを持って席を立った。

第三章　バトルロワイヤル

1

潮風の冷たさで、目を覚ました。

カーテンの隙間から差し込む陽光の明るさからすると、すでに日は高い……。

矢野アサルは〝レジデンス・アワジ〟のシモンズのベッドの上でまどろみながら、アイフォーンで時間を確認した。

午前八時半……。

目覚ましは七時に鳴っているのに、気付かなかったらしい。

田臥たちは、なぜ起こしてくれなかったのだろう……。

アイフォーンをチェックすると、田臥と室井からラインが入っていた。どちらも、七時半前後に。

アサルは二人にラインを返した。

〈――寝ぼうしました。すぐに部屋を出ます――〉

とはいっても、まだ下着しか身に着けていない。

すぐに田臥から返信があった。

〈――おれたちはラウンジにいる。急がなくていい――〉

アサルはシャワーを浴び、濡れた髪のまま部屋を出た。

ラウンジに行くと、田臥と室井が海の見える窓辺の席でコーヒーを飲んでいた。アサルも自分の朝食をトレイに取り、田臥の向かいに座った。

「お早うございます。目覚ましを掛けていたのに、起きられませんでした……」

アサルの朝食は大量のサラダとフルーツ、ヨーグルトとパン、あとは紅茶とミネラルウォーターだけだ。

「おれたちだって似たようなものだ。昨夜は、ほとんど寝ていないからな……」

田臥がいった。

室井は軽く手を上げただけで、テーブルの上に広げたパソコンに没頭している。

「とにかく、食事をすませます……」

アサルは朝食を口に運びながら、あくびをした。

田臥はコーヒーを飲みながら、昨夜のことを思い起こした。

〝青海荘〟を離れた後、三人はメルセデスとスバルに分乗して〝三次元の森〟に向かった。車は少し離れた淡路島公園のB駐車場に入れ、真っ暗な森の中を歩いた。

アサルが見たという森の中のコテージは、すぐに見つかった。

全部で、六棟。どの棟にも、人の気配はなかった。このゴールデンウィークに宿泊客がいないところを見ると、少なくとも観光施設として使われているわけではないらしい。

それから数時間、田臥は室井やアサルと手分けして森の中を巡回しながらコテージを監視した。だが、午前〇時を過ぎても学生たちは戻ってこなかった。見張りも、いない。

南條康介と他の学生たちは、あのコテージに泊まっていたのではなかったのか。それとも昨日のうちに、何らかの理由で他の場所に移されたのか……。

いずれにしてもあのコテージは、誰かを監禁できるような施設ではなかった。周囲は〝三次元の森〟というオープンな公園だ。森の中に〝ギャザー警備〟の見張りを配置したとしても、多少の抑止力にはなるが、逃げようと思えば逃げられる……。

つまり、もしあそこに学生たちが寝泊まりしていたのだとすれば、自分の意思で〝逃げなかった〟ことになる……。

「なあ、室井……」

田臥はパソコンに没頭する室井に声を掛けた。

「なんすか……」

室井がディスプレイから目を離さずに答える。

「昨夜、あのコテージの周囲に〝足跡(ゲソコン)〟がたくさん残ってたよな。ほとんどスニーカーのものだった……」

それにデッキには飲みかけのお茶のペットボトルや、ハンドタオルも落ちていた。つい最近まで、何人かの人間があのコテージで生活していたことは確かだ。

「田臥さんの考えてることはわかりますが、〝足跡〟からあのコテージにいた人間の身元を割ろうったって無駄だと思いますよ。〝支社〟や〝支店〟の協力がなければ、我々だけではどうにもなりませんよ……」

確かに、室井のいうとおりだ。県警と所轄の協力がなければ、鑑識作業はどうにもならない。

結局、昨夜は、日付が変わって午前二時まで〝三次元の森〟で粘った。だが、六棟のコテージの周辺には何も起こらなかった。

その後、〝青海荘〟に戻った。パーティーはすでに終わり、高い壁で囲まれた南国風の屋敷は寝静まっていた。

この〝レジデンス・アワジ〟に戻ってきたのは午前三時半ごろだった。

なぜだかわからないが、この島は不気味なほどに静かだ。静かすぎる。

何も起きていないのか。

それとも自分たちの知らないところで、何かが着々と進行しているのか……。

「おい室井、今日は何日だ？」

「五月四日です。明日はゴールデンウィークの、最終日ですよ……」

室井がまた、パソコンのディスプレイから目を離さずに答えた。

「お前、さっきから何を調べてるんだ？」

田臥が訊いた。

「ああ……いえ、ほら例の〝キマイラ〟の会社説明会の概要ですよ。元々、招待された学生たちに個別に送られたもので公開はしていないようなんですが、ネット上のどこかに残っているんじゃないかと思いまして……」

「それで、あったのか？」

「はい、見つかりました。早稲田大学の増田彩乃という学生が、自分のブログとツイッターに内容をアップしてますね……」

「マスダアヤノ……？」

「そうです。早大の文化構想学部の四年生ですね。いまそのツイッターを読んでるんですが、なるほど……」

室井がパソコンのディスプレイを見ながら、頷く。

「何か、わかったのか？」

「ええ……。この学生、いわゆる反体制思想の持ち主のようですね……。ここ数年の保守派内閣の汚職や献金問題を、かなり皮肉って叩いてますね……。しかもその論調の切れ味が鋭くて、面白いなあ……」

「例えば、どんなことを?」

田臥がコーヒーをすすり、訊いた。

「そうですね。例の〝モリトモ学園問題〟なんか、かなり標的にしてますね……。汚職絡みで自殺した財務省の役人がいたでしょう。あれなんか、当時の首相が殺したも同じだとか……。いってることが正論で、説得力があるんですよ……」

「他には」

「〝キマイラ〟と関西系の政党との癒着や、会長の阿万隆元、それに特別顧問の五味秀春のこともかなり叩いてますね……。その〝キマイラ〟から自分のところに会社説明会の案内状が来たといって、その内容を面白おかしくネット上に晒してるんですよ……」

室井がそういって、パソコンの画面を田臥に向けた。

「ほう……」

なぜこの女学生に、〝キマイラ〟が会社説明会の案内状を送ったのか。今回の〝事件〟の構図の一端が、少しだけ見えてきたような気がした。

「ちょっと待ってください。いまこの〝増田彩乃〟という学生、ちょっと他のエンジンで検索してみます……」

室井がコーヒーを口に含み、またキーボードを叩きはじめた。

しばらくして頷き、呟くようにいった。

「なるほど……。やはり、そうか……」

「何かわかったのか？」

「はい……。いまこの〝増田彩乃〟という名前を〝本社〟の行方不明者リストに照会してみたんですが、やはりありました……。一カ月前の四月五日の段階で、静岡市の実家の父親から所轄に行方不明者届が出されていますね……」

「何だって……」

「〝増田彩乃〟の住所は東京都中野区白鷺一丁目〇〇－〇〇、カーサ鷺宮二〇二号。これは下宿先かな……。父親の増田義実(よしみ)によると、娘の彩乃は少なくとも三月三一日から連絡が取れていない。四月四日には上京して彩乃の部屋を確認したが、しばらく帰宅した様子はないとなっていますね……」

三月末あたりから連絡が取れなくなっているとすると、南條康介らが参加した〝キマイラ〟グループの会社説明会と日程的には一致する。

「その〝増田彩乃〟は〝キマイラ〟の会社説明会に参加したということか？」

田臥が訊いた。

「わかりません。ブログやツイッターを見ても、会社説明会に〝出る〟という書き込みは見つからないんですよ。もしかしたら、本人が何らかの理由で削除したのか……」

どうも、奇妙だ。

もし〝キマイラ〟の会社説明会に参加したのなら、SNSを使って拡散し、自己宣伝に利用しそうなものだが。

それとも主催の〝キマイラ〟との間で、何らかの密約でもあったのか……。

「田臥さん、私その子を知ってるかもしれない……」

食事を終えたアサルが、唐突にいった。

「知ってるって、増田彩乃という大学生をか？」

田臥がいった。

「そうです……。いえ、正確には知ってるというより〝確認している〟ということですけれども……」

海外での生活の長いアサルが、また変な日本語を使った。

「どういうことだ？」

「私、昨日の朝、〝三次元の森〟のF駐車場で大学生くらいの六人の若者を見かけたといいましたよね。男が五人に、女が一人……」

「そうか。その女の学生が、増田彩乃ということか……」

室井が頷いた。

「もしかしたら。そうだとしたら彼女たちはブルーの制服のようなものを着て、やはり昨日〝青海荘〟に出入りするのを見かけた白いハイエースのコミューターで移動しています。ナンバーは神戸230　な　〇〇－〇〇……」

「もしかしたらあの〝青海荘〟に、六人の学生たちもいるということか？」

「それは、わかりません。しかし、〝青海荘〟の近くで張り込んで、あのコミューターを見つけて尾行すれば、学生たちの居場所はわかるかもしれない……」

　アサルがいった。

「なるほど。その手でいくか……」

　とにかくいまは、行方不明になっている学生たちの居場所を突き止めることが先決だ。ヤクザやプロの殺し屋たちの抗争に、学生たちを巻き込む訳にはいかない。彼らを人質にでも取られたら、厄介なことになる。

「しかし田臥さん、我々のメルセデスでは目立ち過ぎます。もう、完全に覚えられているでしょうし……」

「そうだな……。よし、その件はアサルにまかせよう。これからまた〝青海荘〟の方に行って〝張り込み〟に付いていてくれ」

「わかりました」

「おれたち二人は〝ギャザー警備〟を見張ろう」

　田臥はあの赤須という男が、生理的に嫌いだった。

　あの手の男は逆に〝張り込み〟を見せつけてプレッシャーを掛ければ、ボロを出しやすい。

「了解」

「よし、そうと決まったら出発しよう」

三人同時に、席を立った。

2

獣道のような廃道を抜けて、林道に出た。

〝イザナギ〟――三尾義政――はそこでYAMAHA・XTZ750を停め、後続を待った。

間もなく黒い革のレーシングスーツを着た〝グミジャ〟の白いBMW・F700GSが森の中から飛び出してきて、〝イザナギ〟の横に停まった。

「萌子は？」

〝イザナギ〟が訊く。

「わからない……。付いてきていると思うけど……」

〝グミジャ〟が、森の中に続く廃道を振り返る。

「だいじょうぶだ。エンジンの音が聞こえる……」

それからまた、しばらく待った。

萌子のHONDA・PCXが、よろけながら荒れた廃道を上ってきた。

両足を付きながら段差を越えて、何とか林道に上がり、二人の前に停まった。

「遅れてごめんなさい……。途中で転んじゃって……」

萌子がそういって、息を吐いた。

バイクも、ジーンズも、泥だらけだ。

「怪我はないか?」

〝イザナギ〟が訊いた。

「だいじょうぶです……。格闘技をやってるから、受け身は取れるので……」

萌子は顔や上着にも、泥や木の葉を付けている。

「〝イザナギ〟、これからどうするの。奴らは、追ってくるよ」

「心配するな。いま走ってきた廃道は車では上がれない。一度、国道に下りて、この林道を探して上がってくるには少なくとも一時間は掛かる。この先に安全な場所があるから、とりあえずそこまで行こう。ついてこい」

「わかった」

〝イザナギ〟はまたバイクを走らせた。〝グミジャ〟と萌子も、それについていった。

一〇分ほど北に向かって走ったところで、〝イザナギ〟はバイクの速度を緩めた。

すでに三人のバイクは神戸淡路鳴門自動車道を仁井トンネルの上で越え、島の西側に差し掛かっていた。

確か、このあたりだったはずだ……。

あった。

いった。

〝イザナギ〟は〝研師長畑〟という樹々の葉に埋もれた看板を見つけ、狭い林道に入ってい

しばらく行くと、古い家があった。荒屋だが、廃屋というほどではない。人の生活の匂いがある。

バイクを停め、エンジンを切った。他の二人も、そうした。あたりは、静寂だった。

〝イザナギ〟はヘルメットを脱ぎ、家に向かった。家の前に立ち、訪う。しばらくすると人の気配がして戸が開き、小柄な白髪の老人が顔を出した。

老人が、驚いた様子で〝イザナギ〟の顔を見上げた。

「長畑さん、お久し振りです」

〝イザナギ〟が頭を下げた。

「あんた……三尾やないか……。生きとったんか……」

「はい、何とか。長畑さんも、お元気そうで」

「ああ……。どうにかな……。だが、もう刀は研がんぞ……」

「わかってます。今日は、他のお願いがあってきました」

「どうしたね……」

老人が、首を傾げる。

「ご存じとは思いますが〝組〟に追われてます。私と後ろにいる女を二人、一日だけ匿ってもらえませんか。お願いします……」

〝イザナギ〟がそういって、もう一度、頭を下げた。

「ああ、かまわんよ。バイクを家の裏に隠して、上がらっしゃい……」

老人が皺深い頰に、かすかな笑みを浮かべた。

「あの老人は、誰？」

バイクを家の裏庭に押しながら、〝グミジャ〟が訊いた。

「昔、世話になった刀の研師だ」

「トギシ？」

「そうだ。日本刀はわかるか？」

「わかる……。サムライが使う長い刀……」

「そうだ。ヤクザも使う。それを研ぐ職人だ。おれの刀も預かってもらっている」

バイクを庭に置き、三人で家に入った。

狭い家だ。台所や風呂の他に、部屋が二つ。それに、仕事場がひとつあるだけだ。

老人がいったように、仕事場はしばらく使われた様子がない。壁には袋に入った刀が何振りか立て掛けてあったが、すべてが薄らと埃を被り、雑然としていた。

三人は仕事場の隣の、囲炉裏のある部屋に通された。いまは五月なのに、囲炉裏には火が入っていた。汚れた座布団に車座になると、縁側から心地好い風が入ってきた。

「儂(わし)は畑仕事があっから。楽にしててくれ」

老人が不揃いの茶碗を三つと茶筒、欠けた急須の載った盆を置き、縁側から外に出ていった。

「あの老人は〝味方〟なの？」

〝グミジャ〟が茶を淹れながら、訊いた。

「ああ、〝味方〟だ……」

〝イザナギ〟は旧任侠道義会の残党に追われていても、まだ何人かこの淡路島に〝味方〟がいる。あの長畑国定（くにさだ）という老人も、その一人だ。

「しかし、あなたは一昨日の夜に訪ねてきた道西という人も、〝味方〟だといった。でも私たちは、居所を知られて襲われた。あの道西が、裏切った……」

「それは違う」

〝イザナギ〟は即座に否定した。

「どう違うの？」

「道西は、絶対に裏切らない。あいつに、何かあったんだ……」

〝イザナギ〟は、道西のことをよく知っている。

金で寝返る男ではない。多少、痛めつけられたくらいでは、口も割らない。何か、特別なことが起きたのだ。道西か、妻の恵美子に。もしかしたらあの二人はもう、この世にはいないかもしれない……。

「ちょっと、出掛けてくる」

〝イザナギ〟が茶を飲み干し、座布団から立った。

「どこに行くの。私も行く……」

〝グミジャ〟がいった。

「いや、だめだ。これは、おれの問題だ。夜までには戻るから、萌子とここで待っていてくれ」

〝イザナギ〟は老人の仕事場に入ると、西陣織の刀袋に入った脇差を一振り摑み、家を出た。脇差を背負ってXTZ750に跨り、エンジンを掛けた。


萌子は黙ってお茶を飲みながら、二人のやり取りに耳を傾けていた。

〝イザナギ〟が出て行き、バイクのエンジンが遠ざかっていく。

「あの人、どこに行ったんだろう……」

〝グミジャ〟が不安そうに呟いた。

萌子は自分のアイフォーンを握り締めていた。

私は、どうしたらいいんだろう……。

3

携帯が鳴っている……。

最初は、夢だと思った。

だが、夢じゃない……。

携帯……この音は、自分のスマホだ……。

道西康志は、薄目を開けた。片目は完全に潰れている。

薄暗く、狭い視界の中で、スマホを探した。小さな窓の光の中に、木の机がひとつ……。

どうやらスマホは、その上で鳴っているらしい……。

道西は、裸で這った。

手足は結束バンドで縛られている。きつく締められているために血行が止まり、すでに手足の感覚はない。肋骨が折れ、それが体の中で動いている。

それでも、芋虫のように、這った……。

だが、テーブルまでの距離は、縮まらない……。

やっと一メートルほど進んだところで、スマホの呼び出し音が止まった。

糞おぉぉぉ……。

だが、また鳴るかもしれない。

道西は血みどろのコンクリートの床を、芋虫のように這った。

〝イザナギ〟は林道の途中でバイクを停め、スマホを出した。

道西の電話番号を探し、掛けた。呼び出し音が鳴っている。

一回……二回……三回……四回……。

二〇回以上鳴らしたところで、電話を切った。

あの男が、電話に出ない訳がない。もし出られない理由があるなら、少し置いてすぐに掛けなおしてくるはずだ……。

だが、五分ほど待っても、道西から電話は掛かってこなかった。

やはりあの男に、何かあったようだ。

〝イザナギ〟はスマホを見つめたまま、自問自答した。

もし道西に何か起きたのだとすれば、自分はどう行動すべきか……。

やるべきことは、ひとつだ。

まず、〝赤足〟の首を取る――。

〝イザナギ〟はまたヘルメットを被り、XTZ750のギアを入れた。

4

笠原武大は南條茲海と二台のアメリカンバイクを連ね、朝から志筑の周辺を流していた。

国道二八号線の志筑明神の交差点から水路を越え、志筑新島に渡る。〝しづかホール〟の公園の前を通って一つ目の角を右折。三ブロック先まで行って右折。〝ギャザー警備〟のビルの前を通って突き当りまで行き、水路沿いの緑地の前を左折。突き当りを左折。二つ目の角を左に曲がって津名臨海運動公園の周囲を回り、埋立地の大通りに出て、これを左折。右前方にPLANT淡路店の大きな建物を見ながらしばらく直進し、ひとつ目の信号を左折。右手に〝しづかホール〟の公園を眺めながらひとつ目の角を左折し、元の志筑の市街地へと戻る。

YAMAHAドラッグスターXVS1100とハーレーダビッドソンFXDLローライダーの二台のVツインのエンジン音を轟かせ、何度も同じ場所を周回した。

バイクに乗っているのは二人共、黒い革のライダースジャケットを着た男たちだ。しかも申し合わせたようにジェットタイプのヘルメットに、レイバンのサングラスを掛けている。嫌でも目立つ。

三周ほど回った時に、〝ギャザー警備〟の建物の前に、若い男が二人出てきているのが見えた。

社員だろうか。だが、ヤクザかチンピラにしか見えない。

五周目に〝ギャザー警備〟の前を通った時には、男の数が五～六人に増えていた。七周目には、一〇人。そしていまは、志筑の街のあちらこちらの物影にヤクザ風情の男たちが立ってこちらの様子を窺っている。

笠原は、腹の中で笑った。

これは、良い傾向だ。自分たちの目的は、〝ギャザー警備〟の挑発だ。うまく乗ってくれれば、必ずボロを出す。

何周目かに埋立地の広い道路を通った時に、路肩に見たことのある車が停まっていた。

黒いメルセデスS550――。

ナンバーも、覚えている。IQが172もある笠原は、車のナンバーを一瞬で記憶することができる。

田臥と室井のメルセデスだ。やはり二人も、〝ギャザー警備〟を張っているらしい。

目の前を二台のバイクで通り過ぎたが、メルセデスは動く様子がない。ポケットの中にあるアイフォーンにも、連絡はない。

つまり、〝好きなようにやれ〟ということだ――。

さらに何周か回った時に、笠原はコースを変えた。茲海に合図を送り、『しづかホール』の信号を直進した。右手は中世のヨーロッパのような建物が立ち並ぶ『カリヨン広場』というテーマパークのようなショッピングセンター街だ。

次の信号を抜けると、風景が一変する。

ショッピングセンター街が終わり、埋立地の閑散とした港湾地帯に入る。

ここから一直線に進むと周囲には点々とセメント工場や倉庫がある殺伐とした産業地帯が続く。その突き当りに大阪湾臨海環境整備センターの広大な敷地があり、そこで志筑新島は終わる。その先は、海だ。

笠原は広い埋立地の道を環境整備センターの手前まで走り、そこを右に曲がった。セメントの貯蔵タンクや海上コンテナが並ぶ東南側の沿岸にも、倉庫らしき建物が何棟か見えたからだ。

だが、道に入って一〇〇メートルも行かないうちに、笠原と茲海はバイクを停めた。前方、右手の建物の陰から二台の車が出てきて、行手を塞がれた。

どちらも、悪趣味なシャコタンだ。おそらく、〝ギャザー警備〟の奴らだろう。

どうする――？

笠原は横にいる茲海に手で合図を送った。二人共ヘルメットを被っているし、アメリカンバイクのVツインのエンジン音がうるさくて、話し声が聞こえない。

茲海も手で合図を返した。

戻ろう――。

いまここで奴らと戦っても意味はない。

二人はバイクをターンさせた。だが今度は通ってきたばかりの建物の陰からも大型ダンプが一台出てきて、退路も塞がれた。

周囲は埋立地の産業地帯だ。道路の片側は広大な空地だが、コンクリート用の砂や砂利の山が積まれている。オフロードバイクならまだしも、二人の大型のアメリカンバイクで走り抜けるのは難しいだろう。

行くか――？

笠原がまた手で合図した。

だが、その時、後方の二台の乗用車から男が四人、降りてきた。

四人とも、手にバットや金属パイプを持っている。前方のダンプの荷台からも三人、降りてきた。どうやら選択の余地はないらしい。

逃げよう——。

茲海が空地の方を指さした。

笠原が、頷く。アクセルを開け、二台のアメリカンバイクで空地に乗り入れた。

ひどい荒地だった。砂や砂利の山の間にダンプの轍が深く抉れていて、網の目のように交差し、ぬかるんでいた。両足でバイクを支えながら、ゆっくりと、何とか進めるような有様だった。

途中で後方を振り返った。

男たちは、追ってこない。道路に立って、こちらを見ている。どうやら、本気でこちらを襲う気はないらしい。

ただ〝ここに近寄るな〟という警告か……。

二台のバイクは何とか砂の山の間を横切り、また広大な道路に出た。タイヤの泥を蹴散らしながら、志筑の市街地に戻った。

笠原は、バイクを走らせながら考えた。

何か、奇妙だ……。

奴らは〝ギャザー警備〟の本社の周囲を走っていても、ただ黙ってこちらの様子を窺っているだけだった。ところがあの倉庫街に入ったら、待ち構えていたように取り囲まれた。

いったいあそこに、何があるんだ……。

笠原は〝しづかホール〟まで戻ってきて、公園の駐車場にバイクを入れた。

休日なので、人が多い。家族連れの姿もある。

ここまで来れば、もう安全だ。いくら〝ギャザー警備〟の奴らでも、ここで襲ってきたりはしないだろう。

笠原と茲海はバイクのエンジンを切り、ヘルメットを脱いだ。

「驚きましたな……。まさか奴ら、この真っ昼間にあんなに出てくるとは……」

茲海がそういって、苦笑いをした。

「奴ら、何を警戒してるんですかね。あのあたりに、よほど見られたくない〝何か〟があるんでしょうか……」

笠原も苦笑いするしかなかった。

「倉庫のようなものがありましたね。まさか康介たちが、あそこに監禁されているんでは……」

茲海がそう考えるのは当然だ。笠原も、まず最初に萌子のことを考えた。

「しかし、それは有り得ないような気がしますが。いくら〝ギャザー警備〟でも、学生たちを倉庫に監禁したりはしないでしょう。そんなことをすれば、会社説明会で学生たちを集めた〝キマイラ〟が、大変なことになる……」

「確かに……」

それにしても、まだ〝ギャザー警備〟の奴らはこちらの正体を知らないはずだ。

まさかこのバイクに乗る二人の革ジャン姿の男を見て、学生たちの父兄だとは思わないだろう。もちろん、警察にも見えない。

奴らが警戒する相手は、いったい誰なのか……。

「どうしますか。夜になってから、出直してきますか……」

どうやら茲海は、自分たちで〝ギャザー警備〟と決着をつけるつもりらしい。

「もしくは、警察庁の田臥さんにいまのことを報告するか……」

先程、この志筑新島の埋立地で田臥たちの黒いメルセデスを見かけた。つまり田臥たちの狙いも、まずは〝ギャザー警備〟だということだろう。

「そうですなぁ……。その方がいいかもしれんですなぁ……」

茲海は、自分たちで直接手を下せないのが歯痒いようだ。

「とりあえず、電話をしておきましょう」

笠原がポケットの中から、アイフォーンを出した。

5

〝青海荘〟は、日が高くなっても眠っているかのようだった。

アサルは二ブロック離れた空地にスバルXVを停め、電信柱の隙間から〝青海荘〟の建物と入口をカメラの望遠レンズ越しに見張っていた。

動きが出はじめたのは、午前一〇時を過ぎたころだ。

まず、昨夜も見かけた黒のトヨタセンチュリーが屋敷から出てきた。後部座席には白いカーテンが掛かっているので、中に誰が乗っているのかはわからない。車は門を左に出て、次の角を左折し、国道二八号線の方角に消えた。

それから一〇分ほどして、今度は白いマセラティ・レヴァンテが門から出てきた。これも、昨夜見た車だ。

アサルはカメラのレンズを車に合わせた。運転席と助手席に、男が乗っている。

運転席の男に陽光が当り、顔がはっきりと見えた。テレビで見たことのある男だ。確かお笑いタレントの、今村進太……。

この車も門を左に出て、国道の方角に消えた。

それから一五分ほど待った。

三台目の車……。

白いハイエースのスーパーロング、コミューターが出てきた。あれだ……。

アサルはカメラで何枚か写真を撮り、それを助手席に置いた。スバルのギアを入れ、コミューターを追った。

コミューターはそれまでの車とは違い、国道ではなく埋立地の海の方角に向かった。座席には、七〜八人の人影が見える。おそらく昨夜のパーティーの客を、港まで送っていくのだろう。

やはり、思ったとおりだった。港に着くと、バースに客船のような大型クルーザーが一隻、着岸していた。

船名は、〝セイレーン〟……。

おそらくこの船も、〝キマイラ〟グループの持ち物だ。

コミューターから、客が降りてきた。男が何人かと、見送りらしき女が一人。客の中には、顔はわからないが、スポーツ選手や芸能界関係者のような男たちもいる。

男たちは手を振りながら、大型クルーザーに乗船する。全員が乗船すると、港に残った女に見送られ、早々に出港していった。

クルーザーが大阪湾に遠ざかると、女が助手席に戻り、コミューターが動き出した。

バースでターンして、来た道を戻っていく。アサルは、一〇〇メートルほどの距離を置いてそれを追った。だが、何もなくコミューターは角を左に曲がり、〝青海荘〟の門の中に入ってしまった……。

アサルは門の前を通過し、三ブロック先で車の方向を変え、元の空地に戻った。そして、息をつく。

アイフォーンが震動した。アサルはディスプレイをチェックし、電話に出た。

——そちらの様子はどうだ。動きはあったか？——

田臥からだった。

「はい、少し……。先程、例のコミューターが出てきました。しかし、昨夜のパーティーのゲストを港に送って、いままた〝青海荘〟に入りました……」

――そうか。もう少し、見張っていてくれ。こちらは例のアメリカンバイクの二人が、〝ギャザー警備〟を挑発している。面白いことになりそうだ――。

「わかりました。何か動きがあれば連絡します」

電話を切り見張りを続けた。

一時間後――。

また同じコミューターが〝青海荘〟の門から出てきた。

コミューターは先程とは違い、突き当りの道を左に曲がって国道の方に向かった。アサルはスバルのギアを入れ、それを追った。カーテンでわかりにくいが、客席には何人か人が乗っているようだ。

国道二八号線に出ると、コミューターは信号を左折して南に向かった。どうやら、神戸方面に客を送りに行くのではないようだ。

アサルもその後方に付いた。できれば間に一台か二台、他の車を入れて尾行したかったのだが、仕方ない。

コミューターは海沿いの国道をひたすらに南下する。前日と同じように〝道の駅東浦ターミナルパーク〟を通り過ぎた。そして巨大な世界平和大観音像の廃墟の下も通過する。

アサルは運転しながら、途中で田臥に電話を入れた。

「いま、コミューターを尾行しています。間もなく、志筑の交差点です……。それを通過しました……」

アサルは、志筑の周辺に行くのだと思っていた。だが、どうやら違うらしい。

——了解。こちらも後を追う。停まった所でまた電話をくれ——。

「了解……」

コミューターはひたすらに淡路島の東岸を南下した。アサルは間にトラックを一台入れ、それを追った。

いったい、どこに行くのだろう……。

コミューターは島の中心部、洲本市の入口の塩屋の交差点も通過した。そしてその直後、〝白銀橋北詰〟と書かれた信号を左折。白銀橋で洲本川を渡り、混み入った住宅地の中に入っていった。

アサルはナビで住所を確認した。

洲本市の物部二丁目のあたりだ……。

間もなく前を行くコミューターが、古いマンションの前で停まった。アサルもその二ブロック後方でスバルを路肩に寄せ、助手席のカメラを手にして事態を見守った。

助手席が開き、人が降りてきた。

先程、港で客を見送った女だ。歳は四十代の前半から半ばか。日本的ないい方をするならば、どこか水商売っぽい雰囲気がある。昨日、学生たちと一緒にいたガイドと同じ女かもしれない。

アサルはカメラのズームレンズのピントが合うのを待って、何カットかシャッターを切った。

女が車の脇に回り、後ろのスライドドアを開けた。

学生たちが降りてくるのか……。

違った。降りてきたのは、若い女たちだった。

合計、一〇人……。

普段着で化粧っ気はないが、全員モデルのようなスタイルをした美人だった。バッグを片手に、楽しそうに談笑しながらマンションのエントランスに入っていく。

アサルはピントを合わせ、女たちの写真を撮った。

おそらく昨夜の〝青海荘〟のホステスたちだろう。このマンションに住んでいるのか。それとも、パーティーの前後だけここに宿泊しているのか……。

アサルはマンションの名前も写真に撮った。エントランスの入口の上に書いてある文字は、掠れていたが〝Demeure SIROGANE〟と読めた。

その時、レンズの中で、最後尾から歩いていくガイドの女と目が合った。

女の口が動き、何かをいった。慌てて助手席に乗り込むと、コミューターがまた走り出した。

ちっ！　気付かれた……。

アサルはカメラを助手席に置き、スバルでコミューターを追った。走りながら、また田臥に電話を入れた。

「アサルです。コミューターは洲本市物部二丁目の〝ドミール・シロガネ〟という古いマンションの前で停まりました。そこで、若い女が一〇人、降りました。しかし、尾行を気付かれたようです。いままた、走り出しました……」

――我々もそちらに向かっている。コミューターは、どっちに行った？――。

「国道の方です。白銀橋を渡って、国道に出るようです……」

――車が見えた。尾行を代わる。アサルは脇道に逸れろ――。

「了解」

アサルは洲本川の手前を右に曲がり、尾行を止めた。コミューターは白銀橋を渡り、国道を左折した。その後ろから、田臥が運転する黒いメルセデスが追っていくのが見えた。

アサルは川沿いの道にスバルを停め、息をついた。

6

森は新緑が美しかった。

あたりには野鳥が囀りながら飛び交い、鹿やその他の野生動物の息吹が満ちている。

〝虎人〟――魁列亮――は自分の気配を殺し、森の中を歩いていた。

迷彩服の上下に身を包んでいるが、着馴れた中国人民解放軍のものではない。日本のネットオークションで落札した、安物の米軍のコピー商品だ。両手に握っている銃は、ロシア製のマカロフだった。

もちろん身分証などは携帯していないし、最初から持ってもいない。もし、何かが起きてこの国で死んだとしても、自分の正体は永久にわからないだろう。

〝虎人〟は後方から付いてくる二人の男に、手の動きだけで指示を出した。

一人は、右に回れ。もう一人は、左に。背を低くして進め――。

二人の名は、〝疫鬼（エンキ）〟と〝囚牛（シユウギユウ）〟という。もちろん、本名ではない。〝虎人〟が付けた〝外号〟（コードネーム）だ。

本名などは、いらない。興味もない。奴らもこの遠い島国で死ねば、誰にも知られることなく土に還るだけだ。

〝虎人〟は二人を左右に従え、中央の廃道を進んだ。廃道とはいっても、過去にそこが〝道〟であったことがわからないほどの、獣道だ。その下草の中に、三台のバイクのタイヤの跡が付いている。

〝虎人〟は、そのタイヤの跡を追った。

二台は、大型のオフロードバイクのものだ。一台は小型の普通のバイクのもので、かなりふらついている。三台のバイクの轍は下の小屋の前からこの廃道で尾根を越え、一度下り、また次の尾根に向かっている。

この抜け道があることを知らなかったのは、迂闊だった……。

だが、奴らの行き先はわかっている。アメリカ人が作ったスマートフォンの〝谷歌地図〟(グーグルマップ)によると、この廃道を進めば間もなく林道に出るはずだ。

五人の部下の内の三人は一度、車で国道まで下り、その林道を探して上がってくることになっている。途中で〝獲物〟とぶつかれば、交戦するだろう。

もしくはいま森の中を歩いている自分たちが、〝獲物〟に待ち伏せを食うかもしれない。

それに越したことはないが、可能性は低いだろう。〝ギャザー警備〟に追われている三尾という男が、あの少女たちを連れて我々と戦うとは思えない。

途中で、土の抉れた跡を見つけた。

〝虎人〟は体を低くし、指で地面を触れて確かめた。ここでバイクが一台、転倒したようだ。だが、周囲にバイクや人の姿はない。起き上がって、走り去ったということか……。

草を千切って投げ捨て、〝虎人〟はまた両手でマカロフを構えて前に進んだ。周囲に、〝獲物〟がいるかもしれない。後続の二人に、もっと広く展開するように指示を送った。

そこからさらに、二〇〇メートルほど進んだ。

前方の右手、森の斜面の上の方に、白いガードレールが見えた。林道だ……。

〝虎人〟はしばらくそこで様子を窺った。人の気配はない。誰もいないようだ。

ガードレールの一部が、切れている。そこから、林道に上がった。

後から〝疫鬼〟と〝囚牛〟の二人も追いついてきた。ちょうどそこに、国道を迂回して上がってきたバンの三人も到着した。

「奴らはどこだ！」

「どこに行った！」

バンから〝駮〟と〝丹亀〟の二人がわめきながら降りてきた。特に少女にスリングショットで前歯を折られて血だらけの〝駮〟は、目を血走らせている。

〝虎人〟がそれを制した。

「待て。〝獲物〟はもうここにはいない。銃は仕舞っておけ……」

〝虎人〟はマカロフをウエストポーチのホルスターに入れ、林道に片膝を付いた。ガードレールから林道に上がる路面に、三台のバイクのタイヤの跡が残っていた。

中国人民解放軍にいたおよそ二〇年間、〝虎人〟は大半を陸軍の斥候部隊に在籍していた。敵の足跡や車の轍を追跡する能手（名人）だった。

虎は、獲物を森の中に何里も追跡して仕留めるという。〝虎人〟は、そこから付けられた〝外号〟だ。

三台のバイクの轍は、林道を左、島の中央部に向かって上がっている。方角がわかれば、追うのは簡単だ。

〝虎人〟は林道の路面の土を摑んで立ち、それを投げ捨てて手を払った。

「よし、行くぞ。全員、車に乗れ。おれは助手席に乗る」

「収到！」

「収到！」

全員が乗り込むのを待って、運転席の〝魚頭〟がバンをゆっくりと林道に進めた。

7

落ち着かない空間だった。

自分が座っている座布団の下には、畳が敷かれている。

目の前には〝囲炉裏〟と呼ばれる火床があり、鉄の薬缶が掛かっている。

その向こうに掛け軸の下がった床の間があり、下に刀が二本、掛かっていた。振り返れば縁側の向こうにささやかな庭があり、その先には畑が広がっている。

〝北〟の三号廏舎にいた時に、日本の風俗や文化を学ぶ学科の中で、散々見せられてきた〝日本の家〟のセットの風景そのままだ。だけど、日本に来て〝本物〟を見るのは、これが初めてだ。

〝グミジャ〟はもう一度、周囲を見渡した。

この息苦しくなるような不安感は、いったい何なのだろう……。

〝北〟での生活のことを思い出すからだろうか。いや、それとも、ここに〝イザナギ〟がいないからか……。

「ねえ、萌子……」

〝グミジャ〟はお茶を飲みながら、囲炉裏端に座る萌子に話し掛けた。

「何……?」

萌子が、振り向く。

「あの床の間の掛け軸、何て書いてあるの……?」

〝グミジャ〟が訊いた。

漢字の書であることはわかるが、草書体なので〝グミジャ〟には読めない。

「たぶん……〝武士は己を知る者のために死す〟だと思う……」

ブシハオノレヲシルモノノタメニシス……。

「どういう意味? 誰がこれを書いたの?」

「書いたのは、儂じゃよ……」

〝グミジャ〟の正面に座る長畑老人が、おっとりと笑みを浮かべた。そして、続けた。

「立派な武士は、自分の価値を理解してくれる人のためならば命を捨てて尽くすものだ、というような意味じゃな……。元は中国の史記の刺客列伝に出てくる智伯という貴族に仕えていた予譲(よじょう)がいったものだが、日本の宮本武蔵という剣豪も好んでこの言葉を用いておった。宮本武蔵は知っているかね?」

「うん、知ってる……」

老人がいった。

〝グミジャ〟は膝を抱えて考えた。

確かに〝宮本武蔵〟というサムライの名は、〝三号廏舎〟で日本の文化を学んでいる時に聞いたことがある。日本の剣術の達人、武士道の象徴……。

そうか……。自分の価値を理解してくれる人に、命を捨てて尽くす、か……。

〝北〟にいる時は、考えてみたこともない言葉だった。

同胞たちは生きるのも死ぬのもすべては自分の都合で、他人のために命を捨てる〝パボ〟などいない。〝三号廏舎〟では偉大なる〝首領様〟一族のために「命を捧げろ……」と教えられてきたが、そんな洗脳は時間が経てば消える。

くだらない……。

だいたい〝首領様〟は、〝自分の価値を理解してくれる人〟などではなかった。そもそも自分のような女が〝北〟にいたことすら、知りもしないだろう。

『史記』の予譲や、日本の宮本武蔵というサムライがなぜそう考えたのか。〝グミジャ〟には理由がわからない。

だけど、何となく、心に染み入るような言葉だった。

「お茶をもう一杯、いかがかな」

長畑老人がそういって囲炉裏から鉄瓶を取った。

急須の蓋を開け、湯を入れる。その時、老人の動きが止まった。

同時に〝グミジャ〟も気配を感じた。

〝何か〟が来る……。

「萌子、逃げろ！」

〝グミジャ〟は叫ぶと同時にホルスターからベレッタを抜いた。

「チャア！」

縁側から二人、迷彩服を着た男が銃を連射しながら飛び込んできた。

同時に長畑老人が鉄瓶を囲炉裏の火に投げ込んだ。部屋に、大量の蒸気が舞い上がる。

〝グミジャ〟は畳の上をころがりながら、蒸気の中の人影に向けてベレッタを撃った。

「呵々（アア）……！」

一人が囲炉裏の中に倒れた。

同時に長畑老人が床の間の日本刀を抜き、もう一人の男を斬り捨てた。

「萌子！」

振り返った。だが、萌子がいない。

〝グミジャ〟は土間を駆け抜け、玄関から外に飛び出した。

そこにもう一人、迷彩服の男が立っていた。

「糞（シバ）！」

〝グミジャ〟は走りながら男にベレッタを向けた。

男の銃を持つ手が、スローモーションのように自分に向いた。

銃口が、火を噴いた。

続けて、三発！！！

〝グミジャ〟は腹、胸、額に三発の銃弾を受け、地面に叩き付けられた。

視界の中に、自分のベレッタがころがった。

見上げると、自分を撃った男が笑いながら立っていた。

糞……。

こんな死に方は、嫌だ……。

舞台に幕が下りるように、意識が消えた。


萌子はHONDA・PCXで庭から林道に走り出た。

背後から、三発の銃声が聞こえた。

走りながら、振り返る。〝グミジャ〟が銃弾を受け、倒れるのが見えた。

嫌ぁぁぁ……！

心の中で叫びながら、アクセルを開けた。

8

白いコミューターは、淡路島中央スマートICから神戸淡路鳴門自動車道に入った。

制限速度に満たないゆっくりとした速度で、神戸方面に北上する。

「糞……」

田臥は苛立ちながら、メルセデスで尾行した。追い越し車線を、地元の軽自動車が追い抜いていった。

コミューターは一つ目の津名一宮インターチェンジで降りた。そして県道を、志筑方面に下っていく。

志筑か、もしくは〝青海荘〟に戻るのか。それならなぜ、東浦インターチェンジまで行かなかったのか。それに、有料道路を使うほど急いでいるようには見えない……。

そう思っていたら、コミューターは海沿いの二八号線に出て右に曲がり、また洲本方面に南下しはじめた。しかも、亀のようにゆっくりと、だ。

何を考えているんだ……。

「どうやら、尾行を勘づかれたみたいですね。同じところを周回している……」

助手席の室井がいった。

「そうらしいな……」

まあ、この目立つメルセデスで尾行されて、勘づかないほど間抜けな奴はいない。

その時、メルセデスの警察無線が、所轄の通信指令を受信した。

——全PC通達……全PC通達……本日1420……199発生……6×2確認……A中央5番周辺のPC全車〝現場〟に急行せよ……。繰り返す、全PC通達……全PC通達……本日1420……199発生——。

「何ですかね、この無線は……」

〝199〟は〝殺人事件〟、〝6×2〟は、〝死体〟が二体という無線暗号だ。つまり今日の一四時二〇分に〝殺人事件〟が発生し、〝死体〟を二体確認したという意味になる。

「室井、〝現場〟を確認してくれ」

「了解……」

室井がパソコンで、〝中央5番〟という番号を兵庫県警のコード表で確認する。

「どうだ、わかったか?」

「はい、わかりました。淡路市の山の中ですね。〝仁井〟という集落があって、その近くのようです……」

「わかった。ナビに入れてくれ。〝現場〟に急行する」

田臥は二八号線でメルセデスをパワーターンさせ、ルーフに赤灯を出してサイレンを鳴らした。

〝現場〟は淡路市の山中の一軒家だった。

周囲を竹藪に囲まれた一反ほどの畑があり、古い小さな家が建っていた。

だが、その家はほぼ全焼し、いまは炭化した柱と焼け落ちた瓦屋根の一部しか残っていない。

田臥と室井が〝現着〟した一五時五〇分の時点では、まだ焼け跡は火がくすぶり、煙が立ち昇っていた。消防車が数台に救急車が一台、それに所轄のパトカーが数台。そこに消防署員や所轄の警察官が走り回っていた。

その中に、見覚えのある顔があった。

兵庫県〝支社〟の組織犯罪対策局の大西、同じく薬物銃器対策課の清村、それに警備部公安第二課の藤原の三人だ。

田臥は旧知の藤原に歩み寄り、肩を叩いて声を掛けた。

「よう、藤原。ずい分、早いじゃないか」

〝事件〟が起きたのが一四時二〇分。いま、間もなく一六時になろうとしている。もし三人が神戸の〝支社〟にいたのなら、この時間に〝現着〟しているのが不自然なことは考えるまでもなくわかる。

「いや……ちょうど〝支店〟の北淡路署の方におったもんでね……」

「それはついてたな。しかし、それにしてもお前がなぜこの島にいるんだ。まさか、これも〝任俠道義会〟絡みって訳じゃないだろうな……」

この山の中の一軒家は、どう見ても〝任俠道義会〟や〝ギャザー警備〟、まして〝キマイラ〟に関係あるようには見えない。

「まだ何ともいわれへんねんけどな……」

藤原が、田臥の方を見ずに答えた。

「〝死体(ロク)〟が二つ出たって?」

「まあな……。家の外の畑の方でひとつ。家の中の土間で、焼けてるのがひとつ。いまんとこ、それだけやね……」

「〝殺人〟だって？」

田臥が現場を見ながらいった。

「まあ……。畑にあったんはこの家の主人で、長畑国定という刀の研師の男らしいんやけどな。背中に、9ミリを二発食らって倒れとった……」

また9ミリか……。

「〝死体〟を見られるか？」

「ああ、かまわんよ。こっちや」

藤原が焼けた家を竹藪の方から回り、裏の畑に向かった。田臥と室井が、その後ろをつけていった。

歩きながら、藤原が話した。

「消防に119番通報があったのは、一三時一〇分くらいやったそうや。その二〇分後に消防と消防団が駆けつけて、最初の〝死体〟が見つかったのが一三時五〇分……。二つ目の〝焼死体〟が出たのが一四時二〇分……。まだ、焼け跡を調べたら他にも出るかもしれへんけどな……」

〝死体〟は畑の入口あたりにあった。いまは、白い布が掛けられている。

田臥が、白い布を剝いだ。白髪の小柄な老人が、抜き身の日本刀を振り上げるように握ったまま、突っ伏していた。

両目を見開いたまま、歯を食いしばる表情に悔しさが滲み出ていた。背中には確かに、二発の銃痕がある。大きさからして、おそらく9ミリだろう。

家から逃げるところを撃たれたのか。それとも、敵を迎え撃とうとしたところを別の誰かに背後から撃たれたのか。いや、この抜き身の刀を握っているところからして、この長畑という老人は少なくとも戦おうとしていたことは確かだ。

「もうひとつは?」

田臥は老人の〝死体〟に白い布を掛けた。

「焼け跡の、土間の方だ。半分焼けてるんでよくわからんのやけど、もしかしたらその老人の刀でやられたんかもしれん……。首が半分、落ちとったからな。見るか?」

「ああ、見てみよう……」

三人が焼け跡に向かって歩きはじめたところ、藤原が立ち止まった。

イヤホンに、何か無線が入ったらしい。

「……わかった……。いま、そっちに戻る……」

藤原がそういって、田臥に振り返った。

「何か、あったのか」

田臥が訊いた。

「ああ……もうひとつ〝死体〟が出たらしいんや。これで、三つ目や……」

藤原がそういって、溜息をついた。

9

連休が終わりに近付き、旅行者たちが島から出はじめた。

この日、淡路島の中心部で様々なものが動き出した。

淡路島志筑、午後六時〇五分――。

〝ギャザー警備〟の社員、香田康夫は会社の業務時間が終わったことを確認し、入口の鍵を掛けるためにエレベーターで一階に下りた。

〝会社〟とはいっても、暴力団の〝事務所〟のようなものだ。〝任侠道義会〟が〝ギャザー警備〟に名前を変え、〝指定暴力団〟が〝株式会社〟になった。同時に〝構成員〟が〝社員〟になった。それだけだ。

香田も、その一人だった。

やってることとは、昔と大差ない。ただ、上納金を納めるかわりに、逆に僅かばかりでも給料をもらえるようになった。違いがあるとすれば、そのくらいだ。

今日も、この〝本部〟……いや〝本社〟か……で一触即発の〝ヤバい〟ひと幕があった。どこの組の者だか知らないが、大型のアメリカンバイクに乗った男が二人、この事務所の回りをけたたましいエンジン音を響かせながら周回し、挑発してきた。

〝任侠道義会〟のころだったら、出入りが起きていただろう。だが〝ギャザー警備〟となったいまは、まさか真っ昼間にそんな挑発に乗るわけにはいかない。親会社の〝キマイラ〟への面子もある。

だが、先代の滝本社長が消されて以来、もう何人もうちの構成員……いや、社員か……が殺られている。〝敵〟の正体もわかっていない。新社長の赤須は奇妙な中国人の連中を雇ってきたが、これからどう〝落とし前〟をつけるつもりなのか……。

まあ、自分のような下っ端が考えても仕方のないことだ。

ともかく、悶着は一応、収まった。

バイクの二人組は会社の倉庫の方にまで姿を現したらしいが、他の〝社員〟たちが追っ払ったと聞いている。警戒して張り込んでいた〝警察〟のメルセデスも、姿を消した。

今日は、もう終わりだ。

この事務所にも香田を含めて、〝社員〟は五人しか残っていない。入口の鍵を掛けたら近くの中華屋から店屋物でも取り、酒でも飲みながら、いつものように雀卓でも囲んで泊まり番をすればいい。

エレベーターを降りて狭いロビーを横切り、入口の扉を開ける。

外に、下っ端のタカオという舎弟が立っていた。

「タカオ、今日はもう終わりだ。裏口を閉めてこい」

「はい」

タカオがビルの裏に走っていく。

香田はドアをつっかえ棒で固定し、外に置いてあったゴムマットを中に蹴り込んだ。

その時、背後で大型バイクのエンジン音が聞こえた。

振り返った。

前輪を高々と上げたオフロードバイクが、目の前に突っ込んできた。

「ギャ！」

顔をタイヤに掻きむしられて、体がビルの中に吹っ飛んだ。

床に叩き付けられたところを、バイクのタイヤで轢き潰された。

「ウグ……」

何が起きたのか、わからなかった。朦朧とする意識の中で、天井の照明を見上げた。眩しい逆光を背にして、バイクに乗った大柄な男が香田を見下ろしていた。

「……み……三尾さんや……ないです……か……」

掠れる声でいった。

「なんだ、香田か。お前だとわかってたら、こんな手荒なことはしなかったんだけどな」

男がそういって、影の中で笑った。

「……そ……そんな……」

香田が咳き込み、鼻血と共に折れた歯を吐き出した。

「赤須はどこにいる？」

男がバイクを降り、香田の前にしゃがみ込んで顔を覗き込んだ。

「……し……知りまへん……」

「今日は、戻ってくるのか？」

「……わ……わかりま……へん……」

香田が這いつくばりながら答える。

「そうか、それじゃあ仕方ねえな……」

男が立ち上がり、香田の顔を重いライディングブーツで蹴り上げた。

顔の骨が潰れる嫌な音がして、一瞬で意識が飛んだ。


〝ギャザー警備〟の二階の事務所では、三人の泊まり番の男たちが花札を打っていた。

その中の一人、新木保（あらきたもつ）は階下の騒ぎに札を打つ手を止めた。

「何や、下が騒がしいな……。バイクの音が聞こえへんか？」

そういって前に座る浜田（はまだ）と川村（かわむら）の顔を見た。

今日はアメリカンバイクに乗った正体不明の男が二人このあたりに現れて、騒ぎになったばかりだ。

「外から聞こえとんのやろう。それに下には香田とタカオがおるはずやから、心配あらへんがな」

浜田がそういいながら、札を数える。

「おい、川村。お前ちょっと下に行って、見てこいや」

「へい……」

川村が新木にいわれ、席を立った。

ドアを開けると、さらにバイクのエンジン音が大きくなった。外じゃない……。

「いったい、何なんや……」

新木も手にしていた札を置き、川村の後を追ってホールに出た。ちょうどそこに下からエレベーターが上がってきて、二階で止まった。

香田が、戻ってきたらしい……。

ドアが開いた。

「おい香田、何が……」

そういいかけた時に、エレベーターの中からエンジンの爆音が聞こえた。

同時に、青い大型バイクが飛び出してきた。

バイクの男が、背中から日本刀を抜いた。

「うわっ……」

新木が両手を出して、庇った。

それを日本刀で横に払われ、両手の手首から先が飛んだ。

「ぎゃあぁぁぁぁ……」

それを見て、川村が逃げた。

男がベルトからＧＬＯＣＫを抜き、走る川村を狙った。

轟音！

背中に弾が当った川村の体が前のめりに吹き飛び、正面の非常口のドアに激突して崩れ落ちた。

〝イザナギ〟――三尾義政――はブルーのＹＡＭＡＨＡ・ＸＴＺ７５０スーパーテネレのスタンドを起こし、バイクから降りた。

ＧＬＯＣＫで撃った若い方の男は、死んだ。

もう一人、両手を切り落とした新木は、よく知っている。しかしこいつも、そう長くはない。間もなく死ぬだろう。

〝イザナギ〟は左手に日本刀、右手にＧＬＯＣＫを握り、開いているドアから事務所に入った。

中にはもう一人、ソファーに座って小便を漏らしながら座り込んでいる男がいた。

浜田秀剛（ひでたか）……。

〝ギャザー警備〟の実質的なナンバー２、〝イザナギ〟のよく知っている男だ。

「よう、浜田。久し振りだな。ずい分、出世したそうじゃねぇか……」

〝イザナギ〟はそういって、銃をベルトに差した。こいつは腰を抜かしていて、逃げられない。この日本刀があれば、十分だ。

「三尾……お前が、何でや……」

浜田が震える声でいった。

「何でやもねぇだろう。おれをハメたのは、自分だろう」

そうだ。

社長の〝赤足〟と組んで、〝イザナギ〟に責任を被せて追われる身にした片割れがこの浜田だった。

「いまさら……ここに何しに来よったんや……」

虚勢を張っても、小便を漏らしながらじゃ様にならない。

「二つ、訊きたいことがある。もし教えてもらえれば、お前の〝命(タマ)〟を取らずにここを出ていってもいい」

「な……何だ……?」

「ひとつは、道西の件だ。奴は、おれの舎弟だ。あいつと、連絡が取れなくなった。いったい、道西に何があったんだ?」

「お……おれは……知らへん……」

浜田がそういって、目を逸らした。

つまり、道西に何が起きたかを知っているということだ。

「二つ目だ。それならば、〝赤足〟に聞こう。あの男は、どこにいる?」

「それも、知らへん……。社長に会いたきゃ、自分で捜しゃええやろ……」

「それじゃあ話になんねぇな。じゃまくせえ……」

〝イザナギ〟は日本刀を両手で構え、大股で歩み寄った。

浜田の頭の上で、振りかぶった。

「ま……待て！」

〝イザナギ〟は振り下ろした日本刀を、両手で庇う浜田の頭の上で寸止めした。

「知ってるのか？」

「あ……ああ……。た……たぶんだ……。社長はたぶん、津名港の埋立地の倉庫にいる……。

道西も、そこや……」

「本当か。嘘なら戻ってきて〝命〟をもらうぜ」

〝イザナギ〟が日本刀の刃先を、浜田の眉間に向けた。

「本当や……。嘘やない……」

浜田は、臆病だ。

このようなクズは、心底から恐怖を味わえば正直になる。

「そうか。それならもう、お前に用はない……」

〝イザナギ〟は日本刀に力を込めて浜田の顔を突いた。

刃先は右目から入り、後頭部から出て、ソファーの背もたれを突き抜けた。

浜田が声を出さず、両手で刀身を摑んだ。

〝イザナギ〟が力まかせに引き抜くと、血飛沫と共に両手の親指が落ちた。

浜田の体がソファーに崩れ落ちた。

〝イザナギ〟は日本刀を右手でひと振りして刀身の血糊を飛ばし、背中の鞘に納めた。

事務所を出て、バイクに乗った。

血みどろのロビーの床の上に、両手のない新木が這っていた。

「おい、新木。早く一一九番に電話して、救急車を呼んだ方がいいぞ。携帯くらい、持ってるんだろう……」

まあ、両手がないんじゃ、電話も掛けにくいかもしれないが……。

エレベーターにバイクごと乗り、一階に下りた。

ロビーの床には、まだ昏倒した香田が長々と横たわっていた。

〝イザナギ〟は、アクセルを開けた。

XTZ750スーパーテネレが、猛獣のように咆哮を上げた。

ギアを入れ、クラッチを繋ぐ。

オフロードタイヤのブロックパターンで香田の首を轢き潰しながら、外に出た。

津名港からの潮風に向かってアクセルを開け、夜の街に消えた。

10

食事を終えて部屋に戻ると、時計の針はちょうど午後七時半を指していた。

南條康介は同室の四人と布団を敷きながら、仲間の斎藤大輝の耳元に話しかけた。

「大輝、だいじょうぶか？」

小声で話しかけたのだが、ちゃんと聞こえたらしい。大輝が頷き、こう答えた。

「うん、だいじょうぶだ……。頭はもう、ほぼ正常だよ……」

大輝のいつもの少し理屈っぽい話し方が戻ってきた。

康介の知る限り、大輝が〝あの薬〟を抜くのは今朝からもう二回目だ。

食事をしながら見ていたが、夕食の後では自分の意志で薬をポケットに入れ、飲まなかった。かなり、判断力が正常になってきている証拠だ。

「あの薬、ポケットの中にあるけど、どうしようか……」

今度は大輝の方から話しかけてきた。

実は康介も、いまの夕食の時に配られた薬がポケットに入っている。

「ぼくが預かっておくよ……」

康介がそういって、右手を出した。

「うん、そうしてくれると助かる……」

大輝が自分のポケットから三錠の薬を出し、それを康介に手渡した。康介はそれを自分の分と一緒に、手荷物の中のトラベルポーチに隠した。

昨日の分の自分の薬はトイレに流してしまった。

でも、今朝の自分と大輝の分を入れてこれで四回分。それに今回の夕食の時に他の三人の男子学生からも薬を取り上げたので、その分もポーチに入っている。

全部で七回分、二一錠。取っておけば、何かに使えるだろう。

「康介、これからどうするの？　まさかずっとここにいるつもりじゃないよね……」

敷き終えた布団に座り、大輝が溜息をついた。

「もちろんさ。何とかスマホやタブレットを取り戻して、ここを出ないとね……」

「あの三人は、どうする？」

大輝が窓際のテーブルのソファーに座る、同室の三人を見ながらいった。

「だいじょうぶ。あいつらにもいまの夕食から薬を抜かせたから、明日になれば少しまともになるはずさ……」

最初に自己紹介をしたので、名前と大学はわかっている。

東大の大島理司（おおしまさとし）、京大の伊地知亮磨（いじちりようま）、関大の吉田俊明（よしだとしあき）――。

全員、元々は頭のいい奴ばかりだ。薬さえ抜ければ、まともな判断力が戻るだろう。

「そうなると、問題は早大の増田彩乃君だね……」

「そうなんだ……」

確かに彩乃は、問題だ。

今日の夕食の時にも康介が薬を取り上げようとしたのだが、睨んで拒まれ、康介の見ている前で飲んでしまった。

いま、こうしていても女子の彩乃だけは別室なので、様子もわからない。〝ヨシコさん〟の目を盗んで、ゆっくり話すこともできないし……。

「わかった。それじゃあ彩乃君は、ぼくが何とかするよ」

大輝がいった。

「どうやって？」

康介は首を傾げた。

「うん……。どうも彼女、ぼくのことが好きみたいなんだ。いまから、彼女の部屋に行ってくるよ……」

大輝がそういって、布団から立った。

11

田臥は写真を見ていた。

アイフォーンの小さなディスプレイの中で、切れ長の目をした若い女がはにかんでいる。〝本社〟の行方不明者リストに登録されている早大の増田彩乃の顔写真だ。

まだ十代、おそらく大学入試の時にでも撮った写真だろう。髪は短く、化粧っ気もないが、綺麗な子だった。

そして、どこか気が強そうだ。この子が反体制的な思想を持ち、SNSでいまの保守派内閣や〝キマイラ〟のことを叩いていたのだとしたら、何となくわかるような気がした。

この子はいま、どこにいるのか……。

遺体安置室のドアが開いた。

「お待たせしました。一応、検視の方はすみましたので、もう中に入ってもらってかまいません……」

北淡路署の鑑識の担当者に呼ばれ、田臥は見ていたアイフォーンを閉じてビニール張りのベンチから立った。室井、他に〝支社〟の大西、清村、藤原が並んで遺体安置室に入った。

狭く冷たい部屋の中に、三体の遺体が並んでいた。息が詰まるような、酷い臭いだった。

「それでは、順番に報告いたします……。まず一番手前のこの遺体……〝現場〟の家に住んでいた長畑国定……七四歳とのことですが……〝前科〟があって〝指紋〟を照合、さらに所持していた運転免許証等から、一応本人と確認されました……」

担当の安石という鑑識課長が、カルテを見ながら説明する。

狭い部屋の壁際には三体の遺体を囲むように一〇人ほどの担当者が立ち、ある者はメモを取りながら、またある者は目を逸らしながら説明に聞き入る。

安石が続ける。

「まあこの遺体は背中に二発の銃痕がありまして、その内の一発……ここから入って心臓を抜いたやつが致命傷やね。他に肝臓に一発……。これはどうやっても助からんかったやろうね……」

安石が裸で解剖台の上に寝かされた老人の遺体を助手と共に横向きにし、手にしたボールペンで弾痕を示しながら解説する。

「摘出した銃弾は、そこのトレイの中にあります。残っていたのは肩に入った一発だけで、他の二発は貫通……。かなり至近距離から撃たれたようやな……。残る二発は、未発見。体内にあった一発も肩の骨に当ってかなり変形してるんで、〝線条痕〟の特定は難しいかもしれませんね……。しかし、最初の推定では9ミリルガーだということやったが、どうもこれを見る限りロシアのマカロフの9×18ミリみたいやな……」

マカロフだって？

まあ、マカロフも関西圏の裏社会にはかなりの数が出回っている〝拳銃〟なので、有り得なくはないが。

「じゃあ、二番目の遺体に行こうか。性別は男性、年齢は不明。身長はおよそ一七五センチ、生前の体重は推定七五キロ前後……。国籍、人種は不明……。そういうのはこの遺体、歯の治療痕が日本のものじゃないようでね……。おそらく、中国かどこかじゃないかな……」

中国、か……。

マカロフに、中国人。いったいそんな奴の〝死体〟が、なぜ淡路島の山中の一軒家にころがってたんだ？

「死因は、わかるやろか」

〝支社〟の清村が訊いた。

「かなり焼けとるんで判別は難しいんやが、この遺体には銃痕はないようやね。おそらくほら、首が半分切れて落ちかかってるんで、日本刀で殺られた傷が致命傷やろね……。もしくは肺の中に少し煤が入ってるんで、正式には焼死ってことになるんか……」

「わかりました。それじゃあ、最後の一人をお願いします……」

〝支社〟の藤原がいった。

田臥と室井もそうだが、〝支社〟や〝支店〟の担当も、三人目のほとんど炭化した遺体に一番、興味があるようだ。

はたして男なのか、それとも、女なのか……。

「それじゃあ三番目に行きましょう……」

安石が三人目の炭化した遺体の方に移動した。そして続けた。

「これは炭化が酷いので、現状ではあまり大したことはわからんね……。身長はおよそ一七〇センチ、生前の体重は五五キロから六〇キロといったところやな……。体内から銃弾が二発出てきたんで、おそらくこれが死因なんやろうけど……。これも熱で溶けちまって、口径も〝線条痕〟も何もわからんね……」

「性別とだいたいの年齢、人種だけでもわかりませんか」

藤原が訊いた。

おそらく藤原は、この遺体が滝本を殺った〝北〟の〝グミジャ〟という元工作員ではないかと想定しているのだろう。

「これだけ焼けちまったら、年齢も人種も検視だけではわからんよ。知りたけりゃ〝支社〟に持って帰って、司法解剖でもＤＮＡ鑑定でも何でもやればいい。

しかし性別に関しては、ある程度の推定はできるな……。この遺体の骨格は男としては細いが、女にしては肩幅が広い。骨盤は逆に幅がない。六・四の確率で、この遺体は男やと思うけどね……」

安石が、自分を納得させるようにいった。

つまり、男か女もはっきりとしないということか。それでは遺体の身元など、わかるわけがない。

この検視の前に、鑑識からいくつかの報告があった。

まず火災の〝現場〟からは、家主の長畑が所有する軽トラックの轍の他に、三種類のバイクのタイヤの跡が見つかっている。大型のオフロードバイク用のもの二種類に、普通の小型バイク用が一種類。大型バイクのものの一つは、四月二八日に滝本晃兼が殺された〝現場〟近くの空地で発見されたバイクのタイヤ痕と一致した。

当日、滝本の部下二人も、〝現場〟から白いバイクで逃走する髪の長い女を確認している。

もし滝本を殺ったのが〝北〟の元工作員の〝グミジャ〟だとすれば……。

少なくとも〝グミジャ〟は、あの三人が死んだ火災現場にいたことになる。そして、おそらく、萌子も……。

「あの炭化した遺体、〝グミジャ〟じゃないですかね」

室井が腕を組みながら、小声でいった。

「有り得る、な……」

田臥が頷き、溜息をつく。

あの〝グミジャ〟も、ついに死んだのか。

「しかし、何で〝グミジャ〟のバイクが〝現場〟に残っていなかったんですかね……」

室井が、首を傾げる。

「あの〝現場〟には、おそらく萌子もいたはずだ。萌子がドンパチのどさくさに紛れて、自分のバイクで逃げた……。それをあのアジトを襲った犯人の一人が、〝グミジャ〟のバイクで追ったんじゃないか……」

あの〝現場〟の周囲と畑には、安物のジャングルブーツの〝足跡（ゲソコン）〟が無数に残っていた。おそらく襲撃チームの人数は五人か六人。刀傷のある遺体がその一人だとしても、残り四人か五人。その中の一人が〝グミジャ〟のバイクで萌子を追ったとしても、不思議ではない。

「なるほどね……。まあ、辻褄は合ってますけどね……」

それなら萌子は、どこに消えたのか。

その時、部屋の中で携帯の鳴る音が聞こえた。

どうやら、〝支社〟の大西の携帯らしい。大西が携帯を手にして、遺体安置室の外に出た。

五分ほどして、大西が部屋に戻ってきた。ドアのところから手招きで、〝支社〟の他の二人を呼んだ。

また何か、あったらしい……。

しばらくして、藤原が田臥と室井の方に歩いてきた。

「何かあったのか？」

田臥が訊いた。

「ええ……いま、淡路中央署の方から連絡が入ったんですけどなぁ……」

藤原が、どこかいいにくそうだった。

「それで？」

嫌な予感がした。

「二時間ほど前に、志筑の〝ギャザー警備〟の本社で、またひと悶着あったようなんですわ……。それで、所轄の担当がいうには、〝拳銃(チャカ)〟に弾かれたり日本刀で斬られた〝死体(ロク)〟がいくつかころがってて、事務所が血の海らしいですけどなぁ……」

何てこった……。

いったいこの淡路島で、何が起きてるんだ……。

12

背後には広大な黒松の松原が広がっていた。

白砂の美しい浜には、瀬戸内の穏やかな波が打ち寄せている。

だが、一時間ほど前に海の向こうの四国の山影に陽が沈んでからは、あたりはハイスピードカメラの映像を見るように黄昏の光に染まっていった。

いまはその光も急速に奪われて、あたりは闇に沈みはじめている。

萌子は暗い砂浜に膝を抱いて座り、波が砂を洗う音に耳を傾けながら闇を見つめていた。

ここは、どこだろう……。

萌子は長畑老人の家を飛び出してから、バイクで島の西に向かって必死で逃げた。海沿いの道に出て、それをひたすらに南に向かった。いままでに自分の身に起きたことを考えて、島の北東部よりも南西部の方が安全に思えたからだ。

いまは海岸の広い松原の中にバイクを隠し、海辺でこうしている。海岸の入口に〝慶野松原海水浴場〟と書いてあったが、地図がないのでそれがどこなのかわからない。

つい先程、太陽が目の前に沈んだ。だから、ここが淡路島の南西部の方だとはわかるのだけれども……。

まだ明るかったころには、浜に人が歩く姿があった。だが、暗くなったいまは、萌子の周囲にはもう誰もいない。

これから、どうしたらいいんだろう……。

この島に来て、最初に襲われた時に、あの〝グミジャ〟が私を助けてくれた……。

それ以来、ずっと〝グミジャ〟が私の近くにいてくれた……。

〝グミジャ〟が、何度も私を守ってくれた……。

〝グミジャ〟がいてくれたから、生きていられた……。

でも、その〝グミジャ〟が死んだ……。

撃たれて倒れるところを、確かに見た……。

死体は見ていないけど、たぶん死んだ……。

〝グミジャ〟のことを思うと、涙がこぼれてきた。

〝殺し屋〟で、怖い人だったけど、私には優しかった。美人で、体じゅう傷だらけだったけど、笑うととても可愛い人だった。

敵が襲ってくると、鬼のように変貌した。そして、命を顧みずに戦った。

振り返ってみると、〝グミジャ〟は〝お父さん〟や死んだ〝お母さん〟と同じように、自分の守護神ではなかったのかと思う……。

最後の時も、そうだった。

〝敵〟が襲ってきた時、〝グミジャ〟は野獣のように覚醒し、それを銃で撃ち倒した。そして私に、〝逃げろ〟と叫んだ。

私は必死で家の外に逃げた。バイクに乗り、背後を振り返った時、〝グミジャ〟が迷彩服を着た敵の一人と戦うのが見えた。

〝グミジャ〟は敵と撃ち合い、何発も銃弾を受けて、その場に倒れて死んだ……。

もし私があの場にいなかったら、きっと〝グミジャ〟は撃たれたりしなかった。死なずにすんだのに……。

〝グミジャ〟は、何で私を守ってくれたのだろう……。

それは、損得なんかじゃない。きっと、何も考えずに私を守ってくれていたんだと思う。

〝グミジャ〟は少しだけ、私に身の上話をしてくれた。

自分は、〝北〟で生まれたのだといった。アボジ（お父さん）は〝北〟の軍人だったけど、オモニ（お母さん）は日本人だった。だからまだ子供のころに両親と引き離されて、〝三号廏舎〟という工作員養成施設に入れられた。そこで何年にもわたり、銃の撃ち方、ナイフの使い方、バイクの乗り方、人の殺し方、男の喜ばせ方に至るまで、特殊工作員として必要なありとあらゆることを仕込まれた。

殺人マシーンとして完成した〝グミジャ〟は、〝北〟の首領様への忠誠を誓わされ、日本に送り込まれた。

日本での任務は、福井県敦賀市にある高速増殖炉〝もんじゅ〟の襲撃と、プルトニウムの入手だった——。

でも〝グミジャ〟はその日本での任務に失敗し、逆に〝北〟から追われる身となっていた。それからはこの遠い国で生きていくために、何でもやった。

フリーの〝殺し屋〟、別組織の破壊工作の手先、時には飢えて体を売ることも……。

そんな生き方があるなんて、悲しすぎる。

その〝グミジャ〟が死んだ……。

もう、会えない……。

そんなの、嫌だ……。

私は〝グミジャ〟が好きだったのに……。

萌子は暗い砂浜で膝を抱え、ぽろぽろと涙をこぼして泣いた。

そして〝イザナギ〟だ……。

〝イザナギ〟はどこに行ったのだろう。あの家を出ていって、帰ってくる前にあんなことが起きた……。

だから〝イザナギ〟は、〝グミジャ〟が死んだことも知らないに違いない。

二人は、恋人同士だったはずなのに……。

考えてみると、〝イザナギ〟も不思議な人だった。

背中から腕にかけてあんなに大きな刺青があるんだから、本当に〝ヤクザ〟なのだろう。警察や、他のヤクザから追われていて、あんな山の中に隠れていた。銃の扱いが上手くて、人を殺すところも見たことがある。

怖い人だった。でも〝グミジャ〟と同じで、萌子には優しかった……。

萌子はそっと、ベルトのポーチに入っているスリングショットに触れた。これも、〝イザナギ〟がくれたものだ。使い方も、教えてくれた……。

せめて、いまここに〝イザナギ〟がいてくれたら……。

その時、背後で人の話し声が聞こえた。

そして、砂を踏む足音……。

闇の中にLEDライトの光軸が疾り、目の前の砂浜に萌子の人影が浮かび上がった。

誰かが、来る……。

萌子はポーチからスリングショットを出して握り、ゆっくりと振り返った。

松原の闇の中から、ＬＥＤライトを手にした人影が歩いてくる。

若い男が、三人……。

口々に何かを話し、時折笑いながら、こちらに近付いてくる。

萌子はスリングショットにパチンコ玉を込め、砂の上に立った。

三人の男が、その周囲を囲んだ。

「彼女、一人なん。こんなとこで、何してんねん……」

一人の男がそういって、萌子の顔を不躾にライトで照らした。

「うん、ちょっと……」

萌子は左手に持ったスリングショットを背中に隠し、右手でライトの光を遮った。

「何や、めっちゃ可愛いやん」

もう一人の背の低い男が、そういって笑った。

「なあ、松原の中にあったホンダのＰＣＸ、お前のやろ。お前、ラジオでいってた〝白いバイクの女〟の片われやろ」

三人目の男がいった。

「私、そんなの知らない……」

萌子がスリングショットを握ったまま、後ずさる。だが、若い三人の男も間合いを詰めるように、萌子に迫ってくる。

「この女、賞金が出てるんやろ……」

「そうらしいで。捕まえてって、突き出そか……」

「その前に、嬲(や)ってまおうで……」

男が、向かってきた。

萌子は一瞬、逃げた。

体を翻し、スリングショットのゴムを引いた。男の顔を目がけて、放った。

バシ！

「ぎゃ！」

次の男が襲ってきた。

萌子は素早く次のパチンコ玉を込め、その男の顔を狙って放った。

ビシ！

「うわっ！」

次の玉を込める。

最後の男は驚いて立ち止まり、後ずさった。

「や……やめてや……」

「だめ。許さない……」

萌子はゴムを思い切り引き絞った。男の顔の真中を狙い、撃った。

ベキ！

「うぎゃ……！」

気が付くと三人の男が顔を押さえ、砂浜に倒れていた。

「ふざけんじゃないよ！　私を誰だと思ってんだい！」

萌子は怒鳴っておいて、自分の声に驚いた。

私って、こんな声が出るんだ……。

冷静になった。萌子は落ちているＬＥＤライトをひとつ拾い、その場から逃げた。砂浜を横切り、松林を走り抜ける。

ＰＣＸに飛び乗り、セルを回す。

あいつらに壊されたりしていなければいいんだけど……。

だいじょうぶだ。エンジンが掛かった。

萌子はヘルメットを被り、ギアを入れた。

道路に出て、行くあてもなくアクセルを開けた。

13

がらんとした空間は、何かが欠けたように物足りなかった。

魚臭いコンクリートの床の向こうに、ステンレスの巨大な冷蔵庫のドアが聳えている。

その前に、迷彩服を着た男が四人、立っていた。

〝赤足〟――赤須千秋――は新しい護衛の秀司とブラジル人のミゲルという男を連れて、薄暗い倉庫の中を歩いた。

別にいま連れている二人が、特別に腕が立つという訳ではない。もう〝ギャザー警備〟の部下の中に、ろくな奴が残っていないというだけだ。

つい一時間前にも、事務所の方でまた四人壊されたという連絡を受けた。これで〝任侠道義会〟からの生き残りは、自分を入れて二〇人を切った。他に頼りになるのは、神戸の南京町から買ってきた中国人の〝殺し屋〟たちだけだ。

〝赤足〟は迷彩服を着た四人の男の前に立ち、頭目の〝虎人〟に話し掛けた。

「〝女〟を捕獲したってな」

「是的。そこにある」

〝虎人〟がそういって、カンバスの死体袋が載った魚の解体台を顎で示した。

〝赤足〟が、解体台に向かいながら訊いた。

「ところで、何で〝四人〟なんや？」

最初この中国人のチームは、六人だったはずだが。

「〝駮〟と〝疫鬼〟は死んだ。その〝女〟に、殺られた」

〝虎人〟がそういって、自分の首を掻き切るような仕草を見せた。

何てこった……。

これで二人分の金が、無駄になった。

中国人だってタダじゃない。

〝赤足〟は台の上に立ち、魚の血の付いたカンバスの死体袋を捲った。

ステンレス製の魚の解体台の上に、全裸の女が仰向けに寝かされていた。両手首と両足首は、結束バンドで固定されている。

髪はザンバラだが、美しい女だった。

だが、体じゅうが傷だらけだ。特に右腹の肝臓のあたり、左胸の心臓の上、額の左上にまだ新しい銃創がある。三つの小さな穴が開き、まだ傷から流れ出る血が完全に固まっていない。

これが〝グミジャ〟か……。

「そいつ〝白いバイクの女〟の一人だろう。賞金をくれ」

〝虎人〟がそういって、倉庫の中に置いてある白いＢＭＷ・Ｆ７００ＧＳを指さした。

確かに、そういう約束だった。

今回の〝掃除〟の基本料金とは別に、三尾と〝グミジャ〟を仕留めれば、それぞれボーナスが一〇〇万円。そしてもう一人、〝カサハラモエコ〟という女を生け捕りにすれば、ボーナスは二〇〇万円……。

「なぜ、撃ち殺した。〝白いバイクの女〟の一人は、生きたまま連れてこいといったやろう。間違ってたら、どうするつもりやったんや」

なぜだかは、わからない。

〝白いバイクの女〟の二人の内の一人、〝カサハラモエコ〟の方は絶対に生かしたまま連れてこいという至上命令が、〝キマイラ〟から出されていた。

しかも〝キマイラ〟から〝ギャザー警備〟に出されたオファーは、一〇〇〇万円……。

いったいその〝カサハラモエコ〟という女は、何者なのか――。

「わかっている。おれはこの銃で、ロシア製のゴム弾で撃った。その女の体に、触れてみろ」

〝虎人〟がいった。

〝赤足〟は女の傷から胸に手を這わせ、形のいい乳房を摑んだ。

弾力があり、まだ温かかった。

「生きてるんか……？」

〝赤足〟が振り返った。

「死んではいない。いま、薬で眠っているだけだ。殺りたければ、あんたが喉を掻き切ればいい……」

〝虎人〟がそういって腰のベルトからタクティカルナイフを抜き、柄を〝赤足〟に向けた。

だが、〝赤足〟は考えた。

この女は、滝本を殺ってくれた。自分としては、かえって借りがあるほどだ。

それに生かしておけば、三尾を誘き寄せる餌に使えるかもしれない。事務所の四人を潰したのは、どうせ三尾だろう。

しかも、この女は上玉や。あっさり殺っちまったら、もったいないやないか……。

〝赤足〟は女豹を侍らす自分を想像し、口元に笑みを浮かべた。

「いや、殺さんでもええ。おい〝虎人〟、この女、おれがもろうとくで」

「ああ、好きにしろ」

〝虎人〟がナイフをベルトのシースに差した。

「秀司、ミゲル、車をここに持ってこい。この女と一緒に、そのバイクもおれの家に運べ」

「はい……」

秀司とミゲルが、通用口から倉庫の外に出ていった。

〝虎人〟に命じられ、部下の〝丹亀〟という男が倉庫のシャッターを開けた。

白いレクサスの赤いテールランプが、ゆっくりと倉庫の中に入ってきた。


〝イザナギ〟――三尾義政――は、埋立地の広い空地の砂利の山の上に座っていた。

正面に、〝ギャザー警備〟の倉庫の影が聳えている。小さな窓に明かりが見えることから、中に人がいることがわかる。

一時間ほど前に、白いレクサスが着いた。以前は社長の滝本が乗っていた車だが、いまはおそらく〝赤足〟が使っているのだろう。

いま、そのレクサスが再び動き出し、倉庫のシャッターが開くと、その中にバックで入っていった。いったいこれから、何が始まるのか……。

シャッターが閉じた。それからまた、しばらく待った。

再びシャッターが開いたのは、それから二〇分後だった。

倉庫から、また白いレクサスが出てきた。

明かりの中に、迷彩服を着た男が四人、立っている……。

〝イザナギ〟はその時、意外なものを見た。白いレクサスの後ろから白いバイクが一台、出てきた。特徴のあるバイクだった。

白いBMW・F700GS……。

シートの両側に、大きなジュラルミンのサドルバッグが付いている。あれは〝グミジャ〟のバイクだ……。

だが、乗っているのは〝グミジャ〟ではない。〝男〟だった。

白いレクサスとバイクが、街の方に走り去った。それを見届けるように、倉庫のシャッターが閉じた。

〝イザナギ〟は空地に立ち上がった。

どうやら〝グミジャ〟に何かがあったようだ。

XTZ750に跨った。

エンジンを掛ける。ヘッドライトは消したまま、エンジンの回転数を抑え、一〇〇メートル以上の距離を取ってレクサスとバイクを追った。

事務所に戻るのか？

いや、違う。

奴らは志筑の市街地に向かったが、事務所の方には曲がらなかった。そのまま道を直進し、運河を渡って埋立地の志筑新島を出ると、志筑明神の信号の手前を右折して旧市街地の方に入っていった。

いったい、どこに行くんだ……。

だが、〝イザナギ〟はこのあたりをよく知っていた。旧〝任侠道義会〟時代の勢力圏の一部で、二〇一五年のY組分裂の際に新興勢力側の〝本部〟があった場所だ。

あの建物は、新興勢力側の組が解散すると同時に警察によって使用禁止の措置が取られ、淡路市が買い取った。いまは市の所有になっているはずだが……。

だが、白いレクサスとBMW・F700GSは真っ直ぐにその場所に向かっていく。間もなく前方に、元〝本部〟の要塞のような建物が見えてきた。白いレクサスが、建物の前で停まった。

〝イザナギ〟も数十メートル手前でバイクを停め、成り行きを見守った。

要塞の城壁の小さな窓に、明かりが灯った。同時に油圧モーターとギアが唸り、要塞の正面の鋼鉄のシャッターがゆっくりと上がりはじめた。

シャッターが開くと、白いレクサスとBMW・F700GSがその中に入った。再び油圧モーターが唸り、シャッターが閉じた。

いったい、どういうことだ……？

この建物は、淡路市の所有になったはずだ。それをなぜ〝赤足〟が使っているんだ?

だが、考えるまでもなくカラクリは明らかだ。

裏で手を引いているのは〝キマイラ〟だろう。

『あわじエコール』や、『しづかホール』と同じだ。淡路市の物は、〝キマイラ〟の物だということだ……。

この要塞は、簡単には落ちない。やり方を考えて、出直すしかない……。

〝イザナギ〟はバイクをターンさせ、闇に消えた。

14

志筑の〝ギャザー警備〟本社の〝現場〟も凄惨だった。

〝死体(ロク)〟は、二階の事務所の中で頭を日本刀のようなもので刺し貫かれたものがひとつ。

廊下に、おそらく9ミリルガー口径の〝拳銃(チャカ)〟で背中を撃たれたものがひとつ。

エレベーター前の踊り場で、両手首を切断されたものがひとつ。

さらに一階のロビーには、頸椎と頭蓋骨を骨折した意識不明の重傷者が一人——。

田臥と室井が〝現着〟して溜息をついているところに、アサルが合流した。

「まるでテロの現場ですね。いったい、何人のテロリストが襲撃したのか……」

アサルが呆れたようにいった。

だが、やったのは一人だ。

今日の夕刻、〝ギャザー警備〟の事務所には五人の社員が残っていた。その中で無傷で生き残ったのは、今井貴夫という二二歳のアルバイト、一人だけだ。

今井の証言によると、今日の午後六時過ぎごろ、終業直後の事務所に大型バイクに乗った男が突然、飛び込んできた。その後、凄まじいエンジン音、仲間の社員の悲鳴、銃声などが聞こえ、すべてが終わるとこのような惨状になっていた。

だが、今井は一部始終を目撃していた訳ではない。大型バイクの男が飛び込んできた時には、鍵を閉めるためにちょうど裏口の方に回っていた。

表玄関の方から騒がしい物音と悲鳴が聞こえたので物陰から覗いてみると、香田という社員が床に倒れ、大型バイクに乗った男がそれを見下ろしていた。

男は身長一七〇から一八〇センチ。年齢四五から五〇歳くらい。長髪で髭を生やし、米軍のジャンパーを着ていた。

その後、男はバイクごとエレベーターに乗って二階の事務所に向かった。二階からも騒ぎの物音や悲鳴が聞こえてきたが、今井は恐怖で腰が抜け、ずっと裏口の横にある物置の中に隠れて震えていた。

周囲が静かになってから一五分か二〇分ほどして物置から出てきて、自分の携帯で一一〇番通報した。淡路中央署の記録によると、一一〇番通報があったのは一八時三七分になっている。

所轄の担当者から報告を聞いた〝支社〟の藤原が、苛立たしげに〝本社〟の三人の方に歩いてきた。

「まったく今日は、何ちゅう日なんか……」

田臥の前に立って、苦笑いを浮かべた。

「それで、殺られた三人の身元はわかったのか?」

田臥が訊いた。

「ええ、まあ……。事務所の中で死んでたのは浜田秀剛、任侠道義会からの古株で、〝ギャザー警備〟の専務、実質的にナンバー2やった男ですわ……。他の二人は新木保と川村明人、重傷の香田康夫も含めて全員、任侠道義会からの仲間やね……」

だとすれば、二〇一五年のY組分裂の際の旧勢力側との抗争を疑いたくなるが……。

「実行犯の目星は? 旧勢力側の〝鉄砲玉〟の可能性は?」

田臥が訊いた。

「いま刑事部の大西が本署の〝マル暴〟に当らせてるんやが、どうもそのセンはないようやね……。分裂からもう六年も経ってるし、任侠道義会が解散してからでも四年やからね……。〝本家〟の方でも、今回の一件は寝耳に水なんとちゃうかな……」

だとすれば、この一件もやはり〝グミジャ〟と〝キマイラ〟の絡みだということか……。

「社長の赤須とは連絡を取ったのか。ここにあの男の〝死体〟はなかったんだろう」

田臥は赤須の名刺に書かれた携帯番号に電話を入れてみたが、電源が切られていて繋がらなかった。

「まあ、所轄が捜してるとはいっとったけど、まだ見つかってへんらしい。自分の会社でこんなことが起きとんのに、何やってんだか……」

まだ耳に入っていないのか、それとも逃げてるのか。

あの赤須のことだ。ほとぼりが冷めるまで、自分だけどこかに身を潜めていようという腹なのかもしれない。

「ところで〝所轄〟の方で、〝犯人(ホシ)〟に目星はついてないのか」

だが、藤原が首を横に振った。

「いや、まったく。だけど、そこに付いてるバイクのタイヤの痕が、さっきの火事の〝現場〟に残ってたのと似てるんやがな。これから北淡路署と連携して確認してみんと、確かなことはわからんのやがね……」

藤原がそういって、エレベーターの前のリノリウムの床に付いたタイヤ痕を顎でしゃくった。

あの焼死体が三体発見された火災の〝現場〟の周辺には、三台分のバイクのタイヤ痕が残っていた。

大型のオフロードバイク二台の内の一台は、〝グミジャ〟のバイクのものだろう。もう一台、小型バイクのものは萌子のものか。残る一台は、誰のものなのか……。

そこで震えている今井という若いチンピラは、実行犯は米軍のジャンパーを着た男だったと証言した。

つまり〝グミジャ〟には、男の仲間が一人いたということか……。

「だけどひとつ、おもろい情報があってなあ……」

藤原がいった。

「何だ。もったいぶらずにいえよ」

「いや、実は今日の真っ昼間の話なんやけど、二台の大型バイクに乗った男らがこの事務所の周りをぐるぐる走り回っとったらしゅうてな。〝ギャザー警備〟の社員らが敵対する勢力の嫌がらせや思って、めっちゃ警戒してたって話があってな……」

藤原の話を聞いて、田臥と室井、それにアサルも顔を見合わせた。

その二人は笠原と慈海和尚だ……。

「その大型バイクに乗った二人を、どうするんだ?」

田臥が訊いた。

「いや、淡路中央署の方で、その二台の大型バイクに乗った男たちを手配しようっちう話になっとってな。これから島内全域で〝検問〟を張って……」

「ちょっと待ってくれ。その手配は、必要ない……」

「何でや?」

「いや、その二人は、我々の知り合いなんだ。まあ、捜査協力者とでもいうか……」

田臥はそこまでいって、口ごもった。

「はぁ……そういうことですか。それならそれで、ええんやけどなぁ。まあ、深くは聞きまへんけどな……」

藤原が、事情は察したといわんばかりに意味深な笑いを浮かべた。

「すまんな……」

「まあ、だいじょうぶですわ。所轄の担当にはそう伝えとくさかい。ほんなら」

藤原がもう一度、意味深な笑みを浮かべ、所轄の捜査班の方に歩き去った。

この件で、神戸の〝支社〟にはあまり弱みを握られたくないのだが……。

「笠原さんたちも、困ったもんだよな……」

室井が腕を組んで、溜息をついた。

「まあ、仕方ないさ。あの二人を利用しようとしたのは、こっちなんだ」

確かにあの二人は、日中に何度もこのあたりを周回していた。

何かを摑んだのかどうか。だが、あれから連絡を取っていない。

「あの二人、どうしますか？」

室井がいった。

「よし、連絡を取ってみよう……」

田臥はアイフォーンを手にし、建物の外に出た。

笠原の携帯番号を探し、電話を掛けた。呼び出し音が一〇回近く鳴った後で、やっと電話が繫がった。

「田臥だ。いまどうしてる？」

——ああ、田臥さんですか。いま寺で茲海さんやここの和尚さんと、刺身を肴に一杯やってるところです——。

笠原の、のんびりした声が聞こえてきた。

「飲んでるのか？」

——そうです。田臥さんたちも、よければ飲みに来ませんか——。

あいつ、何を考えてるんだ……。

15

笠原武大は田臥と話し終えて、電話を切った。

庫裏の居間の時計を見ると、時刻はもう夜の八時半を回っていた。

「どなたから電話ですか？」

茲海が酒や刺身の載った座卓に片肘を突き、訊いた。

向かいではこの道禅寺の住職の智玄(ちげん)和尚も片手にぐい呑みを持って笑っている。

「ええ……警察庁の田臥さんですよ……」

笠原がアイフォーンを持って、座卓の自分の席に戻った。自分のぐい呑みに兵庫の名酒〝琥泉〟を手酌で差して、それを口に含んだ。

「それで、田臥さんは何ですと。何か、ありましたか……」

　茲海が訊いた。

「ええ、今日の夕方、〝ギャザー警備〟の志筑の本社が何者かに襲撃されて、何人か死んだそうです……」

　茲海と智玄が顔を見合わせた。

「それで、なぜ我々に電話が……」

「何でも〝ギャザー警備〟を襲撃したのは大型バイクに乗った男だったそうで、所轄の淡路中央署が我々に容疑を掛けているということがひとつ……」

　茲海と智玄の顔から笑みが消えた。

「まあ、その疑いは晴れたようなんですが、田臥さんたちがいまからここに来るといってるんですよ。我々に、聞きたいことがあるとかで……」

　茲海が、時計を見た。

「まあ、志筑からなら二〇分も掛かりませんからなあ……」

「よい余興ではないですか。刺身はもうないが、酒はいくらでもありますから」

　智玄和尚がおっとりといった。

　田臥と室井は部下のアサルを連れて、九時前に道禅寺に着いた。

　志筑から夜の山道をかなり飛ばしてきたのだろう。

「私はもう、沢山いただきましたので、お先に休ませていただきます。皆様、ごゆっくりと……」

智玄和尚が気を利かせて席を外した。

田臥と室井、そしてアサルが部屋に入り、酒と料理の並んだ座卓を囲んで座った。

「よろしければ、飲みますか？」

茲海が空いているぐい呑みを三人の前に置いた。

「いや、気を使わんでください。仕事中だし、それにおれは車だ」

田臥が断った。

「仕事といったって、もう九時ですよ。それに、運転なら車を置いていけば……」

笠原はこれまでの付き合いで、田臥と室井がまんざら酒を嫌いではないことを知っている。

「私はムスリム（イスラム教徒）なので、お酒は飲みません。帰りは私が運転していきますから、だいじょうぶです。お二人は、どうぞ」

アサルがいった。

田臥と室井が、お互いの顔色を窺う。

「まあ、そういうことなら……」

「ですね。私は喉が渇いたので、できればビールを……」

「それなら私が台所から冷えたのを取ってきましょう。アサルさんは、お茶でよろしいですかな」

茲海がなぜか上機嫌で部屋を出ていった。

「それで今日、何が起きたんですか。まず、事情を説明してもらえませんか」

全員の飲み物が揃ったところで、笠原が訊いた。

今日の午前中、笠原と茲海が志筑周辺を見回っていた時には、〝ギャザー警備〟の本社は特には何事もない様子だったのだが。

「まあ、どうせ明日になれば報道されることだ。ここで話してもかまわんだろう……」

田臥がそう前置きをして、今日の出来事を話しはじめた。

「実は今日の午後、この淡路島の島内で二件の奇妙な〝事件〟があった……」

田臥によると一件は今日の午後一時から一時半ごろ、北淡路署の管轄の山中で起きた。民家の火災の通報を受け、消防が急行。午後二時二〇分までに〝現場〟で二体の遺体が発見された。その後にもう一体発見され、三体。遺体はいずれも銃創、もしくは刀傷があり、〝現場〟で争った跡が見受けられた。

二件目は午後六時過ぎに起きた〝ギャザー警備〟本社の襲撃事件だ。ここでも任侠道義会時代からの社員が三人殺され、一人が重傷を負っている。

笠原は話を聞きながら、口の中の酒が苦くなるのを感じた。

「それで、我々に聞きたいことというのは?」

田臥が頷く。

「ひとつは、萌子ちゃんのことだ。最初の山中の火災現場に、バイクのタイヤ痕が三つ残っていた。そのひとつが、どうも萌子ちゃんのPCXのものらしい……」

「つまり、萌子がその現場にいたということですか。まさか……」

笠原の顔から、血の気が引いた。

「いや、心配しなくていい。〝現場〟に残っていた遺体の内の二つは身元不明だったが、どれも萌子ちゃんのものではなかった。バイクも、残っていなかった……」

田臥が、慌てて説明した。

「それでは、萌子はどこに……」

「わからない。ひとつは、それを聞こうと思ったんだ。もしその火災現場から無事に逃げていたとしたら、連絡があったんじゃないかと思ったんだがね」

「いえ、連絡はありませんでした……」

「しかし、萌子ちゃんはスマホくらいは持ってるんだろう?」

田臥が訊いた。

「ええ、まあ……。しかし萌子は、スマホの位置情報から自分の居場所を知られるのを怖れているのかもしれない……」

かつて笠原は、萌子にそう教えたことがある。

自分が追われている時に、相手が警察、もしくはそれに準ずる政府機関など大きな組織の場合には、スマホの電源を入れない方がいい。携帯会社の位置情報から、自分の居場所を特定される可能性がある――。

「厄介なことを教えたもんだな……。すると、萌子ちゃんがこの島にいても、連絡は取れないわけですよね」

室井が溜息をついた。

「そうですね……。いまのところは島の隅々まで我々が捜すか、萌子からの連絡を待つしかない。それは、昨日も説明したとおりです……」

笠原はそういいながら、ふと不安が胸を掠めた。

萌子は本当に、この島のどこかで生きているのか……。

「わかった。萌子ちゃんのことは、ともかく連絡を待とう。それじゃあ別の件だ。今日の午前中、二人はバイクで〝ギャザー警備〟の本社を周回していただろう。いったい、何をやってたんだ?」

田臥が訊いた。

笠原と茲海が笑いを浮かべ、頷く。

「あれは、奴らを挑発してやろうと思ってやっとったんですよ。挑発すれば、ボロを出すかもしれんと……」

茲海がそういって、短い髪を掻いた。

「挑発っていったって、奴らは元任俠道義会のヤクザなんですよ……」

室井が苦笑いを浮かべた。

「それで、奴らを挑発して何かわかったことがあるのか?」

田臥が笠原に訊いた。

「まあ、いろいろと。我々は志筑の事務所のあたりを一〇周ほど回ったんですが、だんだん周囲にヤクザ風の男たちの姿が増えてきましたね。最終的には志筑の市街地を含めて、一五人ほどは確認してます。我々の正体はわからないようでしたが、かなり警戒しているようでした。しかし、こちらを見ているだけで、手を出してくる様子はなかった……」

笠原がいうと、横で茲海が頷く。

「社長の赤須は見掛けなかったか。白いレクサスに乗った男だ」

「顔を知らないので何ともいえませんが、それらしい男は見かけませんでした。白いレクサスも見なかったですね……。ただ、奇妙なことがひとつ……」

「奇妙なこと？」

「ええ、何周か志筑の市街地を回った後で、少しコースを変えてみたんですよ……」

笠原がいった。

「そうそう、〝カリヨン広場〟というショッピングセンター街の方を回って、埋立地の先の方まで行ってみたんだ」

茲海が相槌を打つ。

「なぜそんなところに行ったんだ？」

田臥に訊かれ、笠原は答えに困った。

「特に理由があったわけではないですよ。さんざん〝ギャザー警備〟の事務所のあたりを回って我々も気が張り詰めていたんで、ちょっと息を入れたくなったんです」

「それで、何があったんだ?」

「ええ……環境整備センターの手前を右に曲がって、バースに出る手前に倉庫街のような場所があるんですよ……」

笠原が説明すると、田臥が横の室井の顔を見た。

「ええ、わかりますよ。今日は我々もあのあたりにいたし、私はずっとタブレットの地図で埋立地に他に何があるのか調べてましたから」

室井がちょっと得意そうな顔をした。

「何げなくその倉庫街に入っていったら、意外なことが起きたんです。倉庫の陰から車が二台出てきて、道を塞がれた……」

「そうそう、ガラの悪いシャコタンが二台。引き返そうと思ったら、今度は背後に大型ダンプが出てきて退路も塞がれましてな。しかも手に金属パイプやバットを持った男がぞろぞろ出てきて、危機一髪!」

茲海はなぜか武勇伝を語るように機嫌がいい。

「それも、〝ギャザー警備〟の奴らか?」

田臥が訊いた。

「わかりません。しかし、おそらくそうでしょう。もしかしたら奴らが見られたくないのは、〝本社〟ではなくあの倉庫の方なのかもしれませんね……」

笠原がいった。

寺を出て車まで歩きながら、田臥は悪態をついた。

「糞！　いったい、どういうことなんだ。〝ギャザー警備〟が志筑新島に倉庫を持っているなんて、〝支社〟や〝支店〟からは何も聞いてないぞ！」

「〝支社〟や〝支店〟の奴らも知らなかったのかもしれないじゃないですか……」

室井が後ろを歩きながら、宥めた。

「そんな馬鹿なことがあるもんか。〝ギャザー警備〟は暴力団と同じだぞ。所轄が所有物件や関連施設を把握していない訳がないだろう！」

田臥がそういいながら、メルセデスの運転席に乗り込もうとした。

「田臥さん、何をするんですか。お酒を飲んでるでしょう」

室井とアサルが止めた。

「かまうもんか！」

「それなら私が運転して行きますから」

「室井、お前だって飲んでるだろう」

「いえ、飲んでません。飲んだ振りをしただけです。ほら田臥さんは助手席の方に乗って……」

室井が田臥からキーを取り上げ、無理矢理助手席の方に押し込んだ。

アサルは笑いながら、自分のスバルXVの運転席に乗った。

「さあ、田臥さん。行きましょう。どこに行きますか？」

運転席に座った室井が、メルセデスのエンジンを掛けた。

「志筑新島の倉庫に決まってるだろう」

田臥がホルスターからGLOCK19を抜き、スライドを引いた。

16

中国人は人殺しが好きだ。

いわば中国四千年の歴史は、大虐殺の歴史でもある。

一九六六年から七六年、中国共産党主席の毛沢東が主導する文化大革命では、公式的に四〇万人が殺されたとされている。

いや、それは中国共産党の嘘だ。世界の歴史家たちは、本当は二〇〇〇万人から四〇〇〇万人が虐殺されたことを誰もが知っている。その中には一九六六年八月に北京で一万人が虐殺された〝赤い八月〟、一九六八年以降に二〇万人（五〇万人という説もある）が殺されて人肉食が起きた〝広西虐殺〟、文革中の一〇年間にモンゴル人の推定一〇万人を殺害、もしくは暴行により障害者にした〝内モンゴル人民革命党粛清事件〟などがある。

一九八九年六月に起きた〝天安門事件〟では、中国政府は民間人と軍、警察の合計で三一九人が死んだといっている。これも中国の旗の色と同じ、真っ赤な嘘だ。本当は戦車で轢き殺されたり銃で撃たれたりして、数万人の学生たちが虐殺された。死体は戦車で何度も轢かれてミンチの山にされ、焼かれて排水溝に流された。

こうした中国共産党による虐殺は、二一世紀になり、主導者が習近平に代わったいまも内モンゴル自治区やチベット自治区、さらに新疆ウイグル自治区などで日常的に行なわれている。

〝虎人〟は薄暗い倉庫の一室で、缶ビールを飲みながら思う。

目の前では生き残った三人の部下たちが、怒りをぶつけるように瀕死の日本人の女を嬲っている。あの女は今夜中に死ぬだろう。隣の部屋の男は、もう死んだかもしれない。

だが、そんなことはどうでもいい。自分たち人民解放軍——中国共産党の軍隊——が祖国でやってきた悪魔の所業に比べれば、ほんのお遊びにしかすぎない。

〝虎人〟は手の中でロシア製のマカロフPMを弄びながら、日本人の女を嬲る三人の裸の部下を見つめる。

醜怪な光景だ。こいつらは飯を食うことと、酒を飲むことと、女を嬲ること、他には金にしか興味はない。そのためになら人を殺すことも、仲間が死ぬことも何とも思っていない。

外で、車のエンジン音が聞こえた。そのエンジン音が、止まった。

誰か、来たらしい……。

〝虎人〟は空になったビールの缶を潰して投げ捨て、右手にマカロフを握って歪んだソファーから立った。

通用口を少し開けて、外を見る。倉庫の敷地内に、軽自動車が一台。男が一人、両手にコンビニの袋を提げてこちらに歩いてくる。

知っている男だった。

〝ギャザー警備〟の秀司という男だ。どうやら社長の赤須をどこかに送り届け、飯を買って戻ってきたらしい。

ドアを開け、男を入れた。

男は倉庫の奥へと進み、持ってきたコンビニの袋を傾いたテーブルの上に置いた。

「食事を持ってきた……」

〝虎人〟は無言で頷き、汚れたマットレスの上の女の体に群がる部下たちに声を掛けた。

「吃飯了(チーファンラ)(飯にしよう)!」

三人の部下たちが女の体を離れ、ズボンを穿きながらテーブルに集まってきた。

〝虎人〟も生き残った三人の部下たちと一緒に飯を食った。

日本人の好む焼肉弁当に中国では見たこともないような中華スープ、それにペットボトルの烏龍茶とビール。何も食わないよりは、ましだ。

「〝虎人〟、社長から伝言だ」

飯を食っている〝虎人〟に、秀司という男がいった。

「何だ?」

飯を食いながら答える。

「社長が、ここを移動して自宅の方を守ってくれといっている……」

〝虎人〟は無言で首を傾げた。

おかしい。

つい先程まで赤須はここにいたのに、そんなことは一言もいっていなかった。

「この倉庫はどうする。ここには人質が二人いる」

〝虎人〟が飯を食いながらいった。

「おれが残るからだいじょうぶだ……」

秀司というこの若い男は、どうしてもここで一人になりたいらしい。

「社長に電話をして聞いてみよう。かまわないか？」

〝虎人〟が自分のスマホをポケットから出し、男に見せた。

「別に、かまわない……」

〝虎人〟は秀司という男の顔色を読んだ。明らかに、動揺の色が見えた。

なるほど、そういうことか……。

それならば、誘いに乗ってやってもいい。

「わかった。おれと〝囚牛〟が行こう。しかし、〝丹亀〟と〝魚頭〟の二人はここに残す……」

〝虎人〟がいうと、秀司は少し考えていた。

だが、やがて頷いた。

「わかった。それでいい。おれは隣の部屋の男の様子を見てくる」

秀司がそういって、部屋を出ていった。

〝虎人〟は三人の部下を呼んだ。

「〝囚牛〟、おれとこれからここを出掛けよう。他に〝仕事〟がある。〝丹亀〟と〝魚頭〟はここに残れ」

「おれたちは何をすればいい？」

〝丹亀〟が訊いた。

「酒を飲んでその女でも抱いていろ。もしおれの留守中に〝麻煩(マーファン)〟（トラブル）が起きたら、邪魔者は殲滅(せんめつ)しろ」

「了解了(リアオジエラ)、了解了（わかったわかった）」

〝丹亀〟と〝魚頭〟が、そういって笑った。

17

道西康志は、まだ生きていた。

裸で冷たい床にころがり、もう糞も小便も出なくなっていたが、心臓は動いていた。

だから、まだ死んではいない。

ドアが開く音が聞こえた。誰かが、この部屋に入ってきたらしい。

後ろ手に縛られ、頬をつけている生臭いコンクリートの床に、足音が近付いてくる。

顔の近くで、足音が止まった。

——道西さん——。

名前を呼ばれて、混濁した意識に変化があった。

「道西さん、おれです。秀司です……」

体を揺すられ、意識がはっきりした。

潰れた目を開けた。片目だけ、何とか見えた。

頭の上に、秀司の顔の影がさかさに浮かんでいた。

「秀……司……」

血だらけの口から、声が出た。

「道西さん、何も話さないでいいです。黙っておれの話だけ聞いてください……」

秀司があたりの様子を窺い、ポケットからニッパーを出した。それで道西の手足を縛っている結束バンドを切った。

「社長は〝家〟に帰りました。いまこの倉庫にいるのは、おれと道西さん、あとは恵美子さんと、例の中国人が四人だけです。その中国人の内の二人が出掛けるので、もうすぐ二人だけになります。道西さん、動けますか?」

道西は、黙って頷いた。

両手の指は、五本ほど折られている。

だが、少しずつ、血行が戻ってきた。動けないことはない。

「ちょっと待ってください。いま、服を持ってきます……」

秀司が一度、部屋の隅に行き、丸められた服と靴、それに机の上にあったスマホを持って戻ってきた。それを、道西の前に置いた。

「おれは一度、部屋を出ます。できれば服を着て、待っていてください……」

秀司がそういって、部屋を出ていった。

道西は闇の中で、しばらく自分の体の状態を確かめた。

どこの骨が折れているのか、体のどこを使えるのか……。

糞……。

おれの体は……二度と……元には戻らねえ……。

右手は、ダメだ。親指まで、折られている。だが、左手は、何とか使えそうだ……。

道西は動く左手で服の上のスマートフォンを手に取った。

片手で何とか、電源を入れた。

両手の折られていない指を使い、三尾義政に電話を掛けた。

そのころ〝イザナギ〟——三尾義政——は、淡路市山中の長畑国定の家の前に立っていた。

今朝までここにあったあの古い家は、全焼していた。

警察や消防の人間は引き揚げたようだが、現場保存のテープとパイロンはまだ残っている。

他に、焼け焦げた長畑の軽トラックが一台。〝グミジャ〟と萌子のバイクはなくなってい
た。

この状況を見れば、自分の留守中にこの家で何が起きたのかは明らかだった。

その時、奇妙なことが起きた。

三尾のジーンズのポケットの中で、スマホが鳴った……。

電話だ。

だが、このスマホの番号を知っているのは、道西と〝グミジャ〟だけのはずだが……。

三尾はスマホを出し、ディスプレイに表示された番号を見た。

まさか……道西の番号からだ……。

三尾は、電話を繋いだ。

「もしもし、三尾だ……」

返事はない。だが、電話の向こうにかすかな人の気配がある。

「誰なんだ。道西か?」

――うっ――。

小さな声が聞こえた。

「道西なんだな。話せないのか?」

――う……うっ――。

また、声が聞こえた。

「よし、わかった。〝イエス〟だったら指で携帯を二回、叩け。NOだったら、三回だ。お前は、道西なんだな?」

――コン……コン――。

音が二度、聞こえた。やはり、道西だ。

「怪我をしているのか。話せないんだな?」

――コン……コン――。

また、音が二度聞こえた。

「いま、どこにいる? 自分の家か?」

――コン……コン……コン――。

三回、鳴った。家ではない。

「どこかに拉致されてるんだな」

――コン……コン――。

やはり、そうだ。道西は、拉致されている。

「まさか、恵美ちゃんも一緒か?」

――コン……コン――。

糞……。

赤須の腐れ外道め……。

「いま、どこにいるんだ。そこは〝ギャザー警備〟の本社か？」

——コン……コン……コン——。

やはり、違う。いまごろあの事務所は、警察の捜査を受けて大騒ぎになっているはずだ。

「それなら、赤須の家か？」

——コン……コン……コン——。

違う、赤須の家ではない。

「それなら、どこだ。まさか、志筑新島の埋立地の倉庫か？」

三尾はいま、あの倉庫に行ってきたばかりだ。だが、音が二回、鳴った。

——コン……コン——。

糞……あの倉庫に道西と恵美子がいたのか……。

「わかった、道西。いま、助けに行ってやる。待ってろ」

三尾は電話を切った。

YAMAHA・XTZ750をターンさせ、志筑新島に向かってアクセルを開けた。

18

深夜の志筑新島の埋立地は、静かだった。

バースには巨大なセメントのタンクや海上コンテナが並び、月夜にはコンクリートプラントの影が聳えている。

田臥はメルセデスS550の助手席に座り、埋立地の産業地帯をゆっくりと流していた。運転しているのは部下の室井だ。それが、面白くない……。

田臥は手にしたアイフォーンで、倉庫街の外をスバルで周回するアサルと話した。

「アサル、そちらに変化はないか……」

間もなく、ワイヤレスマイクを通したアサルの声が聞こえてきた。

——こちらは異常なしです。倉庫はすべて寝ています——。

アサルがまた、奇妙な日本語を使った。

まあ、寝静まっているという意味なのだろう……。

「了解。何かあったらすぐに連絡をくれ」

そういって、電話を切った。

「これだけ倉庫が並んでいると、どれが〝ギャザー警備〟のものかわかりませんね……」

運転する室井が呟く。

深夜だが、人の気配のする倉庫は何棟かある。ほとんどの倉庫には、社名も書かれている。だが、〝ギャザー警備〟のものと特定できる倉庫は一棟もない。

「笠原は突き当りの大阪湾臨海環境整備センターの手前を右に曲がって、一〇〇メートルほど行った右手の建物だといってたよなぁ……。その左手の空地には砂や砂利が山積みになっているし、たぶんこれだと思うんだけどなあ……」

田臥が助手席の窓から、灰色のキュービック状の建物を見上げた。

だが、建物の左上には〝志筑水産加工〟と小さく書かれている。

「わかりませんよ。笠原さんや南條さんだって一度ここに来ただけなんだし、いきなり囲まれたりして慌ててたんだろうし……」

確かに室井がいうように、人間の記憶は曖昧だ。

だが、笠原はＩＱが一七二もあるようないわば天才だ。いくら危機的な状況にあったとはいえ、あの男が記憶を誤ることなど有り得ないような気がする。

「やはり、ここだ。突入してみるか……」

建物の一カ所、小さな窓から明かりが洩れている。

「田臥さん、何をいってるんですか。先程、〝志筑水産加工〟という会社をネットで調べてみたでしょう。ごく普通の民間の会社ですよ。そんな所に我々が〝令状〟もなしに乗り込んだらどうなるのか、考えてみてください！」

室井がいった。

「わかったわかった……。もう少し、回ってみよう……」

田臥が助手席で、あくびをした。

そのころ、倉庫内部――。

井出秀司は目の前で繰り広げられる悍ましい光景を、ぼんやりと眺めていた。

恵美子はもう、動いていない。もしかしたら、死んだのかもしれない。

それでもまだ〝丹亀〟という男は恵美子の体にしがみつき、腰を使っている。もう一人の〝魚頭〟という若い男は秀司が持ってきた焼酎を浴びるように飲んで、素裸のままソファーで足を広げて眠っている。

床には二人の迷彩服が散乱していた。

秀司は、その服を見つめた。服の上に置いてあるナイロン製のホルスターから、マカロフの銃把が見えていた。

息を呑む。

いまならばあの銃を取って、二人の中国人を殺れる……。

だが、体が動かなかった。自分には、できない……。

その時、かすかな音が聞こえた。ドアの開く音……。

秀司は、音のする方を見た。

隣室のドアが、開いていた。暗い床を、何かが這っていた。道西だった。

道西は、服を着ていた。潰れた目で秀司を見つめながら、少しずつ、こちらに近付いてくる。

道西さん……。

だが、体は動かなかった。助けに行こうと思ったが、腰が抜けたように椅子から立つこともできない……。

その時、〝丹亀〟が気付いた。

「你个小子（この野郎）……」

〝丹亀〟が恵美子の体から下りて、テーブルの上からサバイバルナイフを取った。

その瞬間、秀司の体が覚醒した。

椅子から跳ね上がるように、立った。床のホルスターからマカロフを抜き、銃口を〝丹亀〟に向けた。

「去死吧（死ね）！」

〝丹亀〟がナイフを構えて秀司に向かってきた。同時に、引き鉄を引いた。

バン！

銃口が跳ね上がり、素裸の〝丹亀〟が吹き飛んだ。

音で、もう一人の〝魚頭〟が飛び起きた。

「哎呀（アイヤー）！」

素裸のまま、秀司に飛び掛かってきた。

腹に、タックルが入った。二人が絡み合って倒れ、手の中のマカロフが飛んだ。

マカロフは床の上をころがり、道西の目の前で止まった。

道西は、這った。思うように動かない手を伸ばし、それを握った。

右手は親指が折れているので、引き鉄を引けない。左手で握り、右手を添えて、何とか見える片目で中国人を狙った。

あの男は、覚えている……。

ガスバーナーで、恵美子の顔を焼いた男だ……。

揺れる視界の中で、引き鉄を引いた。


秀司の体の上に、〝魚頭〟が馬乗りになった。

両手に、サバイバルナイフを握っている。

「去死！」

〝魚頭〟が刃を下に向けたナイフを振り上げた。

バン！

銃声と同時に〝魚頭〟の頭が破裂し、脳漿をぶち撒けて体が倒れてきた。

「うわ……」

秀司は必死で〝魚頭〟の体を押しのけ、血だらけの顔を拭った。

「道西さん……」

慌てて道西に駆け寄った。

銃を受け取ってベルトに差し、体を助け起こした。

「……恵……美子……」

道西が、声を出した。

「恵美子さんは、むこうです。マットの上です……」

「……うっ……恵美……子……」

道西が、這っていこうとした。

見ない方がいい……。

秀司はそういおうとして、言葉を呑み込んだ。

「道西さん、すみません……」

秀司は、それしかいえなかった。仕方なく道西に肩を貸し、恵美子が横たわるマットレスに連れていった。

「……恵美……子ぉぉぉぉ……」

道西は恵美子の体の上に崩れ落ちるように覆い被さり、泣き叫んだ。

秀司は、顔を背けた。そして、自分の涙を拭った。

「車を、取ってきます……」

そういって、その場を立ち去った。

入口のシャッターを開け、外に駐めてあった自分の車——古いスズキ・ワゴンR——を倉庫の中に入れた。

車を降りて、道西のいる場所に向かう。その時、嫌な予感がした。

灯油の臭い……。

道西は、マットレスの上に座っていた。背後には毛布を掛けられた恵美子の体が横たわっている。足元に赤い灯油タンクがころがっていた。

手には、ジッポーのライターを握っている。

「道西さん……」

道西がライターを掲げ、無言で頷いた。

原形を留めないほど潰された道西の顔が、なぜか笑っているように見えた。

秀司は踵を返し、ワゴンRの運転席に乗った。ギアを入れて、倉庫の外に向かって走った。

シャッターを潜った直後、背後で火炎が上がった。続けて、爆発音——。

秀司はすべてから逃げるように、夜の埋立地にアクセルを踏んだ。


田臥はバースに駐めたメルセデスの中で、夜空を焦がす火炎を見ていた。

「やはり、あの倉庫だったんだ……」

溜息をつき、呟いた。

「しかし、これじゃあ近付けませんよ。所轄と消防が来るのを待ちましょう……」

運転席の室井がいった。

間もなく遠くから、消防車のサイレンの音が聞こえてきた。

〝イザナギ〟——三尾義政——は、新志筑大橋を渡る途中で火災を見た。
志筑新島の前方左手に、火炎が上がっている。ちょうど〝ギャザー警備〟の倉庫のあたりだ。

遅かったか……。

その時、前方から一台のワゴンRが走ってきて、すれ違った。

見覚えのある車だった。以前、道西が、三尾の隠れ家に乗ってきた車だ。

〝イザナギ〟はバイクをターンさせ、その後を追った。

19

島にはどこにもいる場所がなかった。

深夜〇時――。

萌子は淡路島の最南端、南あわじ市の福良のあたりをさまよっていた。

海辺に小さな街はあるが、すべて寝静まっていた。このあたりはバイクで走っていても、コンビニもない。

だが、前方に明かりが灯る大きな建物があった。まだ新しい、大きな建物だ。近付いてみると、リゾートホテルだった。

高級そうだった。でも、お金やカードは持っている。それにこのような時は、かえって大きなホテルの方が安全かもしれない……。

そう思った時には、バイクでホテルの駐車場に入っていた。

バイクを降りて、建物に向かった。

この時間でもまだ広いロビーには明かりがついていたし、フロントには人影が見えた。

だが萌子はロビーに入ろうとして、そこで一度、立ち止まった。ガラスのドアに映った自分の姿を見つめる。

汚れたジーンズに、革ジャンパー。ウエストポーチ以外の荷物は、ほとんどなくしてしまった。

もう何日もまともにシャンプーもしていない髪は、バサバサだ。それに顔にまで、泥がついている。

こんな姿の自分が予約もせずに入っていって、泊めてもらえるのだろうか……。

でも、他にどうすることもできない。

萌子は息を吸って、一歩踏み出した。

自動ドアが開いた。がらんとした、誰もいないロビーを横切ってフロントに向かった。

カウンターの中に立っているのは、スーツを着た普通の〝おじさん〟だった。

怪訝そうな目で、萌子を見つめている。

「あのう……」

カウンターの前に、立った。

「はい、何かご用でしょうか」

〝おじさん〟が、穏やかな笑顔で迎えてくれた。

「部屋は、空いてますか。一人なんですけれども……」

「はい、連休も終盤で部屋は空いております。シングルでしたら、朝食付きで一泊九八〇〇円からです」

コロナ禍の影響だろうか、高級そうなホテルなのに思ったよりも高くなかった。

「泊めてもらえますか……」

萌子が訊いた。

「もちろんです」

〝おじさん〟がまた、穏やかに笑った。

結局、あと一〇〇〇円余計に払って、海の見える部屋にグレードアップした。

部屋は、いまの萌子には天国だった。広いバスルームに、セミダブルの清潔なベッドが二つ。カーテンを開けると四国の鳴門市の夜景と、暗い海に架かる大鳴門橋の照明が天の架け橋のように光り輝いていた。

夜が明けたら、あの橋の下に鳴門海峡の渦潮が見えるのかもしれない……。

そんなことを考えたら、少しうきうきした気分になった。

お風呂に湯を溜めてゆっくりと温まり、体と髪を入念に洗った。それだけで、とても気分が良くなった。

着替えはなくしてしまったので下着とTシャツだけ石鹼で洗い、バスローブだけ着て体をベッドに投げ出した。

最高……。

まるで、女王様になったみたいな気分……。

その時、萌子は、ふとアイフォーンのことを思い出した。

淡路島に来て正体不明の男たちに追われてから、電源は切ったままだ。さっき見たら、バッテリーも切れていた。

充電だけでもしておかないと……。

萌子は手を伸ばし、ベッドサイドテーブルの上からウエストポーチを取った。

中からアイフォーン11Ｐｒｏと充電器を取り出す。充電器をコンセントに差し込み、ケーブルのコネクタをアイフォーンに繋いだ。

間もなくアイフォーンのディスプレイに、充電が始まったことを示す赤いラインの入ったバッテリーのマークが表示された。

しばらくするとマークが消えて、画面がブラックアウトする。さらにしばらく待つと、ディスプレイの中央に白いアップルのロゴマークが浮び上がった。

萌子は画面を見つめる。

これまで幾度となく目にしたことがあるはずなのに、いまは息を呑んで見守るほど恐ろしい光景のように思えた。

やがてアップルのロゴマークも消え、突然、画面いっぱいに1から0までのキーパッドと、ロックのマークが表示された。

〈──パスコードを入力してください──〉

いま、このキーパッドで六桁のパスコードを入力すれば、眠っていたアイフォーンに電源が入る……。

萌子は、迷った。

どうしよう……。

だが、そう思った時には指が動いていた。

──894261（薬師如来）──。

その瞬間に、アイフォーンが目覚めた。

キーパッドが、アプリのアイコンが並ぶ待ち受け画面に切り替わった。

同時に、メールやラインの受信を知らせるマナーモードのバイブレーションが、けたたましく鳴り響いた。

「きゃあ！」

萌子はアイフォーンを、ベッドの上に放り出した。

だが、アイフォーンは怒った生物のようにバイブレーションを繰り返す。

ディスプレイには受信の通知が止めどなく表示され続けた。

20

いつもどおり朝七時に起床——。

顔を洗って布団を上げ、七時三〇分から男子五人、女子一人が食堂に集まって朝食——。八時ごろに食事を終わった順に食器を片付けて部屋に戻り、〝制服〟に着替えて迎えのバスが来るのを待つ。

南條康介は鏡に映った制服姿の自分を見て、ふと思う。

薬を飲まされていた時には思わなかったが、こうして改めて見ると変な服だ。これじゃあ青い〝制服〟というよりも、カルト教団の〝修行服〟みたいだ……。

そこに同じ制服姿の斎藤大輝が近寄ってきた。

「はい、これ。ぼくと彩乃君の分……」

大輝がそういって、〝ヨシコさん〟から配られた薬を六錠、康介の手に握らせた。

「彩乃君も、薬を飲まないことに同意したんだね」

康介がそういって、薬をポケットに仕舞った。

「うん、昨夜ずっと彩乃君とセックスしながら説得したから、やっとわかってくれたらしい……。だからほとんど寝てないんだ……」

大輝が大きなあくびをした。

そういえば大輝は、朝方まで男子の部屋に帰ってこなかった。

「それで、これからどうするの？」

大輝が訊いた。

「うん、大島君も伊地知君も吉田君もみんな薬が抜けたし、今日あたりそろそろやろうかと思ってるんだ」

康介がいった。

「どうやるつもりなの？」

大輝が首を傾げる。

「ほら、これ使おうと思ってさ……」

康介がポケットから耳栓の小さなプラスチックケースを出して見せた。中に、白い粉が半分ほどまで入っている。

「何これ……。まさか、覚醒剤じゃないよね……」

「まさか」康介が笑った。「これは薬だよ。ぼくたちに配られたカプセルの薬の中身と、錠剤をすり潰したやつだよ」

「なるほどね……」

「今日の休み時間に実行するから、みんなに伝えておかなくちゃ」

「了解。ぼくは彩乃君に伝えておくよ」

大輝がそういって走り去った。

八時半に、〝ヨシコさん〟が部屋に迎えに来た。

「はい、バスが来ましたよ〜。いつもの〝教材〟を持って、乗ってくださいね〜」

六人の学生がそれぞれ〝キマイラ〟から配られた大きなトートバッグを肩に掛け、部屋を出た。

だが、今日その中に入っているのはいつものセミナーの資料だけじゃない。ファイルの下に、全員が〝制服〟から着替えるための私服のTシャツやパーカを隠している。

部屋のある三階から一階まで下りて、裏口からいつものマイクロバスに乗った。ナンバーが〈――神戸230　な　〇〇－〇〇――〉の白いトヨタコミューターだ。

康介も友人の笠原萌子ほどではないけれど、目にした数字は意識することなく覚えてしまう。

運転するのは、いつもの〝タムラさん〟という一見ヤクザ風の男の人だ。歳は六〇歳くらいだろうか。

〝ヨシコさん〟がコミューターの助手席に乗って、ドアを閉めた。

「それじゃあ、出発しま〜す」

コミューターがゆっくりと走り出し、ビジネスホテスの裏の駐車場から通りに出た。もう見馴れた街の風景の中を抜け、橋で運河を渡り、大きな通りに出た。

道順も、もう完全に覚えてしまった。一〇分も走らないうちに、まるで巨大なカタツムリのような『しづかホール』に着いた。

コミューターはやはり裏の通用口の前に停まり、康介たち六人の学生はそこから建物の中に入る。セミナーが行なわれるのは八〇二席がある音楽ホールの方ではなく、小さな会議室の方だ。

会議室の前の方に六人が座る。

席が三〇人分ほどの部屋なので、まだ十分に空きがある。

間もなくいつもの講師の鎌田壮馬という若い男が入ってきて、黒板の前に立った。

名前はかっこいいが、黒縁の眼鏡をかけた痩せた男だ。康介たち学生は、〝カマキリ〟と呼んでいる。

鎌田講師は〝キマイラ〟の人材開発部一課の課長という触れ込みだが、その話の内容はまったく面白くない。

毎日まいにち〝キマイラ〟がいかに将来有望な会社か、〝キマイラグループ〟の会長の阿万隆元がいかに先進的な人物か、これから我々が参入しようとしているメタバース（オンラインの仮想現実空間）やすでに推進しているIR（インベスター・リレーションズ）がいかに世界をリードしていくか。そして近未来において〝君たち〟がこの事業に参加することがいかに素晴らしいことであるかを延々と、まるで壊れたテープレコーダーのように語り続けている。

「……我々はすでに、メタバースに参入するための実験的な準備を進めています。この淡路島にある〝三次元の森〟や、人材育成のための〝キマイラ農場〟などももちろんその実験の一環です。すでに我々は来春までに〝3D〟の街をインターネット上に一〇〇カ所ほど構築し、その仮想空間を使って地方創生を行なう取り組みをはじめています。このメタバースには大手SNSのフェイスブックも参入し、市場規模は一兆ドル（約一一五兆円）にも達するといわれています。そしていまならば、ここにいるあなたたちも、我々〝キマイラ〟の一員としてメタバース事業に参加し、世界をリードしていくことができる。本当に、素晴らしいことだと思いませんか……」

この鎌田という人は、一日に何回〝素晴らしい〟という言葉を口にするんだろう……。

それにしても、退屈だ。あの〝薬〟を飲まされていれば洗脳されるのかもしれないけれども。〝薬〟が抜けて頭がすっきりしたら、もうたわ言にしか聞こえない。

それにメタバースに関してならば、金沢大学の人間社会学域・人文学類の学生のぼくたちの方が詳しいよ……。

康介が突然、手を挙げた。

「先生、トイレに行ってもいいでしょうか」

鎌田講師が驚いて、話を止めた。

「はい……。行ってもいいですけど……」

後ろで見張っている〝ヨシコさん〟がいった。

「それじゃあ、行ってきます。すぐに戻ります」

康介は席を立ち、部屋を出た。

このセミナーが始まってから、途中でトイレに行ったのは康介が初めてかもしれない。

康介は廊下を出ると、トイレとは反対の方に向かった。

最初の角を右に曲がる。廊下には誰もいない。ひとつ目のドアの前に立ち、そっと開けた。

ここは〝ヨシコさん〟や運転手の〝タムラさん〟、講師の〝カマキリ〟の控室だ。いつも一〇時の休憩時間になるとみんなでこの部屋に集まり、コーヒーを飲んでいるのを康介は知っている。

足音を忍ばせて部屋に入り、後ろ手にドアを閉じた。

誰もいない。運転手の〝タムラさん〟もいなかった。きっと車の中で寝ているか、別の用で出掛けたのだろう。

テーブルの上にお茶菓子の入った菓子鉢がひとつ。キャビネットの上のコーヒーメーカーのポットには、もうコーヒーが沸いていた。

康介は忍び足でコーヒーメーカーに近付き、ポットを外した。ポケットから薬の入った耳栓のケースを出して、中の白い粉をポットに入れた。

全部で、二〇錠分くらい……。

適切な量がわからないから、全部入れた。

部屋を出てドアを閉め、また誰もいない廊下を歩いて会議室に戻った。後ろのドアから入って〝ヨシコさん〟の前を通り、元の大輝の隣の席に座る。

大輝が、目配せを送る。康介が、頷く。

セミナーは、まだ続いている。壁の時計を見ると、時刻は九時五〇分になっていた。

間もなく、午前中のセミナーが終わった。

「それでは三〇分の休憩に入ります。次はビデオを見ますので、皆さんもいまの内にトイレに行っておいてください。ここに置いてあるお茶はいつもどおり自由に飲んでくださいい……」

〝ヨシコさん〟が後ろの席に置いてあるペットボトルの〝お～いお茶〟を指さし、鎌田講師と一緒にセミナー室を出ていった。

それにしても黒板と紙の資料にビデオを使ったセミナーなんて、まるで二〇世紀以前の小中学校の授業みたいだ。

「また温いペットボトルのお茶か……。自分たちは、コーヒーメーカーで淹れた熱いコーヒーを飲んでるくせにさ……」

セミナーの仲間が、文句をいいながら康介の周りに集まってきた。

〝薬〟が抜けて頭がはっきりしてくると、それまで当り前だったことに不満を感じるようになる。つまり、従順ではなくなったということだ。

「それで康介、〝仕掛けた〟の?」

京大の伊知地亮磨が訊いた。

康介が今日、〝ヨシコさん〟たちが飲むコーヒーに〝薬〟を〝仕掛ける〟ことは、もうみんなが知っている。

いや、彩乃君だけはまだぼんやりしているらしく、よくわかっていないのかもしれないけれども……。

「うん、さっきトイレに行った時に〝仕掛けた〟よ。用意した薬を、コーヒーに全部入れてきた……」

康介がそういって、空になったケースをみんなに見せた。

「うまくいくかな?」

「わからない。あと一五分くらいしたら、様子を見に行ってみよう」

壁の時計を見ながら、みんなでゆっくりと温いお茶を飲んだ。

「さあ、そろそろいいだろう。行ってみようか」

康介が先頭で、部屋を出た。

全員で足音を忍ばせて、廊下を歩く。角のところにみんなを待たせて控室の前まで行くと、いつものようにドアが開いていた。

学生たちが逃げないように、見張るためだ。この控室の前を通らないと、セミナー室から外には出られない。もっともあの〝薬〟を飲まされていたら、誰も逃げようなんて思わないのだろうけれど。

康介はドアの扉の陰に隠れ、そっと中を覗いた。

〝ヨシコさん〟も〝カマキリ〟も、ソファーに折り重なるようにして倒れていた。床に、プラスチックのコーヒーカップが落ちている。二人共、生きているのか死んでいるのかわからない。

康介はみんなが待つ場所に戻った。

「〝ヨシコさん〟と〝カマキリ〟は眠ってる。〝タムラさん〟はいない。急いで着替えてここを出よう」

「うん」

「わかった」

みんなで一度、セミナー室に戻り〝制服〟から私服に着替えた。その時、彩乃君のおっぱいが見えて、一瞬どきりとした。

「よし、行こう。みんな、ぼくに付いてきて」

康介が先頭で、廊下を走った。

私服を着てホールまで出て、一般の観光客に紛れてしまったらもうわからない。

とにかく一度、あの宿泊所になっているビジネスホテルに戻ることだ。あの宿泊所の〝ヨシコさん〟の部屋に、金庫がある。その金庫の中に、全員のスマホやタブレット、康介や大輝のバイクの鍵が入っている。

控室の前まできた時に、康介はみんなにいった。

「ホールまで出たら、二手に分かれよう。大輝は彩乃君を連れて、先に行ってて。ぼくは金庫の鍵を見つけたら、すぐに行くから」

「わかった。別れわかれになったら、宿舎のホテルで会おう！」

みんなホールに走っていく。

康介は一人で、控室に入った。〝ヨシコさん〟と〝カマキリ〟は、まったく動かない。

さて、鍵はどこにあるんだろう……。

最初は、〝ヨシコさん〟がいつも持っているトートバッグの中を見た。だが、中は書類や化粧ポーチ、スマホだけだ。鍵はない。

次に、上着のポケットの中を探した。鍵はない……。

起こさないように体をそっと動かし、ジーンズのポケットの中に手を入れた。

ここにあった……。

その時に、奇妙なものが目に入った。ベルトの背中あたりに、革の黒いポーチのようなものが付いている。その中に、小さなラジオのようなものが入っている。

何だろう……。

康介はそれをポーチから出し、手に取ってみた。

ラジオではなかった。小型のスタンガンだった。

こんなものを持ってたんだ。もし、ぼくたちが逃げようとしたら、これを使うつもりだったんだろう。

でも、これは役に立つかもしれない。

康介は鍵とスタンガンをジーンズのポケットに入れ、部屋を出た。

廊下を走り、みんなを追った。

だがその時、いきなり行く手に男が立ち塞がった。

「こら。お前、そこで何をしている！」

運転手の〝タムラさん〟だった。

「いや、ちょっと、今日は急に〝遠足〟をすることになって……」

いっておいて、変な弁解だと思った。

「そんなこと聞いてないぞ！」

ヤクザみたいな〝タムラさん〟が摑み掛かってきた。

康介は咄嗟にポケットからスタンガンを抜き、〝タムラさん〟に押し付けた。

「えい！」

バチ！

「ぎゃ！」

〝タムラさん〟の体が一瞬、硬直し、床の上に倒れた。

康介は〝タムラさん〟の股間に蹴りを入れ、みんなの後を追った。

21

カーテンから差し込む陽光で目を覚ました。

もう、日が高い。

温かく快適なベッドの中で、両手両足を伸ばした。裸だった。

いま、何時ごろだろう……。

萌子はまだ半分寝ぼけている目を無理矢理開けて、腕のGショックの針を見た。

やだ……もう一〇時半だ……。

シャワーを浴びて心地好いベッドで寝るなんて、一週間振りのことだった。

寝不足が続いていたし、体も疲れていた。だからだろうか、昨夜はいつの間にか寝落ちしてしまい、一〇時間以上も一回も目を覚まさずに眠っていたらしい……。

でも、これだけ何もなく寝ていられたのだから、アイフォーンの電源を入れても安全だったということなのかもしれない。

その萌子のアイフォーンは、昨夜ベッドの上に放り出したまま見ていない。

どこにいったのか探してみたら、充電器につながったまま床の上に落ちていた。

拾って充電器を抜き、ベッドの上に置いた。あくびをしながら、見つめる。でもアイフォーンはもうバイブレーションを唸らせて暴れることもなく、おとなしくなっていた。

開けてみようか……。

いや、やめた。その前にもう一度、シャワーを浴びよう……。

萌子はバスタオルを持って、バスルームに向かった。

ゆっくりとシャワーを浴び、新しいバスタオルを体に巻いてベッドに乗った。

気を取りなおしてアイフォーンを手にし、ディスプレイにタッチする。瞬時のうちに顔認証でロックが外れ、萌子がキックボクシングのグローブをはめてファイティングポーズを取る待ち受け画面が現れた。

ディスプレイの下の白いアンダーラインを上にスワイプする。アイコンが並ぶホーム画面に切り替わった。

うそ……。

息を呑んだ。

ホーム画面に表示された電話の着信履歴が二七件、メールが四五件、ラインが五二件、それにフェイスブックのメッセンジャーが一二件……。

何でこんなに溜まってるの???

でも、一週間近く音信不通だったんだから、当然かもしれない。

萌子は恐るおそる、アイコンをタップして開いてみた。まずは四五件も溜まっている青いメールのアイコンからだ。

未開封のメールの大半は、迷惑メールや広告メールの類だった。他に、大学からの連絡や、友人からのメール……。

〈――萌子、GW中はどうしてる？　明日、ＭａｋｉやＴｏｓｈｉたちと金沢に買い物に行くけど、一緒にこない？――〉

〈――※追伸・ラインにも連絡したけど既読にならないから。何かあったの？――〉

みんな、心配している……。

そして、南條君のお父さんの茲海さんからのメール……。

〈――萌子さん、淡路島に行ってはいけません。

康介のことは心配しないでもだいじょうぶです。そのうちに、元気でひょっこり帰ってきますから――〉

そして、〝お父さん〟からだ……。

最初のメールは萌子が淡路島に入った日の翌日、五月一日の朝だった。

〈――昨日ラインに連絡したけど返信がないので。今回のゴールデンウィークは輪島に来な

いのか。もし来るなら美味しいお刺身用意して待ってるぞ――〉

さらに翌日、五月二日にも……。

〈――ラインも既読にならないし、電話もつながらない。何かあったのか？
とにかくこれを見たら連絡くれ――〉

そしてその日の午後、こんなメールが入っていた。

〈――茲海さんから、事情を聞いた。これから二人で淡路島に向かう――〉

えっ……〝お父さん〟と茲海さんが淡路島にいるの……？

萌子はメールを閉じて、ラインを開けた。

〝お父さん〟からの同じようなラインが、たくさん入っていた。

〈――いま茲海さんと淡路島に着いた。
淡路七福神霊場の道禅寺にいる――〉

道禅寺というお寺は淡路島の観光サイトで見てよく知っている。有名タレントにそっくりの珍しい弁財天があるお寺だ。

これが五月二日の夜。そして五月三日の朝にはこんなラインが入っていた。

〈――父さんと茲海さんはバイクで島に来ている。黒いＹＡＭＡＨＡのドラッグスターとハーレーだ。島内を流してるから、見掛けたら声を掛けてくれ――〉

〈――心配している――〉

自分のことを心配して淡路島まで来てくれた〝お父さん〟のことを思ったら、涙が出てきた。

ラインを閉じて、電話のアイコンをタップした。

〝履歴〟を開く。こちらにも〝お父さん〟からの着信履歴が、ずらりと並んでいた。

心配かけて、ごめんなさい……。

〝お父さん〟がこの島にいると知ったら、急に会いたくなった。

電話してみよう……。

着信履歴をタップしようとした瞬間に、いきなりアイフォーンのバイブレーションが作動した。

え？　なに？　なに？　なに？……。

ディスプレイに、南條康介君の名前が表示された。

まさか……。

慌てて電話をつないだ。

「南條君、どこにいるの……」

――やあ、笠原君。心配かけてすまない。

ラインを読んだよ。淡路島に来てるんだってね。ぼくたちもやっと〝キマイラ〟のところを抜け出して、バイクの鍵やスマホを取り戻せたんだ――。

いつもの康介の、どこかのんびりした声が聞こえてきた。

「茲海さんもこの島に来てるよ。島の西側の道禅寺にいるって……」

――知ってる。いまライン見たから。でもぼくたちは、まだやらなくちゃならないことがあるんだ――。

「何をするの？」

――〝キマイラ〟だよ。奴らをこのままにしておけない。何か仕返しをしてやらないと。

笠原君も、手伝ってよ。

あ、まずい――。

大きな音と悲鳴が聞こえ、電話が切れた。

22

一夜明けて、街は静けさを取り戻した。

だが、埋立地の広く青い空の下に、黒焦げになった鉄骨の廃墟が聳えていた。

焼け落ちた瓦礫の山はまだ燻り続け、青空に黒い煙が立ち上がっていた。

その中を、制服を着た消防署員や所轄の警察官が歩き回っている。空には甘い匂いを嗅ぎつけた蝿のように、メディアのヘリが飛び交っていた。

「なあ、室井……。この〝現場〟では何人〝死体〟が出たといってた……?」

田臥がメルセデスに寄り掛かり、傍らに立つ室井に訊いた。

「さっき消防の連中に聞いてきたんですが、性別不明の〝死体〟が三～四体は出てるようですね……。まだ焼死かどうかはわからないですが、中には銃弾の跡があるやつもあったらしい……」

室井がそういって胸ポケットからアイコスを出し、おいしそうに吸いはじめた。

まったく、癪に障る……。

それにしても昨日は最初の民家の火事現場で三人、次の〝ギャザー警備〟の本社で三人、そしてこの倉庫の焼け跡で三人から四人。四月二八日の夜に滝本晃兼が射殺された〝事件〟からすでに〝ギャザー警備〟の関係者が一四人……いや一五人だったか……も死んでいる。

これはもうヤクザの抗争の限度を超えている。完全に〝戦争〟だ……。

「この倉庫の所有者はわかったのか」

田臥が訊いた。

昨夜、このあたりを周回していた時に見た限りでは、倉庫には〝志筑水産加工〟と書かれていた。だが、その社名を調べてみると、すでに一昨年の三月に倒産していることがわかった。

「ええ、いまは〝あわじ新光開発〟という会社の持ち物になってますね……」

「アワジシンコウカイハツだって?」

「はい、そうです。実体のないペーパーカンパニーかもしれないですね。でも、その会社を調べてみると、ちょっといろいろと引っ掛かってくるんですよ……」

室井が気持ちよさそうに、アイコスの煙を吐き出す。

糞……おれが禁煙しているのを知っているくせに……。

「どんなことだ?」

「ええ、ひとつは昨日、アサルが〝キマイラ〟のホステスたちが入って行くのを見たという洲本市物部二丁目の〝ドミール・シロガネ〟という古いマンション……。もうひとつはこの志筑の市街地にある〝ホテル華山〟という古いビジネスホテル……。そしていまは〝キマイラ〟の持ち物になっていますが、淡路新島にあるレストラン〝あわじエコール〟も一時はこの〝あわじ新光開発〟という会社のものになってました……。まあ、残務整理会社といったところなんでしょうかね……」

だが、〝キマイラ〟が出てきたところが引っ掛かる。

「その会社の本拠地の住所はわかるか？」

「はい、わかります。住所は〝志筑〟になってるから、この近くですね。行ってみますか？」

「ああ、ここでこうしていてもしょうがない。行ってみよう」

田臥がドアを開け、メルセデスの運転席に乗った。

その時、遠くからバイクのエンジン音が聞こえてきた。

パイロンと現場保存用のテープで囲った立ち入り禁止区域の外に、黒い大型バイクが二台……。

笠原と茲海和尚だ。囲いの中に入ろうとして、警備の警察官数人に止められている。

困った奴らだ……。

「行ってみよう」

田臥がメルセデスのエンジンを掛け、囲いの入口まで移動した。

「何をやってるんだ？」

田臥が二人の前に車を横付けし、窓を開けて訊いた。

「やはり、ここでしたか。いまテレビのワイドショーで、志筑新島の倉庫街で大規模な火災があったというニュースを見ましてね。それで来てみたんですが……」

「昨夜、あんたたちに聞いてすぐにここに来たんだけどな。間に合わなかった……」

田臥がそういって、大きなあくびをした。

そういえば昨夜はホテルに帰れなかったし、一睡もしていない。アサルも朝方までここにいたが、仮眠を取るために先にホテルに帰らせた。

「また、死体が出たんですか？」

茲海和尚が心配そうに聞いた。

当然だろう。大学生の一人息子が、もう一カ月以上もこの島で行方不明になっているのだ。

「ここでは三〜四人、性別不明の〝焼死体〟が出たらしい。しかしおそらく、死体は〝ギャザー警備〟の関係者でしょう」

田臥がそう説明した。

〝死体〟が〝焼死体〟であることも、〝ギャザー警備〟の関係者であることも、おそらく間違いではないだろう。

「田臥さんたちはこれからどうするんですか？」

笠原が訊いた。

「ああ、その焼けた倉庫の持ち主がわかったんで、当ってみようと思っている」

バイクの男二人と親しそうに話す田臥と室井を、所轄の警察官たちが不思議そうに見ている。

「そうですか。それじゃあ、気をつけて」

「またどこかで会いましょう」

笠原と慈海和尚がいった。

「それじゃあ、また」

田臥が囲いのパイロンをどけさせ、立ち入り禁止区域の外に出た。

志筑新島から市街地に向かってアクセルを踏む田臥に、室井がいった。

「田臥さん、いいんですか。〝倉庫の持ち主がわかった〟なんていっちゃって……。あの二人、すぐに嗅ぎつけてきますよ。笠原は、頭がいいから……」

「いいじゃないか。その方が、面白い」

田臥がステアリングを握りながら、意味深に笑った。

そうだ。今回の〝事件〟は、どうも一筋縄にはいきそうもない。

この先も重要なところで、笠原親子たちの力が必要になってくるだろう。


笠原と慈海は立ち入り禁止区域から少し離れた路上にバイクを停め、焼け跡から立ち上る煙を見つめていた。

「なるほどね。この倉庫の持ち主ですか。田臥さんがそういうからには、ここは〝ギャザー警備〟の持ち物ではないということでしょうな……」

慈海が腕を組み、呟く。

「まあ、そういうことでしょうね。そういえば昨日、倉庫に〝志筑水産加工〟と書いてありましたね。ちょっと、調べてみましょう……」

笠原がそういって、バイクのサドルバッグの中からタブレットを取り出した。

まず、〝志筑水産加工〟を検索する。

しばらくして、茲海が訊いた。

「何か、わかりましたか？」

「ええ……。〝志筑水産加工〟という会社は二年前に倒産していて、いまは〝あわじ新光開発〟という会社の名義になってますね。住所もわかります。淡路市の志筑三丁目だからこの近くですね……」

「行ってみますか」

「いや、田臥さんたちとあまり顔を合わせるのもまずい。それよりこの会社、ちょっと奇妙だな。どうやら、〝キマイラ〟とも関係あるようです。それに古いビジネスホテルやマンションなど、島内に競売物件のような建物をたくさん持っている……」

「ビジネスホテルに、マンションですか。それは、どこです？」

茲海が訊いた。

「ビジネスホテルも志筑の市街地ですね。ここから、近いな……」

この時、笠原と茲海は、同時に同じようなことを考えていた。

そのビジネスホテルに、康介などの学生たちが幽閉されているのではないか……。

「それならまず、そのビジネスホテルに行ってみませんか」

二人はバイクに乗り、エンジンを掛けた。

23

康介を先頭に、六人の学生たちは〝ホテル華山〟の避難階段を上った。

最初は、三階の自分たちの部屋に隠れた。

だが、人相の悪い男たちが一〇人ほどでこのホテルを取り囲み、階下から家探しをする気配と声が聞こえてきた。その中にはマイクロバスの運転手の〝タムラさん〟もいた。

このままでは、見つかる……。

六人は、エレベーターを使わずに四階に逃げた。さらに、五階へ。

だが、この上は屋上だ。後がない……。

「ほら、休むな。急げよ」

太っていて階段を上るのが苦手な大島君を、ラグビーをやっていて力のある関大の吉田君が最後尾から押し上げる。

「それにしても、なぜぼくらがここに戻ることがわかったんだろう……」

大輝が、彩乃君の手を引きながら康介の後についてくる。

わからない。〝タムラさん〟はスタンガンで倒したんだけど、すぐに目が覚めたんだろう。

その直前に大輝が「宿舎のホテルで会おう……」といったのを、聞かれていたのかもしれない。

「でも、誰かスマホのバッテリーが残っている人、いないの。スマホがあれば、警察が呼べるのに……」

伊地知君がいった。

「だめだ。みんな、バッテリーが切れてる……」

金庫の中から取り出した時点では、全員のスマホのバッテリーが上がっていた。

一カ月以上も充電していなかったのだから、当然だ。

康介だけは取り戻してすぐに充電し、コンセントにつないだまま萌子に電話をした。だが、階下に奴らが来たのがわかったのですぐに電話を切り、コンセントから抜いて逃げてしまった。

だからいまはまた、バッテリーの残量がゼロになってしまった。

最上階の五階を通り越して、屋上に上がった。ドアを開けて、外に出る。

「さあ、早く上がって！」

康介の後から大輝と彩乃。京大の伊地知。そして最後に東大の大島と関大の吉田が屋上に出たところでドアを閉め、鍵を掛けた。

「どこか隠れるところを探そう」

「そんなもの、どこにもないよ……」

康介は、周囲を見渡した。

錆びた金網で囲まれた、一〇メートル×二〇メートルほどの長方形の狭い空間だ。そこにコンクリートの小さな機械室のようなものがひとつ。古いエアコンの室外機が十数台。使われなくなった物干しが数組。あとは花が枯れた植木鉢が一〇個ほど。それ以外には何もない。

「どうしよう……。奴らが来たら、どうにもならないよ……」

大島君がへたり込んで泣きそうな声を出した。まだ薬が完全に抜けていないのか、早大の彩乃君だけは楽しそうに笑いながら景色を眺めている。

「海が見えるよ……。きれい……」

彩乃君がおっとりといった。

いまはそれどころじゃないんだけど……。

そんなことをしているうちに、階段を上る奴らの足音と声が聞こえてきた。

——こっちだ、屋上に逃げよったで——。

——追いつめろ！　もう袋のネズミや——。

ドアのガラスに、人影が映った。

鍵を掛けたドアノブがガチャガチャと動き、叩いたり蹴破ろうとしたりするような大きな音が聞こえてきた。

康介たちは後ろ向きにドアから遠ざかった。

武器になるような物は何もない。

万事休す、だ……。

その時、彩乃君が、金網から下を眺めながらおっとりといった。

「バイクが来たよ……。大きなバイクが、二台も……」

バイクどころじゃないんだけど……。

だが、本当にバイクのエンジン音が聞こえてきた。しかもVツインの、大型アメリカンバイクのエンジン音だ。

まさか……。

康介は急いで彩乃がいるところまで走り、金網を摑んで下を見た。

ちょうどバイク二台がホテルの駐車場に停まり、革ジャンパーを着た二人の男がヘルメットを脱いだところだった。

やはり、そうだ。

一人はお父さんの茲海和尚。もう一人は萌子の〝お父さん〟の笠原さんだ……。

なぜ二人はこの島にいるんだろう?

だが、そんなことを思うよりも早く、康介は叫んでいた。

「お父さーん！　ここだよー！」

だが、五階建のビルの屋上からでは聞こえない。二人は何かを話しながら、裏口とは逆の方角に歩き去っていく。

仕方ない……。

康介は近くにあった土の入った植木鉢を手にすると、それを金網越しに投げつけた。

植木鉢は直下に駐車してあったコミューターに向かって吸い込まれるように落ちていき、屋根に激突して轟音を立てた。

二人が立ち止まり、上を向いた。

「お父さーん、助けて。ぼくは、ここだよー！」

康介は力いっぱい叫び、手を振った。


笠原と茲海はバイクを降りて、駐車場の外へ向かった。

「古いビジネスホテルですね……。営業はしていないみたいだな……」

「とりあえず、表玄関の方に回ってみましょう……」

二人がそんな会話をした瞬間だった。

背後で激突音がして、何かが飛び散った。

振り返った。後ろに駐まっていたコミューターの屋根が大きく凹み、あたりに土と割れた植木鉢の破片が散乱していた。

——お父さーん、助けて。ぼくは、ここだよー！——。

声がする方を見上げた。

若い男が金網に上り、こちらに向かって手を振っていた。

「あれは、康介だ……」

茲海が驚いたようにいった。

——表玄関は開いていない。裏口から入れるから。〝奴ら〟がいるから気をつけて——。

「裏口から入れるといってますね……」

「〝奴ら〟というのは、誰のことでしょうな……」

「あれが裏口ですね。ともかく、上に行ってみましょう……」

笠原がそういって、革ジャンパーの内側から特殊警棒を抜き、伸ばした。

裏口を開け、建物に入った。

中は明かりも消えて薄暗く、静かだった。だが、目の前の避難階段の階上から、何かを叩く音と人の怒鳴り声が聞こえてきた。

笠原と茲海は足音を忍ばせ階段を上った。

二階には、誰もいない。三階も、何も起こらなかった。

ただ、階上の騒ぎが、次第に大きく聞こえてきた。

そして四階の踊り場に出た時だった。突然、刃物を持った男が物陰から飛び出してきた。

「ウォー！」

笠原は咄嗟に、男の手首を特殊警棒で叩き折った。

「ギャッ！」

刃物が落ちた。前のめりになった男の首を茲海の蹴りが一閃した。

ごき！

男がその場に昏倒した。

「お見事。そういえば茲海さんは、少林寺拳法の達人でしたね。萌子から聞きました」

「いや、達人というほどのことはない。若いころに少々。ほんの手慰み程度ですよ。しかしこれで、手加減する必要がなくなりましたな。上に行きましょう……」

茲海が倒れた男に手を合わせ、二人はさらに階段を上った。


ドアはいまにも弾け飛びそうだった。

内側から男たちが体当りをかます度に、ドアがたわみ、ノブが揺れた。

康介たち学生は、その様子を固唾を呑んで見守った。

武器になるようなものは何もない。だが康介と大輝はステンレスの物干し竿を握っていた。伸縮式のやつだ。

高校時代は二人とも剣道部だったので、これなら竹刀のかわりに使えそうだ。それとも目いっぱいまで伸ばして、槍のように使ったほうがいいかもしれない……。

そう思った時に、ドアノブが取れた。

同時にドアが勢いよく開き、数人の男が屋上になだれ込んだ。

「こらガキども、大人しゅうせんかい！」

「逃げるな！」

男たちが笑いながら、こちらに歩いてくる。

全部で、七人。先頭の〝タムラさん〟をはじめ全員が、手にバットや鉄パイプなどの武器を持っている。

どう見てもヤクザだ。やっと正体を現わしたな……。

だが、学生たちはみんな、屋上の真中で康介の周囲に集まり、ただ男たちを見て怯えている。

「大輝、いくぞ……」

康介が、小声でいった。

「わかった。やろう……」

大輝が頷く。

「よし!」

康介と大輝は仲間を突き放し、物干し竿を構えて男たちに突っ込んだ。

「いてまえ!」

男たちと、打ち合いになった。

だがその時、ドアからあと二人、革ジャンパーを着た男が屋上に躍り出た。

茲海と、笠原だ。

「こっちはまかせろ!」

二人が康介と大輝の加勢に入った。

「ハッ!」

茲海が掛け声と共に、仁王拳で瞬く間に若い男を倒した。

笠原は特殊警棒で鉄パイプを持った男と渡り合い、これを叩き伏せた。

康介と大輝も、二人でバットを持った〝タムラさん〟と戦っている。

他の学生たちが逃げる。残る男たちが、それを追う。植木鉢を手にした彩乃が反撃に転じて、男の後ろから頭に叩きつけた。

狭い屋上は一五人の男女が入り乱れての大乱闘となった。

24

そのころ萠子は、ホテルの部屋で電話やラインで連絡を取ることに懸命になっていた。

まず、通話の途中で電話が変な切れ方をした南條君に掛けなおしてみた。

でも、何度掛けても〈――オカケニナッタデンワハ、デンパノトドカナイバショニアルカ、デンゲンガハイッテイナイタメ――〉とコンピューターの音声が流れるだけで、つながらない。ラインを送ってみたが、既読にならない。

ついさっき電話で話したのに、どうしたんだろう……。

次に〝お父さん〟にも電話してみた。この島にいるなら、一刻も早く会いたい。

ところが〝お父さん〟の携帯も、呼び出し音は鳴っているのに電話に出ない。ラインも既読にならない。

いったい二人とも、どうしちゃったのよぉ……。

仕方ない。南條君のお父さんに電話してみようか。茲海さんも、この淡路島に来てるはずだから……。

だが、茲海さんに電話をしようとした時、萌子はもうひとつ大切なことを思い出した。

〝グミジャ〟のことだ。〝グミジャ〟が殺されたことを、〝イザナギ〟に知らせないと……。

萌子は〝イザナギ〟の携帯の番号を知っていた。〝イザナギ〟が別れわかれになったらこの番号に電話をしろと、自分の携帯番号をメモして〝グミジャ〟と萌子に渡してくれたことがあった。

そのメモ用紙はなくしてしまったが、番号は記憶している。

そう思った時にはアイフォーンを握る指先が動いていた。

――080-8938-〇〇〇〇――。

呼び出し音が二度鳴ったところで、電話がつながった。

――はい――。

〝イザナギ〟の低い声が聞こえてきた。

「よかった……。私、萌子……」

――萌子か。無事だったのか。心配したぞ。どこにいるんだ――。

「うん、だいじょうぶ……。長畑さんの家が襲われて、私だけ逃げたの……。いまは島の南の方のホテルにいる……。でも、大変なの……。〝グミジャ〟さんが撃たれた。たぶん、死んじゃったと思う……」

そういった瞬間に〝グミジャ〟の顔が思い浮かんで、涙がこぼれてきた。

だが、〝イザナギ〟が意外なことをいった。

――いや、〝グミジャ〟は生きている――。

「え、〝グミジャ〟さんが、生きてるの……？」

まさか……。だって、銃で何発も撃たれたのに……。

――ああ、〝グミジャ〟は生きている。少なくとも、死んではいない。いま、志筑の〝ギャザー警備〟の社長の家に監禁されているらしい。これからここにいる舎弟と二人で、助け出す――。

〝グミジャ〟さんが、生きている……。

「待って！　私も一緒に行く！」

――だめだ。おれたちだけでやる。お前はそのホテルにいろ。警察に連絡して、保護してもらいなさい――。

「嫌です。行きます！」

――だめだ。いうことを聞くんだ！――。

そこで、電話が切れた。すぐに掛け直したが、もう電話はつながらなかった。

どうしよう……。

でも、〝グミジャ〟は萌子の命の恩人だ。もし生きていて、囚われているのなら、今度は私が助ける番だ……。

萌子は素早く荷物をまとめ、部屋を出た。

フロントでチェックアウトをすませ、バイクに乗った。

アイフォーンで〝志筑〟へのルートを確認し、県道七六号線を北に向かった。

25

〝ギャザー警備〟の社長〝赤足〟——赤須千秋——は、忌々しげに電話を切った。

「糞……」

お気に入りのバッファロー・レザーのソファーに身を沈め、スマートフォンをテーブルの上に放り投げた。

赤須は三台のスマホを持っている。その内の二台は昨日、津名港から海に投げ捨てた。いま使っているのは、一部の〝社員〟しか番号を知らないこのスマホだけだ。

それにしても、何が起きてるんや……。

昨日の夕方、〝社員〟の一人から志筑の本社事務所が何者かに襲われたという報告が入った。

おそらくやったのは、三尾の野郎だ。その襲撃で、赤須が最も信頼していた部下の一人、浜田が殺られた。〝任俠道義会〟からの付き合いの新木と川村も死んだ。そして香田も、首を折られて病院送りにされた。

深夜になって、志筑新島の倉庫が炎上しているという報告が入った。いまいるこの建物の屋上からも、轟々と夜空を焦がす紅蓮の炎が見えた。

誰がやったのかは、わからない。だが、あの火災で、おそらく雇っていた中国人の内の二人が死んだ。倉庫に監禁していた道西と、〝女房(バシタ)〟の恵美子も助からなかったろう。そして昨夜、倉庫に使いにやらせた舎弟の秀司も戻っていない。

そして今度は、〝愛人〟の大沼由子(おおぬまよしこ)から電話があった。

由子は抗不安薬を大量に飲まされたらしく、うまく呂律が回らない状態だった。だが、しばらく話すうちに、少しずつ事情がわかってきた。

どうやら〝キマイラ〟から預かっていた学生たち六人に、逃げられたらしい。見張りに付けていた七人は、何者かに叩きのめされて何人かが重傷を負っている。

〝奴ら〟が由子や見張りを襲って逃げたということは、つまり〝洗脳〟が解けたということだ。〝薬〟を飲ませていたはずなのに、なぜそんなことになったのか……。

だが、これは最悪の事態だ。〝キマイラ〟を怒らせたら、我々は終わりだ……。

赤須はソファーから立ち、城壁の矢狭間のような、三階の小さな窓から外を見た。

目の前の路上のツーブロック先に、黒いメルセデスが一台、停まっている。あの警察庁の田臥という男の車だ。

反対側の路上には、黒いスバルが一台。あの車も、〝キマイラ〟の青海荘の近くで見掛けている。おそらく、田臥の仲間だろう。

赤須は、カーテンを閉めた。

まあいい。

お前ら〝警察〟に、こちらから攻撃を仕掛ける訳にはいかない。だが、そっちから仕掛けてくるというなら、考えがある……。

この家は以前、親組織の本部だった建物だ。

壁は厚く、バズーカ砲をぶち込まれても壊れない。いわば、要塞だ。地下室には、武器もたっぷり仕込んである。

そっちがやる気なら、戦ってやる……。

赤須は三階のリビングを出て、エレベーターで地下に下りた。

廊下にも、エレベーターの前にも手下が立っていた。

いまこの家を守る手下は、およそ二〇名——。

〝兵隊〟と呼ぶには頼りないが、武器を持たせれば、自分が生き残るための捨て石くらいにはなるだろう。

地下にも武器庫の前に、手下が三人立っていた。

「あの女はどないした。〝洗って〟おいたやろな?」

赤須が、手下に訊いた。

「はい……。〝洗って〟おきました……」

手下たちが意味深な笑いを浮かべた。

「ご苦労やったな」

赤須はそういって、向かいの部屋に入っていった。

明かりをつけた。殺風景な部屋の光景が浮かび上がった。

ここはいわば、赤須の趣味の部屋——監禁部屋——だ。

ある物はキングサイズのベッドがひとつと、悪趣味な責め具、ガラス張りのバスルーム、小さなバーカウンター、それに近くの別の建物に通ずる地下トンネルの入口だけだ。その地下道の存在は、県警の〝マル暴〟の奴らにも知られていない。

かつてはあのアドルフ・ヒトラーも、ベルリンの司令本部にこんな部屋を持っていた。そして連合軍の攻撃が激しくなると、愛人のエヴァ・ブラウンと共に南米に逃げた……。

「どや。少しは気分ようなったか?」

赤須はベッドに腰を下ろし、ベルトで大の字に固定されている全裸の〝グミジャ〟の体に触れた。

手下がいっていたように、いま〝洗った〟ばかりのように石鹸とシャンプーの甘い匂いがした。

「はい……気持ちいいです……」

〝グミジャ〟が虚ろな目で、うっとりと頬笑む。

赤須は、気の強い女が好きだ。この〝グミジャ〟のような危険な女を力で支配し、従順にさせるのはたまらない。

それにこの女は、とてつもなく綺麗だ……。

「ほな、もっと気持ちようさせたるで……」

赤須は口を歪めて笑いながら、〝グミジャ〟の体に指を這わせた。

〝グミジャ〟は朦朧とする意識の中で、胸に刻んだ。

この男だけは、絶対に自分の手でペニスと喉を掻き切ってやる……。

第四章　生残

1

〝青海荘〟は閑散としていた。

いまこの南国風の豪華な建物にいるのは〝キマイラ〟総帥の阿万隆元と特別顧問の五味秀春、他には数人の秘書とハウスキーパーだけだ。

阿万はお気に入りの自室のダイニングテーブルに座り、光る大阪湾を眺めていた。

だが、口に運ぼうとしたコーヒーを飲むのをためらい、またカップをテーブルに置いた。

今日はいやに、淹れたてのコーヒーの香りが鼻につく。

阿万の前には一流のシェフに作らせたワタリガニのフェットゥチーネが、ほとんど手を付けずにそのままになっていた。

「阿万さん、どうしたんです。食欲がないんですか？」

ウェイトレスが料理の皿を下げるのを待って、五味が阿万に訊いた。

「いや、少しダイエットをしているんだ。気にしないでいい……」

阿万が不愉快そうに、水を飲んだ。

「それならいいですけどね……」

そういう五味も、昼食をいつもの半分ほどしか食べていない。同席する二人の秘書の坂本と新藤も、食が進んでいない。

「それで坂本、例の〝ギャザー警備〟の件だ。兵庫県警の藤原から何か新しい情報は入ってるのか？」

阿万が自分の秘書の坂本に訊いた。

いまのところ報道は最小限に抑えられているが、〝ギャザー警備〟が最悪の事態に陥っていることは誰の目にも明らかだ。

「公安の藤原によると……〝ギャザー警備〟はすでに壊滅状態だとのことです。志筑の本社と倉庫が何者かに襲われ、十数人の死者が出ています。私から見ても、すでに警備会社としては機能していないですね……」

坂本が溜息をついた。

「いったい、誰がやってるんだ。元の親組との抗争か……」

「藤原は、違うといっています。親組の方には、不審な動きは見られないと……」

「それなら、誰なんだ。赤須は、何といっている？」

「赤須とは、連絡が取れません。藤原の方からも、赤須とは連絡がつかないといっています。

どうやらすべての連絡を絶って、残党と共に例の〝家〟に籠城しているようです……。ただ、私が思うに……」

坂本がそこまでいって、口籠もった。

「何だ。いってみろ」

「はい。私は今回の〝ギャザー警備〟の一件は、例の三尾義政の仕業ではないかと思っているんですが……」

〝三尾義政〟と聞いて、阿万と五味が顔を見合わせた。

「三尾義政……。例の、〝イザナギ〟ですか……。あの男、まだこの島で生きていたのか……」

五味が、溜息をついた。

阿万も五味も、三尾義政のことをよく知っていた。

いま阿万隆元を総帥とする〝キマイラ〟は、この淡路島の完全支配を狙っている。

これまでにも『しづかホール』、『あわじエコール』、『三次元の森』、『キマイラ農場』、そしてこの『青海荘』などを兵庫県知事の園田義彦を通じて傘下に収め、着々と実効支配の輪を広げてきた。そして来年には淡路島北東部の〝淡路市夢舞台パーク〟の七万四〇〇〇平方メートルの土地を買収し、ここに淡路本社ビルとホテル、レストランなどの観光施設を誘致する計画もある。

だが、こうした淡路島の支配計画には、大きな障壁があった。

この島が日本で最初に生まれた大地、『日本書紀』や『古事記』の〝国産み〟の神話に登場する〝淡島〟、もしくは〝淡道之穂之狭別島〟と信じられていることだ。つまり淡路島を支配する者は、ある意味で「日本を支配する……」ことにもなる。

単なる神話のことではない。

日本は元来、神国だ。二一世紀の現代も、日本の支配層の大半は神道に帰依している。

逆にいえば、政官財の多くは神道によって統御されていることになる。中でも代々の保守派の首相をはじめ内閣のメンバーのほとんどが神社本庁の政治団体『日本神道連議会』に所属。つまり日本は、政府——政治——そのものが〝神〟と〝宗教〟に支配されていると解釈しても間違いではない。

代々の日本の首相が諸外国からいくら抗議を受けても終戦記念日に靖国神社を参拝、もしくは真榊を奉納するのも、そのためだ。

もちろん財界人として政府にまで強い発言力を行使する阿万も、『日本神道連議会』の会員であり、多額の寄付によって権力を維持する一人だ。だが〝国産み〟の神話の聖地である〝淡島〟を支配するとなると、話は別だ。改めて『日本神道連議会』に〝キマイラ〟の事業の正統性が認められなければ、これ以上、今後の計画を進めることは難しくなる。

『日本神道連議会』の理解を得るためには、どうすればいいのか——。

そのための切り札となるはずだったのが、〝イザナギ〟こと三尾義政だった。

三尾を阿万の下に売り込んできたのは、元〝任侠道義会〟会長の滝本晃兼だった。

滝本にいわせると、三尾義政という男は〝国産み〟を行なった男神、神代七代の最後の神、〝伊弉諾尊〟の子孫だという。最初は信じられないような話だったが、調べてみるとどうやら信憑性があることがわかった。

もし三尾義政が〝イザナギ〟の末裔であることを神道連議会が承認すれば、これを事業の名目上の代表に据えることにより、〝キマイラ〟の淡路島支配計画を正統化することができる。なぜなら淡路島は、元々〝国産み〟の神である〝イザナギ〟のものだからだ。

阿万は滝本の話に乗った。

三尾を〝キマイラ〟に引き抜く見返りとして、滝本には新たな事業を起こす資金、二億七〇〇〇万円を出資。二〇一七年に〝任俠道義会〟を解散して設立した〝(株)ギャザー警備〟に対して年間一億円以上の売り上げが見込めるように、〝キマイラ〟の系列会社としての事業契約を結んだ。

すべては、うまくいくはずだった。

ところが、この計画の軸となる三尾義政という男が、とんでもない曲者だった。

二〇一八年七月――。

阿万は滝本と三尾を京都に呼び、『日本神道連議会』会長の西本武典(にしもとたけのり)の自宅で、ある会合を持った。この席で阿万は、三尾が〝イザナギ〟の子孫であることを承認するように西本に嘆願した。その上で三尾に淡路島開発会社の代表取締役の席と、年俸三〇〇〇万円という条件を提示した。

だが、その席で想定外のトラブルが起きた。

ささいなことで口論になり、三尾が西本会長を罵倒。止めに入った滝本と西本会長を殴りつけ、会合の場から出て行き、姿をくらませてしまった。

それだけならば、まだ修復は可能だった。ところがその夜、阿万と滝本が神戸に戻った後でさらに想定外の事件が起きた。京都の西本の自宅を何者かが襲撃。会長の西本が鋭い刃物で喉を掻き切られて殺された……。

西本の死は『日本神道連議会』の権力の移譲が片付くまで二週間隠蔽された。その後、対外的には〝病死〟として発表された。もちろん警察も、捜査内容を発表していない。犯人も、特定されていない。

だが、〝殺った〟のは誰だかわかっている。三尾義政だ。

当日の会合の口論の折、三尾は西本にはっきりと「殺すぞ……」といっていた。それに三尾は、〝任俠道義会〟の武闘派の若衆頭であり、以前から日本刀や匕首(ヤッパ)の使い手として知られ、抗争相手の組員からも怖れられていた。

奇妙なことに、三尾は何食わぬ顔で翌日には淡路島に戻っていた。

面目を潰された滝本と、その部下の赤須は、三尾の首に懸賞をかけて組員に追わせた。阿万も県警に圧力をかけ、三尾を逮捕するように命じた。だが三尾は捕まるどころか島内に潜伏し、これまで生きているか死んだのかもわからない状態だった。

その三尾がまた動き出した。

理由はわからない。ひとつだけ確かなのは、このままでは阿万と五味の命も狙われる可能性があるということだ……。

「なぜ〝イザナギ〟の仕業だと思う?」

阿万が坂本に訊いた。

「はい、〝神道連議会〟の西本会長が殺された時もそうですが、あのようなことができるのは三尾以外にはいないでしょう。もしくは、滝本も殺った〝デリラ〟……。あの〝白いバイクの女〟か……」

〝デリラ〟というコードネームの〝殺し屋〟――〝グミジャ〟――に依頼し、〝ギャザー警備〟社長の殺害をセッティングしたのは阿万の秘書の坂本だ。

滝本は、いろいろな意味で〝キマイラ〟の内部のことを知りすぎた。さらに、それを逆手に取って、契約金の釣り上げや利権への食い込みなど、要求が過大になってきていた。そうなると滝本を始末し、〝ギャザー警備〟の社長を赤須にすげ替えるしかなくなった。

「しかしあの〝白いバイクの女〟は、赤須が始末したんじゃないのか?」

五味が訊いた。

「はい……。一応は、〝ギャザー警備〟が捕獲したという情報は入ってます。しかし、まだ〝現物〟は確認していないので、何ともいえません……」

坂本の説明に、阿万は不愉快そうに顔を顰めた。

あの〝白いバイクの女〟が始末されたのならいいが、もし生きて〝ギャザー警備〟の手の内にあるとすればまずい。あの女の口から滝本の一件が暴露されれば、いくら〝キマイラ〟でもただではすまないだろう。

「あの〝白いバイクの女〟は、いまどこにいるんだ……」

阿万が溜息をつく。

「生きているとすれば、赤須のあの〝家〟でしょうね……」

五味がいった。

だが、あの〝家〟の所有権も、元はといえば滝本が脅迫同然に要求し、〝キマイラ〟から略取したものだ。

「それならば坂本、赤須に会って話をしてきてくれ。おそらく奴もあの〝家〟にいるだろう。〝白いバイクの女〟が生きているのかどうか、確かめてこい」

阿万がいった。

「会長、それはやめた方がいいかと思います……」

「なぜだ?」

「これも県警の藤原からの情報ですが、どうもいまあの〝家〟は、〝本社〟の公安の連中に監視されているとかで……」

〝本社〟の公安と聞いて、阿万と五味が顔を見合わせた。

「〝本社〟は、まずいな……」

「警視庁の方から手を回して、手を引かせるようにいおうか」

五味にいわれ、阿万が考える。

だが、しばらくして、首を横に振った。

「いや、手を出さなくていい。〝本社〟が出てきているなら、好きなようにやらせておけ。うまく片付くかもしれない……」

〝ギャザー警備〟〝白いバイクの女〟〝イザナギ〟——。

さらに〝本社〟の四つ巴の戦いになって赤須と〝イザナギ〟を始末できれば、〝キマイラ〟から厄介な問題がひとつ消える。もし何らかの新たな問題が発生すれば、後から政治的に解決すればいい。

「それより阿万さん。我々は、これからどうする。この島にいるのは危険かもしれないぞ。万が一、〝イザナギ〟がここを襲撃してきたら……」

確かに、五味のいうとおりだ。

何も、我々がここで事の成り行きを見守る必要はない。

「よし、すぐにこの島を出よう。坂本、車を用意してくれ」

阿万がそういって、席を立った。

2

赤ん坊が泣いている。

若い女が赤ん坊を抱き上げ、あやしながら乳房を与えている。

〝イザナギ〟——三尾義政——は、質素なアパートの一室でぼんやりと母子の姿に見惚れた。遠い昔、どこかで見たことがある懐かしい光景だった。だが、それがいつのことなのか、思い出せない。記憶を辿ろうとすると、意識にシャッターが下りたように閉ざされてしまう。

安普請のドアが開き、外から男が入ってきた。かつての三尾の舎弟、秀司だった。

「三尾さん、すんまへん。こんなものしかなくて……」

秀司がいい訳をしながら、弁当を三つテーブルの上に並べた。

「ああ、上等だよ……」

三尾の口元が、ほころぶ。のり弁なんて、久し振りだ……。

秀司がお茶を淹れて、二人で弁当を食った。妻の由利(ゆり)は、赤ん坊を寝かしつけている。

「あの子、何カ月だ」

三尾が弁当を食いながら、訊いた。

「はい、良太(りょうた)は、そろそろ六カ月になります……」

秀司が、うれしそうに答える。

「あんないい女房と可愛い赤ん坊がいるのに、お前は何で〝ギャザー警備〟なんかにいるんだ。あれは会社なんかじゃねえ。〝ヤクザ〟だぞ」

三尾がいった。

「はい……」

秀司が箸を止め、俯く。

「お前はあの子を、ヤクザの息子にするつもりなのか」

「いえ……」

「秀司、お前は道西の最後を見ただろう。女房の、恵美子もだ。ヤクザってのは最期はみんな、ああなるんだ。その女房もだ。お前は由利ちゃんをそんな目に遭わしてぇのか」

「はい……いえ……」

秀司が箸を握ったまま、震えている。

「まあいい。後でおれに、ちょっと付き合え。早く弁当を食っちまえ」

「はい……」

秀司がまた、弁当を食いはじめた。


昼食が終わり、三尾は秀司とドライブに出た。

「三尾さん、どこに行くんですか?」

秀司が自分のワゴンRを運転しながら、三尾に訊いた。

「道順はおれが教える。その先の交差点を左だ。山道の方に入ってくれ……」

三尾は背もたれを倒し、目立たないように体を低くして助手席に座っている。

「わかりました。しかし、この先は確か林道になってると思いますが……」

「だいじょうぶだ。それより秀司、ちょっと聞きたいことがある。お前は赤須のあの〝家〟

に、入ったことはあるのか？」

「はい、よく呼ばれて行ってました。実は昨日も、あの〝家〟にいました……」

秀司が運転しながら答える。

車はいわれたとおりに、交差点を山道の方に入っていった。

「それなら、あの〝家〟については詳しいな。間取りはわかるか？」

「はい、だいたいは……」

「よし、後で、間取りを紙に書いてくれ。それからもうひとつ。あの〝家〟に侵入する方法はないか？」

「三尾さん、まさかあの〝家〟を襲撃するつもりじゃあ……」

「そのつもりだ。表玄関、裏口、ガレージ、窓、突破するとしたらどこが弱い？」

三尾が訊いた。

「どこからも侵入は無理だと思います。表玄関も裏口も守りは鉄壁ですし、ガレージのシャッターも特殊鋼でできてます。窓はすべて防弾ガラスやし……。先代の滝本社長も、あの建物は要塞やといっとったし……。いや、でも、もしかしたら一カ所だけ……」

「何かあるのか？」

「はい、実はあの建物には地下室が二部屋あって、そのひとつを赤須社長が〝やり部屋〟みたいにして使ってるんですが……」

三尾は〝やり部屋〟と聞いて苦笑した。

あの下衆の赤須のやりそうなことだ。

「その〝やり部屋〟がどうしたんだ」

「そこに、例の滝本社長を殺った〝白いバイクの女〟が監禁されてるんです。赤須社長がオモチャにしてて……」

あの糞野郎……。

「その地下室に入るルートは?」

「それなんです。その地下室には地下トンネルの出入口があって、五〇メートルほど離れた別の建物の地下に通じてるんです。あの〝家〟を建てた前の組織が、〝警察(サツ)〟の手入れから逃げるために作ったものだと聞いてますが……」

秀司の話は、興味深かった。

以前はあの〝家〟に隣接して広い空地があり、その先に古いビジネスホテルが建っていた。それを先代の親組がすべて手に入れ、あの〝家〟を建築した。その後、〝家〟とビジネスホテルとの間に逃走用のトンネルを作り、地表の空地の部分を倉庫にして別の会社に売った。だからいまも、その地下トンネルは残っている——。

「それならばそのビジネスホテルから地下トンネルを通れば、あの〝家〟の地下室まで行けるわけか……」

そうすれば、少なくとも〝グミジャ〟が監禁されている部屋までは行ける。

「はい、ホテルの地下室にそのトンネルの入口があるので、あの〝家〟までは行けるはずです。ただ……」

「問題があるのか？」

「はい……。あの〝家〟の地下室のドアは、鋼鉄でできています。鍵が掛かっているので、ビジネスホテル側からは開けられまへん。誰かが、赤須の部屋に入って、ドアの鍵を開けないと……」

〝グミジャ〟と連絡が取れれば、何とかなるかもしれない。だが、それは無理だろう。

もし連絡が取れたとしても、彼女は拘束されている。

「何か方法はないかな……」

三尾が腕を組んで考える。

「もしかしたら、ひとつだけ……」

「何だ。いってみろ」

「はい。ぼくがあの〝家〟に戻って、赤須社長が許してくれれば……」

「お前、何を馬鹿なことを考えてんだ。さっきいったろう。これ以上、赤須とは関わるな。

本当に道西のような目に遭うぞ」

「はい、すみまへん……。それなら、〝タクミ〟に頼みましょうか……」

「〝タクミ〟だって？」

「そうです。おれの同期の〝タクミ〟です。あいつ、滝本社長の付き人だったのに目の前で
殺られてドジ踏んで、その後もう一度〝白いバイクの女〟と戦って足を折られて、いまあの

〝家〟で社長の奴隷にされてるんです。女の〝舐め犬〟もやらされてるからあの〝やり部屋〟に自由に出入りできるし、赤須社長のこと恨んでるから、協力するかもしれまへん……」

〝舐め犬〟と聞いて、三尾は思わず笑ってしまった。

「連絡はつくのか?」

「はい。携帯は取り上げられていないので、ラインで連絡できます」

「よし、それじゃあこう伝えてくれ。今夜一〇時前に、地下トンネルのドアの鍵を開けておいてくれ。無事に逃げたら、十分に礼はする」

「はい……わかりました……」

これで、面白くなった。

〝タクミ〟がどっちに付くのかはわからない。

こちらの誘いに乗るか。それとも赤須に寝返るか。だが、いずれにしても、突破口が開ける可能性はある。

「よし、秀司。そこだ。その林道を左に入ってくれ」

三尾が道を指示した。

「これですか。ひどい道ですね。この車で行けるかな……」

「だいじょうぶだ。これは四駆だろう。前に道西が、この車で来たことがある……」

「道西さんがですか。そういえば何日か前に、車を貸したことがあったけど……」

秀司がいわれたとおりに、ステアリングを左に切った。

林道というより、廃道に近い。軽トラックでもなければ入っていけないような、細く狭い道だ。

秀司はゆっくりと、車を進める。車体の両側に、木の枝が当って嫌な音を立てる。道は川沿いに渓に下り、また森の中の急な坂を上る。

やがて古い轍も埋もれ、路面も草と森の中に消えた。そこからしばらく進んだ所で、道は行き止まりになった。

前方に、古いホンダの軽トラが一台。その傍に、粗末な小屋が建っていた。

「ここでいい。車をUターンさせて、待っていてくれ」

三尾は助手席から降りて、小屋に向かった。たった数日しか離れていないのに、前に見た時よりもさらに森に呑み込まれていくような気がした。

小屋の前に立ち、ドアを開けた。

中は、出た時のままだった。何も、変わっていない……。

三尾は小屋の中央に立ち、床の上に敷いた腐ったカーペットを捲った。下に、木の扉がひとつ。取っ手がわりについているロープを引いて扉を引き開けると、下に人が一人隠れられるほどの穴があった。

穴の中に、ボストンバッグがひとつ入っていた。三尾はそれを引き上げ、ジッパーを開けた。バッグには、およそ二〇〇〇万円の札束が入っていた。

三尾はバッグを提げて小屋を出た。車に戻り、リアドアを開け、札束の入ったバッグを放り込む。そして、助手席に乗った。

「待たせたな。ほらこれ、取っておけ」

三尾がそういって、一〇〇万円の札束を三つ秀司に渡した。

「三尾さん、これは……」

秀司が怖々と、札束を受け取る。

「気にするな。おれが〝ギャザー警備〟を出る時に、滝本のオフィスの金庫から持ち出した金だ。どうせ元は、〝キマイラ〟から回ってきた〝腐った金〟だ」

「しかし……」

「いいから取っておけ。この金を持って、今夜じゅうに女房と子供を連れて島を出ろ。この世界から、足を洗うんだ。おれに、そう約束しろ」

「はい……約束します……」

「両親は？」

「元気です……。山口で農業をやってます……」

「それなら実家に帰って、親孝行をするんだ。これだけあれば、やり直せるだろう。もし〝タクミ〟が無事に逃げのびたら、奴にもこれをやってくれ」

三尾がそういって、もうひとつ一〇〇万円の札束を秀司に渡した。

「はい……」

「さあ、家に戻るぞ」

「はい……」

秀司が涙を拭い、ワゴンRのギアを入れた。

帰りの山道を下りながら、秀司がいった。

「三尾さん……。ひとつ、訊いていいですか……」

「何だ。いってみろ」

「はい……。三尾さんはなぜ、〝任俠道義会〟を抜けたんですか。噂だと、三尾さんが神道連議会の西本会長を〝殺った〟ということになってますが……」

秀司がいうのを聞いて、三尾が笑った。

「それは滝本の〝嘘〟だ。おれは、殺っていない」

「それじゃあ、誰が……」

「わからねぇ……。あの日、確かにおれは京都で西本に会ったんだ。滝本と、〝キマイラ〟の阿万の紹介でな。その場で気に入らないことがあって、西本と揉めて殴ったことは事実だ……」

〝神道連議会〟会長の西本武典は、日本の神社本庁の重鎮だ。プライベートの席でもその西本を罵倒すれば、ただではすまないことはわかっていた。

三尾はその夜、神戸に寄って憂さ晴らしをしながら飲み歩き、翌日に淡路島に帰ると、

〝任俠道義会〟は大騒ぎになっていた。

道西に訳を聞くと、昨夜遅く、〝日本神道連議会〟の西本会長が京都の自宅で喉を掻き切られて死んだとのことだった。しかも〝殺った〟のは、自分だということになっていた――。

三尾は即座に、自分の状況を把握した。このままでは、確実に殺られる……。

思い立った瞬間に三尾は任俠道義会の金庫から〝自分の分〟の二〇〇〇万円を持ち出し、XTZ750スーパーテネレに乗って姿を消した。

以来、三年――。

三尾は島から出ることもできずに、道西の援助だけを頼りにこの山中に潜んでいた。

「そういう訳だったんですか……。それじゃあ、三尾さんが追われてたんは……」

「さあな。まあ、滝本と赤須は、西本会長が殺られた件よりもおれが持ち出した二〇〇〇万の方が大事だったんだろう。だけどあの金は、滝本がおれを〝キマイラ〟に〝売った〟手付金の一部だ。だからその二〇〇〇万は、おれの物だ」

三尾がそういって、リアシートのボストンバッグを親指でさした。

「でも、何で三尾さんは〝神道連議会〟の西本会長ともめたんです？」

秀司が訊いた。

「たいしたことじゃねぇよ。おれは、〝神様〟を政治に利用して金儲けをする奴が虫酸が走るほど嫌いなんだ。それだけだ」

三尾が窓を開け、唾を吐いた。

それにしても、誰が西本を〝殺った〟んだ……。

いまとなっては、永遠の謎か。

3

志筑に着いて、萌子はまず〝お父さん〟に電話を入れた。

今度は、呼び出し音が三回鳴っただけでつながった。

「お父さん……」

――萌子か！　無事なのか！　いま、どこにいる？――。

〝お父さん〟の懐かしい声が聞こえてきた。

「淡路島にいる。お父さんも、ここに来てるの？」

――そうだ。いま、茲海さんと淡路島に来ている。萌子は、島のどこにいるんだ？――。

「志筑というところ……」

――志筑だって？　父さんもいま、志筑だぞ。康介君や斎藤君たちも一緒だ――。

「えっ、そうなの……？」

萌子は事情がよく呑み込めなかった。

――いま、志筑新島のカリヨン広場の駐車場にいる。〝しづかホール〟の裏あたりだ。来られるか？――。

〝お父さん〟がいった。

「うん、行く。五分で行くから」

萌子はそういって電話を切った。


カリヨン広場の駐車場に行くと、〝お父さん〟はすぐにわかった。

大型のアメリカンバイクが二台に、黒い革のジャンパーを着た男が二人。

南條君と斎藤君も、それぞれ自分のバイクの横に立っている。

他に、萌子と同じくらいの歳ごろの男女が四人。おそらく、〝キマイラ〟の会社説明会に参加した他校の学生たちだろう。

萌子は八人が集まる真中にＨＯＮＤＡ・ＰＣＸを停め、エンジンを切った。

ヘルメットを脱いで、〝お父さん〟に抱きついた。

「お父さん……」

「萌子、心配したぞ……」

萌子は〝お父さん〟に抱きしめられ、胸に顔を埋めた。

革ジャンパーと、懐かしい〝お父さん〟の匂い。でも、ちょっと汗臭い……。

「笠原さん、これからどうしますか……」

茲海さんがいった。

周囲に皆がいることを思い出し、萌子は慌てて〝お父さん〟と離れた。

「とりあえず、道禅寺に戻りませんか。そこで今後の対策を練って、出直しましょう」

〝お父さん〟は、すぐに淡路島を出るつもりはないらしい。

「我々五人はバイクがあるが、あとの四人の学生さんたちはどうしましょう。警察に知らせて、保護してもらいますか……」

だが、茲海さんの提案を南條君が否定した。

「お父さん、それはダメだよ。淡路島の警察は〝キマイラ〟とグルなんだから。信用しない方がいい」

「そうです。地元の警察は信用できない。もし通報しても簡単に調書を取るくらいで、また〝キマイラ〟に引き渡されてしまうかもしれない……」

斎藤君も南條君に助勢した。

他の四人も、頷く。

「確かに地元の警察は危険かもしれませんね。それなら、こうしましょう。我々五人は、バイクで道禅寺に向かう。他の学生さんたちは旅行者を装ってタクシーで来てもらいましょう」

連休が明けて、カリヨン広場のタクシー乗り場にはたくさんタクシーが並んでいる。

「それがいい。そうと決まったら早目に行動しましょう」

「その前に、私は萌子や康介君たちを保護したことを田臥さんに報告しておきます。学生たちがそこにある古いビジネスホテルに監禁されていたことも知らせておきます」

〝お父さん〟がそういって、アイフォーンでメールを打ちはじめた。

「お父さん、待って。もうひとつお願いがあるの……」

萌子がいった。

「何だ?」

「〝グミジャ〟さんを助けてほしいの。怪我をして、〝ギャザー警備〟というヤクザみたいな会社に捕まってるの……」

〝グミジャ〟と聞いて、〝お父さん〟と茲海さんが驚いたように顔を見合わせた。

「〝グミジャ〟って、あの〝グミジャ〟のことか?」

〝お父さん〟が訊いた。

「そう、あの〝北〟の工作員の〝グミジャ〟さん……」

考えてみれば、〝お父さん〟は〝グミジャ〟のことをよく知っているはずだ。四年前、京都の板倉邸に監禁されている時に、〝お父さん〟を拘束して拷問まがいのことをしていたのが〝グミジャ〟だった。

「なぜ〝グミジャ〟を助けるんだ?」

〝お父さん〟が訊いた。

「わかってる……。ごめんなさい……。でも〝グミジャ〟さんは、私がこの島で追われるようになってから、ずっと私を守ってくれてたの。いま、〝ギャザー警備〟の赤須という社長の家に拘束されている。このままだと、殺されるわ。彼女は私の、命の恩人なの……」

〝命の恩人〟という言葉を聞いて、〝お父さん〟がふと息を吐いた。

「わかった。〝グミジャ〟のことも、田臥さんに伝えておこう」

「ダメ！　田臥さんに教えたら、〝グミジャ〟さんは逮捕される……」

萌子が〝グミジャ〟を庇うのを聞いて、〝お父さん〟と茲海さんが呆れたように顔を見合わせた。

4

もう、午後二時を回った……。

田臥は腕のGショックの針を見ながら、あくびをこらえた。

早朝からこの要塞のような建物の〝張り込み(シキテン)〟をはじめて、まだほとんど動きらしい動きはない。昼前に一度、〝若い者〟二人が建物から出てきて、三〇分ほどしてコンビニの大きな袋を六つばかり提げて戻ってきただけだ。

おそらく、昼飯だろう。だが、それで、建物の中にいるだいたいの人数がわかった。おそらく、二〇人から二五人といったところか……。

田臥の乗るメルセデスの後ろに、アサルの黒いスバルXVが停まった。こちらの車に歩いてきて、コンビニの袋を二つ提げて、アサルが運転席から降りてきた。こちらの車に歩いてきて、リアシートのドアを開けて乗り込む。

「お待ちどおさま。いろいろ買ってきました……」

「ふう……腹が減った。何があるんだ」

助手席の室井が、リアシートに体を乗り出して袋の中身を物色する。

「そこのセブンにはほとんど何も残ってなくて……。そのひとつ先のコンビニまで行ってきたんです……」

アサルがいった。

田臥はコンビニの袋を見た。先程、〝ギャザー警備〟の〝若い者〟たちが持っていた袋とは店名が違った。

田臥は袋の中から明太子のお握りとブラックの缶コーヒーを取った。

少なくとも奴らが買い漁った後の残り物以外の飯を食えるのは、アサルの手柄だ。

お握りのフィルムをむしり取ってかぶりついた瞬間、田臥のアイフォーンがメールを受信した。

お握りを食いながら、メールを開く。笠原からだった。


〈――田臥様、室井様。

つい先程、〝キマイラ〟から学生6人、ならびに萌子を保護しました。

萌子、南條康介、友人の斎藤大輝、他4人も全員怪我はなく無事です。

学生6人は、志筑の『ホテル華山』という古いビジネスホテルに幽閉されていました。4

年前に倒産したホテルで、いまは例の『志筑水産加工』と同じ『あわじ新光開発』という会社が所有している建物です。

このホテルでギャザー警備の社員らしき男7人と乱闘になり、私と茲海さん、学生たちとで全員倒しました。まだ建物に何人か残っているかもしれません。

一応、報告まで――〉

「田臥さん、笠原からですか？」

室井がサンドイッチを食いながら訊いた。

「そうだ。いま、こんなメールを送ってきた……」

田臥はアイフォーンの文面を、室井とアサルの携帯に転送した。

「この〝全員倒しました〟というのはどういうことなんでしょうね……。まさか殺したりはしてないんだろうけど……」

室井がメールを見ながら、首を傾げる。

「さあ、どうだかね。あの〝オヤジ〟たちのことだ。わからんぞ」

良くいえば〝使える〟が、反面〝何をするかわからない〟男たちではある。

「田臥さん、〝ホテル華山〟て、あれですよね……」

アサルがリアシートから指さす方角を見ると、ワンブロック先の古いビルの上に『ホテル華山』という看板が立っていた。

あれか……。

まさかこんな目と鼻の先に、学生たちが監禁されていたとは。つまり、学生たちの一件にも〝ギャザー警備〟が絡んでいたということか。

「行ってみるか」

田臥がいった。

「どうせ目と鼻の先だ。それにここは、夜になるまで動きはないだろう」

理由はわからないが、赤須はこの要塞に籠城する腹らしい。

どうやらここを〝決戦〟の場に選んだようだ。

つまり、次に襲われるのは、この〝家〟だ──。

「そうですね。行ってみますか……」

「そうしよう。アサル、お前も自分の車で一緒に来てくれ」

「ラジャー!」

アサルが手にしていたスムージーを飲み干し、メルセデスを降りた。


赤須の〝家〟からホテルまでは、道路に沿っておよそ一五〇メートル。直線距離でせいぜい五〇メートルほどしか離れていなかった。

最初、表玄関側に車を着けた。

だが、入口にはパイロンが置かれ、ドアにはコンパネが打ち付けられていた。

「裏に回ってみよう……」

建物の裏に、駐車場があった。古いマイクロバスと、ナンバーのない軽自動車が一台。他にもう一台、見たことのあるハイエースのスーパーロングが駐まっていた。

ナンバーは〈――神戸230 な ○○-○○――〉、例の学生たちを運んでいたコミューターだ。だが、屋根が大きく凹み、周囲に割れた大きな植木鉢と土が散乱していた。

「降りてみよう……」

田臥が室井と共に、メルセデスを降りた。

アサルもスバルから降りて、こちらに歩いてきた。

「その裏口は？」

〝通用口〟と書かれたドアには、コンパネは打ち付けられていない。

アサルが裏口の横に背を壁に付けて立ち、ホルスターからＧＬＯＣＫを抜いた。もう一方の手で、ドアノブを回す。鍵は、掛かっていない。

アサルがドアを開け、中に飛び込んだ。

田臥と室井も銃を抜き、後に続いた。

建物の中は、薄暗かった。だが、空気はよどんでいない。廃墟特有のカビ臭さもない。

この建物は、〝生きて〟いる……。

壁に、スイッチがあった。押すと、天井の蛍光灯が点滅して明かりがついた。

入ってすぐ右手に、地下から階上に続く非常階段の入口がある。目の前に真っ直ぐ、リノリウムの床の廊下が伸びている。

だが、誰もいない。人の気配もない。

「おれは二階から上を調べる。室井とアサルは地下と一階を調べてくれ。何かあったら、携帯で知らせろ。緊急の場合には、銃を一発、撃て。二〇分後に、ここに集合だ」

「了解」

「ラジャー」

田臥は二人と別れて、非常階段を上った。

まず、二階……。

明かりをつける。一階と、あまり変わらない。違いは廊下の床がリノリウムから汚れた赤いカーペットに変わったことと、その西側に客室の鉄のドアが並んでいることくらいだった。

田臥はひとつずつ、部屋のドアノブを回していった。数は廊下の南側に六部屋、北側に四部屋。だが、どのドアにも鍵が掛かっていて回らない……。

北側の廊下の中央付近には、エレベーターと自販機を置いた小部屋があった。

エレベーターは、電源が切れていた。自販機も、コンセントが抜かれている。

南側の最後のドアまで来た時に、ドアノブが回った。鍵が開いている……。

田臥はドアを引いて部屋に入り、明かりをつけた。

かすかな、香水の匂い。

クローゼットを開けると、女物のジャケットが掛かっていた。セミダブルのベッドにはまだ真新しいシーツが敷かれているが、乱れたままになっていた。

この部屋には、女が一人で泊まっていたらしい……。

田臥は部屋を出て、非常階段まで戻り、三階に上がった。

この階も、二階とあまり変わらなかった。だが、南側のドアが四つしかなかった。

最初のドアには鍵が掛かっていなかった。ドアを開けると、二階で見た部屋と同じ間取りのシングルルームだった。

かすかな、男の体臭。クローゼットに、ボストンバッグがひとつ。その中に、男物の下着が入っていた。

シャワールームにも、男の髭剃り用の道具が残っていた。持ち物からすると、中年から初老の男が一人でこの部屋を使っていたらしい。

次の部屋は鍵が掛かっていた。

三番目の部屋……。

ベッドが二つあるダブルルーム。窓際のベッドに、誰かが寝た跡がある。ベッドサイドテーブルの下に髪留めのバレッタが落ちているところを見ると、この部屋を使っていたのはおそらく若い女だ。ゴミ箱の中にも、使ったティッシュやハンドクリームの空チューブが残っていた。

荷物らしきものはない。だが、洗面所の鏡の前に化粧ポーチが置いたままになっていた。

この部屋を出る前に、かなり慌てていたのだろう……。

次の部屋に移る。

ここは和室の大部屋だった。シーツを被せられた布団が五組、上に枕を載せて壁際に畳んであった。他に空いたペットボトル、ポテトチップスの空袋、洗面所には使い捨てのT字カミソリやシェービングクリームが置いてあった。

ゴミ箱の中に、奇妙なものが入っていた。

これは、何だ……。

錠剤のPTP包装シートだ。しかも大量にある。すべて向精神薬系の薬のものだ。しかも、日本では使用が制限されているはずの強いものもある。

学生たちはこんな薬を飲まされていたのか……。

間違いない。この大部屋に男子学生五人が寝泊まりし、隣の部屋に例の早稲田大学の増田彩乃がいたということか……。

田臥は四階に向かった。

この階も、三階と配置は同じだった。汚れたカーペットに足跡が付いていたが、ドアにはすべて鍵が掛かっていた。

五階も誰もいない。

この階はしばらく風も通されていないのか、かすかに饐えた臭いがした。部屋は、廊下の西側に八つ。ドアの鍵が開いている部屋もあったが、ベッドのシーツは何年も使われていないように黄ばみ、壁紙は剝がれ、室内には薄らと埃が被っていた。

最後は、屋上だった。

ドアの鍵が壊れ、ワイヤー入りの窓に亀裂が入っていた。

コンクリートの床に血痕が多数。片側だけのスニーカーや、血の付いたバットが落ちていた。

おそらく笠原たちが〝ギャザー警備〟の連中と乱闘になったというのは、この屋上だろう。血痕の様子だと、少なくともかなりの怪我人が出ているはずだ。

だが、このビルには奴らが残っている気配はない。いったい、どこに行ったんだ……。

ここから引き揚げたとしても、あの襲撃された本社の事務所に行くわけがない。志筑新島の倉庫も焼けてしまった。

屋上の金網越しに西の方を見ると、あの要塞のような赤須の〝家〟が見えた。

あたりまえに考えれば、怪我人を抱えた〝ギャザー警備〟の連中は、目と鼻の先のあの〝家〟に逃げ込むはずだ。だが、田臥と室井が見張っていた限りでは、朝からそんな人の出入りは確認できなかった。

田臥は釈然としないまま建物の中に戻り、非常階段を下った。

一階まで下りると、通用口から外に出たところに室井とアサルが待っていた。

「何か異常は？」

田臥が訊いた。

「特にないですね。一階の調理場にかなり食材が置いてありましたから、一〇人程度の人間がここで寝泊まりしていたことは事実のようですけど。でも、いまは誰もいないようです……」

室井がそういって、GLOCKをホルスターに入れた。

「アサルの方は？」

「地下室を調べてました。倉庫のような部屋と機械室があって、地下から一階の調理場に通じる古いエレベーターがあります。これがいまでも動くんですが、人は誰もいませんでした……」

「他には？」

「特になし。田臥さんの方はどうでした？」

室井が訊いた。

「学生たちが泊まっていた部屋は確認した。屋上に、乱闘の後の血痕も残っていた。笠原の情報は、本当だったようだ。しかし、人は誰もいなかった……」

「どうしますか。〝所轄〟にいって〝捜査(ガサ)〟を入れさせますか」

本来なら、そうすべきだ。

このホテルには、まだ何かあるような気がする。だが〝支社〟や〝支店〟にまかせて、重要な証拠を隠蔽されてもたまらない。

「いや、ここは後回しだ。とりあえず、赤須の〝家〟の〝張り込み〟に戻ろう」

「そうですね……」

だが、アサルがいった。

「ちょっと待ってください。私は、ここに残ります」

「どうしてだ？」

「私は、どうもこの建物が気になるんです。特に地下には、何かがあるような気がする。きっと、何かが起きる。だから一人でも、ここに残りたい……」

田臥と室井が、顔を見合わせた。

確かに田臥も、この建物には何かがあるような気がする。〝勘〟が、そう囁いている。

「わかった。アサルはここに残れ。何かが起きたら、携帯でおれたちに知らせろ」

赤須の〝家〟とこのホテルは、どうせ直線距離で五〇メートルしか離れていない。

田臥と室井はアサルと別れ、メルセデスに乗った。

5

四階の窓のカーテンの隙間に、ひとつの〝目〟があった。

その〝目〟は眼下で行なわれた出来事の一部始終を見つめていた。

ホテルの裏の駐車場に黒いメルセデスとスバルが駐まり、二台の車から男二人と女が一人降りてきた。

三人がこの建物に侵入した。その気配は、〝虎人〟がいるこの四〇三号室にまで伝わってきた。

廊下に足音――おそらく男が一人だ――が聞こえ、ドアノブがガチャガチャと動いた。〝虎人〟はホルスターからマカロフを抜き、ドアに向けて構えた。だが、相手はドアの鍵が掛かっていたので諦めたのか、そのまま歩き去った。

そしていま、また眼下の駐車場で動きがあった。

男二人はメルセデスに乗って出ていったが、女は車に乗らず、ここに残ったようだ。建物に入った。どうやら、このホテルを見張るつもりらしい……。

〝虎人〟は携帯を手にし、三階の別の部屋にいる仲間の〝囚牛〟に電話を入れた。

「你没事吧（無事か）？」

――我没事（だいじょうぶだ）――。

「見たか。男二人は去ったが、女は一人、ここに残ったようだ」

――おれも見ていた。どうする、美麗的女人だ。捕らえるか？――。

〝囚牛〟の籠もるような笑い声が聞こえてきた。

「いや、このままにしておけ。おれたちの狙いは、あの女ではない」

虎人がいった。

――了解了――。

電話を切った。

虎人はベッドの上に体を投げ出し、笑みを浮かべた。

ここに連れてきた部下五人の内、〝鮫〟と〝疫鬼〟、〝丹亀〟と〝魚頭〟の四人がすでに死んだ。残っているのは、この建物の中にいる〝囚牛〟だけだ。

部下が死ぬのは悪いことではない。

どうせお互いに秘匿名で呼び合うだけで、本名も知らぬ男たちだ。一人死ねば、その分だけ自分の取り分が増える。

〝囚牛〟も同じだ。〝工作（仕事）〟が終われば、生きていなくともよい。だがいましばらくは、使い道がある。

〝虎人〟はマカロフを腹の上に載せ、静かに目を閉じた。

おそらく、今夜だ。

最後まで生き残るために、いまのうちに少し眠っておいた方がいい……。

やがて、規則正しい寝息が聞こえはじめた。


夜──。

日没から、数時間が経過した。

空には月が光っていた。その月光に呼応するように、どこかで狼が啼いた。

〝虎人〟が目を開けた。

これは狼ではない。大型の摩托車（オートバイ）のエンジン音だ……。

腕の時計を見た。

午後九時……。

そろそろ〝妖魔鬼怪〟どもが目を覚ます時間だ。

〝虎人〟はベッドに起き上がり、猫のように体の関節を伸ばした。

6

地下室にいる赤須も、狼の遠吠えを聞いた。

もちろん、錯覚だ。

この地下室に、そんなものが聞こえるはずがない。

それに淡路島には、狼などいない。

だが、ひとつだけ確かなことがある。

間もなくここが、弱肉強食の最後の戦場になるということだ……。

〝イザナギ〟——三尾義政——は、先代の滝本社長が残した負の遺産だ。あの男を消さなければ、本当の意味ですべてを手に入れたことにはならない。枕を高くして眠ることもできない。

赤須は目の前で錯乱したように咽び泣く裸の女を眺めながら、口元を歪めた。

この〝白いバイクの女〟が、先代の滝本を殺った。そして、おそらくこれが、三尾の〝オンナ〟だ。

ならばこうして、三尾の目の前で女を〝犬〟に与えてやる。女が咽び泣く姿を見ながら、ゆっくりとなぶり殺しにしてやろう。

赤須は手にしていたグラスのハイボールを飲み干し、ソファーを立った。

「おい、〝タクミ〟……」

女の体に顔を埋めている若い男にいった。

「はい……」

〝タクミ〟と呼ばれる男が、顔を上げた。

「おれがいない間も、続けろ。その女が、完全にイカれるまで、やめるな」

「はい、わかりました……」

〝タクミ〟がまた、女の体に顔を埋めた。

赤須はしばらく、女の体に手を這わせていた。女が、咽び泣く。

だが、それにも飽きて、ドアを開けて部屋を出た。

〝タクミ〟はしばらく待って、女の体を離れた。

「ふぅ……」

いくら女が好きでも、こんなことを何時間もやらされていたらたまらない。

〝タクミ〟はギプスを巻いた足を上げて立った。片足跳びで広い部屋を横切り、冷蔵庫の前まで行くと、中からペリエを出して栓を抜き、貪り飲んだ。

ふぅ……生き返ったぜ……。

その後、〝タクミ〟はそこでしばらく様子を窺った。

だが、〝社長〟は戻ってきそうもない……。

〝タクミ〟は片足跳びで、地下道の扉の前まで移動した。ここでまた、しばらく様子を窺った。

だいじょうぶだ。秀司にいわれたとおりにやっても、誰にもわかりはしない……。

〝タクミ〟は重い鉄の扉を解錠し、急いでその場を離れた。

〝グミジャ〟はベッドに拘束されたまま、一部始終を見ていた。

あの男、何をしているの……???

7

道禅寺は、何事もなかったかのように平穏だった。

萌子は寺の庫裡で夕食を終え、〝お父さん〟や茲海さんにこれまでのことを話した。

島に入ってすぐに、〝白いバイクの女〟の一人として何者かに追われたこと——。

ヤクザのような一味に襲われたところを、〝グミジャ〟に助けられたこと——。

その後、〝グミジャ〟と共に〝イザナギ〟と呼ばれる元任俠道義会の組員の山小屋に匿われていたこと――。

だがその場所も迷彩服を着た兵士のような男たちに襲撃され、何人も人が死に、二人と別れわかれになって、一人で淡路島の中を逃げ回っていたこと――。

「なるほどね。萌子が〝グミジャ〟のことを助けたいという気持ちはわかる。しかし、あの学生たちを守ることが先決だ。その後で、どうするか考えてみよう……」

〝お父さん〟がいった。

バイクを持っていない四人の学生たちは、明日〝お父さん〟と茲海さんがミニバンのレンタカーを借り、淡路島を出て新神戸駅まで送ることになっている。

「わかった……。いまのこと、みんなに話してくるね……」

萌子はそういって、学生たちがいる広間に向かった。

だが、部屋に入ると、何か様子がおかしかった。唯一の女子学生の増田彩乃が、膝を抱えて座っている。斎藤君が肩を抱くようにして、慰めている。南條君はその横で、心配そうに二人の話を聞いている。

萌子も三人の輪の中に座り、話に加わった。

「何かあったの……」

だが、泣いている彩乃は答えない。かわりに南條君が説明した。

「どうやら増田さんが、出る時に慌てってて、あのビジネスホテルの部屋に忘れ物をしてきたらしいんだ……」

「何を忘れたの？」

「化粧ポーチを忘れたんだ……」

「化粧ポーチって、そんなもの……」

萌子は思わず本音が出てしまった。そうしたら、彩乃に睨まれた。

「笠原君、違うんだ。その化粧ポーチは、どうでもいいんだ。その中に、大切なものが入っていたんだよ……」

斎藤君が、彩乃を庇うように抱き寄せた。

「そうなんだ……。増田さんは子供のころに、本当のお母さんが亡くなったんだ……。その忘れてきた化粧ポーチの中に、死んだお母さんの形身の指輪が入ってたんだよ……」

南條君が、説明した。

萌子は〝お母さんが亡くなった〟と聞いて、言葉が詰まった。

自分も、〝お母さん〟を亡くしている。もしいま、形身の指輪をどこかに忘れてきたとしたら、どんなことがあってもそれを取りに戻るだろう。

「笠原君、どうしようか。ぼくと大輝はバイクを持ってるから、二人であのビジネスホテルまで取りに戻ろうかと相談してたんだ……」

南條君がいった。

「でも、笠原君や康介のお父さんにいったら、ダメだといわれるに決まってるからなあ……」

斎藤君が、溜息をついた。

「相談することないわ。私たち三人で行きましょう。バイクなら、一時間もしないで戻って来られるし」

そうすれば〝グミジャ〟を助けられるかもしれない……。

萌子は南條君、斎藤君の二人とそっと道禅寺の庫裡を抜け出した。

境内に駐めてあった三台のバイクを押して裏門を出て、寺から少し離れた農道でエンジンを掛けた。

あとは志筑の街を目指し、闇に包まれた山道をひた走った。

8

腕のGショックを見た。

九時五五分……。

間もなく、一〇時になる……。

〝イザナギ〟——三尾——はもう一度ホルスターからGLOCK19を抜き、マガジンに一四発、薬室に一発の計一五発の9×19ミリ弾が装塡されていることを確認した。

予備弾は、もう一本の弾倉の中に六発……。

他に矢を番えたテンポイントのクロスボウを背負い、腰には脇差を一本、差している。

すべての弾と矢が尽き、刀が折れた時が、戦いの終わる時だ。

三尾は静かに、YAMAHA・XTZ750のエンジンを掛けた。

明かりの消えた〝ホテル華山〟の建物が、目の前の夜空に墓標のように聳えている。エンジンの回転を極力上げずにクラッチをつなぎ、〝ホテル華山〟の裏口へと回った。

駐車場に入り、一度バイクを停めた。

目につくものは〝キマイラ〟が所有する屋根の凹んだコミューターと、黒いスバルXVが一台。他には廃車になったマイクロバスと軽自動車があるだけだ。

やはり、ここだ。間違いない。黒いスバルが気になるが、人の気配はない。

一度、バイクから降り、通用口のドアを開けた。秀司がいっていたとおり、鍵は掛かっていなかった。

バイクに乗り、建物の中に入った。すぐ右側に、地下から階上へと続く階段があった。これも、秀司のいったとおりだ。

だが、階段は狭い。

三尾はバイクに乗ったまま、廊下を奥へと進んだ。

右側にエレベーターがあるが、電源が切れていた。その先の角を右に曲がると、すぐ左手にキッチンの入口がある。三尾は、バイクに乗ったまま、ここに入った。

バイクのツインヘッドライトの光の中に、雑然としたキッチンの光景が浮かび上がる。右手に流しと冷蔵庫、中央に調理台。周囲には野菜や缶詰めの段ボールが所狭しと積み上げられている。

その先に、一階と地下を行き来する荷物用の簡易エレベーターがあった。

これだ……。

エレベーターには赤いランプが灯っていた。電源が入っている。

三尾はランプの下のボタンを押した。金網の扉が、モーター音と共に開いた。

バイクと共に、エレベーターの中に入った。二つあるボタンの内の〝B1〟と書かれた方を押した。

エレベーターは〝ゴトン……〟と揺れて、ゆっくりと地下へ降りていった。

アサルは〝ホテル華山〟の四階にいた。

建物の中を見回っている途中で、バイクのエンジン音を聞いたような気がした。

暗い廊下で立ち止まり、手にしていたLEDライトの光を消し、耳をすます。大型バイクのエンジン音だ。しかも音は外からではなく、この建物の階下から聞こえてくる。

アサルはLEDライトをベルトに差し、両手でGLOCK19を構えた。

足を忍ばせ、闇の中を歩く。

しばらくすると、違う〝音〟が聞こえた。

電動のモーター音……。

エレベーターの〝音〟だ……。

アサルは非常階段で四階から三階に下りながら、左手でアイフォーンを操作した。

田臥に、連絡を入れなくては……。

だが、その時、三階の踊り場で〝何か〟が動いた。咄嗟に、身を伏せた。

轟音！

何者かに、銃撃を受けた。

弾が、左腕を掠めた。階段の手すり越しに銃を出し、階下に向かって撃ち返した。

当たった感触があった。だが、〝人影〟はそのまま闇の中に走り去った。

アサルはシャツを破って左腕を止血し、アイフォーンを手にして田臥に電話を入れた。


〝虎人〟は四〇三号室の闇の中に潜み、一部始終の出来事に聞き耳を立てていた。

誰かがこの建物に、侵入した。

大型バイクに乗った男だ。おそらく赤須の命を狙う〝イザナギ〟という男だろう。

それとは別に、非常階段の方で銃撃戦が起きた。

昼間、この建物に侵入した警察の女と、〝囚牛〟が撃ち合ったのだろう。どちらが〝勝った〟のかはわからない。

だが、そろそろ動くべき時が来たようだ。

〝虎人〟は右手にマカロフを構え、音もなく四〇三号室を出た。

9

萌子、康介、大輝の三台のバイクが〝ホテル華山〟に着いたのは、ちょうどそのころだった。

すぐ手前で銃声を聞いたはずだが、全員ヘルメットを被ってバイクに乗っていたために、気付かなかった。

三人はバイクを裏の駐車場に停め、エンジンを切った。ヘルメットを脱いでも、何も音は聞こえなかった。

駐車場には昼間、康介たちが屋根を凹ませたコミューターがまだそのままになっていた。他に、黒いスバルが一台……。

「あんな車、あったかな……」

康介が首を傾げた。

「近所の人が駐めてるんだろう。それより早く三〇二号室に行って、彩乃君の化粧ポーチを取ってこよう」

大輝が通用口のドアを開けた。建物に入ってすぐの非常階段を、駆け上がっていく。

「笠原君は、どうする？」

康介が訊いた。

「私は、ここで待ってるわ」

「了解。化粧ポーチを見つけたら、すぐに戻るから」

康介も、大輝の後を追って三階に向かった。


萌子は一人で、闇の中に取り残された。

ふう……。

だけど、怖くはない。

それよりも、この古い〝ホテル華山〟という建物に興味があった。

〝キマイラ〟は——それとも〝ギャザー警備〟は——なぜこんな古いホテルに六人もの学生たちを軟禁していたのだろう……。

その時、奇妙な音が聞こえた。

エレベーターの動くモーターの音……それに、大型バイクのエンジン音……。

耳の錯覚でなければ、音は自分の足元、地下から聞こえた。

このビルの地下に、誰かがいる……。

それにあの独特なバイクのエンジン音には、聞き覚えがあった。あれは、〝イザナギ〟のＹＡＭＡＨＡ・ＸＴＺ７５０の音だ……。

そう思った時には、萌子は階段を地下に向かっていた。

〝イザナギ〟……どこなの……?

〝要塞〟の周辺は、眠ったように静かだった。

だが、二階と三階の小さな窓にはまだ明かりが灯っている。

奴らはまだ、眠ってはいない……。

田臥はメルセデスの運転席に座ったまま、大きなあくびをした。時計を見ると、もう一〇時二〇分になろうとしていた。

今夜は、何も起こらないのか……。

その時、上着のポケットの中でアイフォーンが震動した。

取り出して、ディスプレイを見た。アサルからだった。

「田臥だ。どうした……?」

――よかった……。やっと、つながりました――。

アサルは、声を潜めている。

「何かあったのか?」

――はい、この建物の中に、何人か〝敵〟が潜んでいます……。先ほど、銃撃されました――。

「銃撃だって……だいじょうぶか?」

――はい、負傷しましたが、軽傷です。私はいま、三階にいます――。

「わかった。そこを動くな。すぐに行く」

田臥は、電話を切った。

「アサルに何かあったんですか?」

助手席の室井が訊いた。

「〝敵〟の銃撃を受けて、負傷したらしい。行くぞ」

田臥はメルセデスのギアを入れ、アクセルを踏み込んだ。


三尾は地下に下りて、簡易エレベーターからバイクを出した。

バイクのライトの光の中に、周囲の様子が浮かび上がる。

ここも一階の調理場と同じように、雑然としていた。壁際には段ボールや古いテレビ、空瓶の入った箱が積まれ、コンクリートの床には掃除道具や空缶、雑誌、汚れたマットレスなどが散乱していた。

三尾はバイクを押しながら、様子を探った。人の気配はない。だが、一カ所だけ違和感を覚える場所があった。

奥の壁の一角だけ荷物が片付けられ、スチール製の棚がある。その棚の中には、何も置かれていない。

あれだ……。

棚の上から三段目の奥に、レバーがある。それを回して引くと、扉が開く……。

秀司にいわれたとおりに手探りすると、レバーがあった。それを右に回し、引いた。棚が壁ごと手前に動き、大きな扉が開いた。

三尾は壁のスイッチを探し、押した。明かりがついた。扉の向こうには、鉄骨と煉瓦で補強されたトンネルが続いていた。

軽自動車ならば入っていけそうなほど、広いトンネルだ……。

三尾はまたＸＴＺ７５０に跨り、トンネルの奥へと進んだ。

萌子は非常階段の扉の陰に隠れ、一部始終を見ていた。

あれは〝イザナギ〟だ……。

何をしているんだろう。荷物用のエレベーターの向こうの棚をずらして、バイクごとその中に消えた……。

だが、声は掛けられなかった。もし見つかれば、帰れといわれるに決まっている。

バイクのエンジン音が遠ざかるのを待ち、萌子は扉の陰から出て〝イザナギ〟が消えた壁の方に向かった。

何、これ……。

スチールの棚全体が扉になり、その奥に鉄骨と煉瓦の壁のトンネルが続いていた。まるで映画『インディ・ジョーンズ』のセットみたいだ。

このトンネルは、どこに続いているんだろう……。

南條君と斎藤君に知らせに行こうか。いや、そんなことをしている間にこの扉が閉まってしまったら、もうこの先には行けなくなってしまうかもしれない。

結局、好奇心には勝てなかった。

萌子はベルトのポーチからスリングショットとパチンコ玉を取り、まるで魅入られたようにトンネルの奥へ進んだ。

10

康介と大輝は、非常階段で三階に上がった。

「こっちだ……」

二人で、暗い廊下を走る。何日もこの建物の中にいたので、中の様子はわかっていた。

増田彩乃が使っていた三〇二号室の前に立つ。大輝がドアノブを回して、引いた。鍵は掛かっていなかった。

「入ろう……」

二人は部屋の中に体を滑り込ませた。

すぐ左手のバスルームに入り、ＬＥＤライトで洗面所の周辺を照らした。

「あった、これだ……」

大輝が花柄の化粧ポーチを摑み、自分のリュックサックに入れた。

「よし、行こう……」

康介と大輝が、バスルームを出た。

廊下に出るドアを開けようとした瞬間、背後で〝何か〟の影が動いた。

「別劫……。再劫我就开枪了……」

康介は恐るおそるライトの光を向けた。

顔じゅう血だらけの迷彩服の男が、こちらに銃を向けて笑いながら立っていた。


トンネルは、途中で数段の階段を下り、しばらくするとまた上って、〝く〟の字になるように先に進んでいた。

三尾は、入口から五〇メートルほど進んだところでXTZ750を停めた。

ここで、意外なものを見つけた。

〝グミジャ〟のバイク、BMW・F700GSが、スタンドを立てて置いてあった。キーも、差したままだ。タンクの上にはヘルメットが置いてあり、ハンドルに掛けられたウエストポーチ型のナイロンホルスターには〝グミジャ〟のベレッタM92Fと、スパイダルコのナイフまで入っていた。

三尾は、首を傾げた。

いったい、どういうことだ……？

だが、しばらくして、その意味が理解できた。

これを〝仕込んだ〟のは、〝赤足〟の野郎だ……。

奴は元、神戸の暴走族上がりのチンピラだった。バイクに乗るのは、得意だった。

奴は最後の砦の〝要塞〟が陥落したら、この〝グミジャ〟のバイクでトンネルを使い、一人で脱出する気だ……。

三尾はさらにBMWを調べた。両側にあるジュラルミン製の大きなサドルバッグを開けた。

ひゅう……。

思わず、口笛を吹いた。片側に、数千万円分の札束が詰まっていた。逃走資金だろう。

他に、何かないか？

バイクを、隅々まで調べる。もう何もないと思った時に、白いタンクのヘルメットの下に、マジックで何かが書いてあるのに気が付いた。

〈——APL　LONG・11PM——〉

これは、何だ？

アルファベットと数字だが、意味がわからない。

三尾はハンドルに掛けられたナイロンホルスターを手に取り、それを肩に掛け、トンネルの奥に進んだ。

間もなく、鉄の扉に行き当った。

トンネルの行き止まりだ。三尾はここでバイクをターンさせ、エンジンを止めてスタンドを立てた。

ドアは、潜水艦の船室にでも使うような頑丈そうなものだ。銃で撃っても、びくともしないだろう。

ドアには操舵輪のような、丸い大きなノブが付いていた。三尾はそれを両手で握り、ゆっくりと左に回した。

ノブが止まったところで小さな音がして、カムが外れた。鍵は、掛かっていなかった。

三尾はドアを引いて、部屋の中に入った。

まるでスタジオの中に作られた映画のセットのような奇妙な部屋だった。

黒い壁紙に、バッファローレザーの豪華な応接セット。部屋の一角には洋酒が並んだバーカウンターと、ガラス張りのバスルームがある。周囲には陳腐な中世の拷問器具のレプリカが並んでいた。

正面の医療用ベッドの上には、ざん切り頭の裸の女が両手両足を拘束され、磔になっていた。〝グミジャ〟だった。

三尾が〝グミジャ〟に歩み寄り、美しい胸に触れた。

「素敵だ……。フランシスコ・デ・ゴヤの〝裸のマハ〟のようだぜ……」

「〝イザナギ〟……。来るの待ってた……。もう、我慢できない……」

〝グミジャ〟がうっとりと微笑し、舌の先で唇を舐めた。

「お楽しみは後だ。それより早く、ここを脱出しよう」

三尾が〝グミジャ〟のホルスターからスパイダルコのナイフを抜き、手足を拘束しているベルトを切った。

「会いたかった……」

〝グミジャ〟が〝イザナギ〟に抱きついた。

三尾は〝グミジャ〟に唇を吸われながら、目の前の光景に首を傾げた。暗がりに、足にギプスを巻いた若い男が立っていた。

「あの男は？」

三尾が訊くと、〝グミジャ〟が背後を振り返った。

「あれは、〝タクミ〟……。私を気持ちよくして、ドアの鍵を開けてくれた人……」

〝タクミ〟が三尾に向かって、ぺこりと頭を下げた。

「お前が〝タクミ〟か。秀司から聞いている。世話になったな」

「はい……」

「お前もおれたちの後から、そのトンネルで逃げろ。秀司に、金は渡してある」

「はい……すんまへん……」

「さあ、おれたちは早くここを出よう。外に、お前のバイクもある」

三尾がそういって、ベレッタとスパイダルコの入ったナイロンホルスターを〝グミジャ〟に渡した。

「待って。私はまだやることがある。あの、赤須という男を殺す……」

「どうやって？」

「だいじょうぶ。赤須はここに戻ってくる。カウンターに隠れて、見ていて……」

〝グミジャ〟はホルスターからナイフを抜くと、それを隠すように握り、また裸のままベッドに横になった。


萌子はドアの陰から、〝イザナギ〟と〝グミジャ〟のやり取りを見ていた。

胸がどきどきして、苦しくなった。手足が震えて、動けない。

どうしよう……。

そのうちに〝イザナギ〟が、こちらに歩いてきた。見つかる……。

そう思った時に、我に返った。

〝グミジャ〟も〝イザナギ〟も、だいじょうぶだ。私も、逃げよう。

萌子は一目散に、トンネルの出口に向かって走った。


そのころ、〝要塞〟の周囲では、静かに異変が起きていた。

闇の中から十数台のライトを消した車が集まり、建物を取り囲んだ。すべて、パトカーをはじめとする警察車輌だった。

車のドアが開き、次々と警察官や機動隊員の人影が闇の中に降りた。

その数、およそ五〇名――。

人影は瞬く間に〝要塞〟の周囲に散り、建物を完全に包囲した。

同時に、パトカーのライトや赤色灯が点灯。無数のサーチライトが〝要塞〟に向けて照らされた。

光の中に、要塞の城壁が浮かび上がった。

兵庫県警警備部公安第二課の藤原則貴は神戸から乗ってきた〝覆面〟のクラウンの前に立ち、拡声器を片手に目の前に聳える〝要塞〟を仰ぎ見た。その両脇では刑事部組織犯罪対策局の大西、同じく薬物銃器対策課の清村が、同じように〝城壁〟を見上げていた。

そうだ。この建物の鎧のような外壁は、正に〝城壁〟と呼ぶにふさわしい……。

それにしても〝キマイラ〟の会長、阿万隆元は、なぜ急に〝ギャザー警備〟と社長の赤須千秋を切る決断を下したのか。つい最近、先代の滝本が殺られるまでは、〝キマイラ〟と〝ギャザー警備〟はあれほど蜜月に見えたのだが……。

滝本の暗殺以来、〝ギャザー警備〟にはあまりにも多くの問題が起き続けている。さすがの阿万も、もう付き合いきれなくなったということか。

それとも他に、何か決定的な要因があったのか……。

まあいい。我々には関係のないことだ。

〝ギャザー警備〟は元来、暴力団だ。企業を名乗ってみても、その本質は変わらない。

〝潰せ〟というなら、潰すまでだ。

腕のロレックスを見た。二三時三〇分――。

藤原は左右の二人に目配せを送った。

「藤原さん、〝本社〟の連中はどこに行ったんですかね。私はてっきり、ここにいると思ったんやが……」

大西がいった。

「そんなこと、かまうもんか。やるで……」

藤原は拡声器を構え、第一声を発した。

「赤須千秋……中にいることは、わかっている……。お前に、逮捕状が出ている……。おとなしく、出頭しろ……」

昨日、襲撃された〝ギャザー警備〟の本社事務所からは、三丁の拳銃と数十発の実弾、およそ二キロの覚醒剤をはじめ大量の禁止薬物が見つかっていた。それだけでも、赤須の有罪は決定的だ。

だが、その時、銃声が鳴った。

銃弾は拡声器を持つ藤原の頭のすぐ近くを掠め、クラウンのサイドウインドウを粉々に砕いた。

どうやら奴らは、本気でやるつもりらしい――。

赤須千秋は、城壁の矢狭間のように小さな窓から眼下を見おろした。

手には、銃を握っている。拡声器を手にした〝オマワリ〟を撃ち殺してやろうと思ったが、外したらしい。

まあいい。ここは三階だ。奴らから、おれは見えていない。

それに、おれは間もなくこの建物を脱出する。そうすれば、いくら〝オマワリ〟が踏み込んでも何も証拠は見つからない。

最初から、おれはここにはいなかった。そういうことになるだろう……。

11

アサルは五感を研ぎすませた。

自分が撃った弾は、確かに〝敵〟に当ったはずだ。

だが、その〝敵〟は、三階の廊下の方に逃げた。

その後で、あと二人、非常階段を上がってきた。その足音も、三階の廊下に消えた……。

アサルは両手でGLOCK19を構え、踊り場の物陰を出た。三階まで下り、また壁に背中を付けて身を隠す。〝敵〟の気配はない。

その時、壁に照明のスイッチがあることに気が付いた。この暗闇では、身動きができない。

アサルは息を整え、照明のスイッチを押した。

廊下の蛍光灯が点滅し、照明がついた。

アサルはもう一度、息を整え、体を反転させた。両手で構えた銃を、廊下に向ける。

誰も、いない……。

だが、すり切れたブルーのカーペットの上に、点々と血の跡が続いていた。やはり、

〝敵〟は深手を負っている。

アサルは周囲の気配を探りながら、廊下を進んだ。血の跡は蛇行しながら奥へ進み、壁に
血糊を付け、三〇二号室のドアの下へと消えていた。

ここだ……。

どうするか。突入するか。それとも、田臥たちの到着を待つか……。

そう思った時、突然ドアが開いた。〝男〟が二人、廊下にころがり出てきた。

咄嗟に、銃を向けた。

少年？

次の瞬間、部屋の中から銃撃を受けた。

三発の銃声！

銃弾はドアを貫通し、正面の壁に着弾した。

アサルは二人の少年の体に覆い被さるように身を伏せた。次の瞬間、銃を握った男が何か
を叫びながら飛び出してきた。

「不要跪掉！」

アサルは廊下をころがりながら、下から男を撃った。

三発、全弾が男の股間、胸、顎に命中した。男の体が血飛沫と共に吹き飛んだ。

アサルは顔に浴びた血を拭いながら起き上がり、廊下に伏せている二人に銃を向けた。最初は〝少年〟に見えたが、二人とも二十代の若者だった。

「君たちは、〝キマイラ〟に軟禁されていた学生ね」

「そうです……」

一人が、震えながら答えた。

アサルはふと息を吐き、銃を下ろした。

「なぜ、こんな所に戻ってきたの？」

「忘れ物を、取りに来たんです……」

「まあ、いいわ。それより早くここを出ましょう。私に、ついてきて」

アサルが二人を先導し、非常階段に向かった。


田臥はホテルの裏の駐車場に着き、メルセデスを降りた。

ホルスターからＧＬＯＣＫ19を抜き、通用口に向かった。ドアを開けると同時に、銃声を聞いた。

続けて、六発。銃撃戦だ。

「上からですね。アサルでしょう」

室井がいった。

「よし、行くぞ」

田臥は銃を構え、階段を駆け上がった。三階に、明かりがついている。壁から右半身を出してアイソセレススタンスで廊下の奥を狙った。そこで、アサルたちとぶつかった。

「何があった！」

「いまそこで、敵の銃撃を受けました。一人倒し、この二人を助けました。例の学生たちのうちの、二人です」

アサルがいった。

廊下の奥に、男が倒れている。だが、情況が呑み込めない。

「他に、敵は？」

「わかりません。それより一階に、笠原萌子はいませんでしたか？」

萌子だって……？

そういえば通用口の近くに、バイクが三台駐まっていた。

「とにかく一度、この建物を出よう。萌子を捜すんだ」

田臥は三人を連れて、階段を下りた。

〝虎人〟は、四階と三階の間の階段の踊り場にいた。

気配を消して、情況を探った。

〝敵人〟（敵）は五人……。

その内の二人、ないし三人は、銃を持ったプロだ……。

〝虎人〟のスマホが振動した。赤須からの電話だった。

電話を取り、黙って耳に当てた。

——おれだ。赤須だ。これからトンネルを通ってそちらのホテルに向かう。安全を確認して、地下室で待っていてくれ——。

「是……」

それだけをいって、電話を切った。

〝虎人〟は三階に下りて、廊下を歩いた。両手でマカロフを構え、装備一式を詰め込んだバックパックを背負っている。

廊下の先に、男が倒れていた。

〝囚牛〟も死んだか……。

まあ、いい。これで報酬は、すべておれのものになる。

〝虎人〟は止まっているエレベーターの前に立ち、バックパックを下ろした。バールを抜き、ドアをこじ開ける。そこにバールをかませて、ドアを固定した。

バックパックからザイル一式を出し、向かいの三〇三号室のドアにカラビナをカウヒッチで固定した。もうひとつのカラビナにムンターヒッチでザイルを通し、ハーネスに固定。ザイルを摑んで一方をエレベーターのシャフト（昇降路）に垂らし、自分もその中に飛び下りた。

間もなく、足が地に着いた。ここは一階、地下にあるゴンドラの屋根の上だ。

〝虎人〟はハーネスを外し、屋根のハッチを開けてゴンドラの中に下りた。ここが、地下一階だ。

外の気配を探る。

誰もいない……。

エレベーターのドアを開け、地下トンネルに向かった。

だが、そこに立ち止まり、首を傾げた。トンネルの入口の、棚を模した扉が開いていた。

しかも中に、明かりがついている。

誰か、入ったのか……？

その時、トンネルの中から足音が聞こえてきた。誰か、来る……。

壁に背を付け、マカロフを構えて待った。そこに、若い女が飛び出してきた。

〝虎人〟は素早く女の首に腕を回して止め、羽交い締めにした。

「お前……誰だ……」

「あぅ……」

女が腕の中で、苦しそうな声を出した。

萌子は突然、物陰から現れた男に組み付かれた。

うそ……！

そのまま体を締め上げられ、動けなくなった。声が出ない。息もできない……。

そのまま、気が遠くなった。


赤須は、〝要塞〟三階の狭い窓から眼下を見下ろした。

闇の中に無数のパトカーが並び、赤色灯を回している。先程の警官――おそらく県警の藤原だろう――がパトカーの陰に隠れ、まだ拡声器でがなり立てていた。

――おい、赤須……！　そこにいるのはわかっている……！　無駄な抵抗は止めて、外に出て来い！――。

「けったくそ悪い、イテまうぞコラァ！」

赤須はもう一発、マカロフの銃弾をパトカーの屋根にぶち込んだ。藤原が、〝モグラ叩き〟のゲームのように頭を引っ込めた。

これでお遊びは終わりだ。もう時間だ。

「お前らはこの階を守れ。ポリが撃ってきたら、かまわんから撃ち返せ」

赤須は後ろにいる四人の部下を集めてマカロフを渡し、階段を下りた。だが、どうせ奴らはボケッと見ているだけで、何もできんやろう……。

二階と一階でも部下を集め、同じことをいった。

「いいか！　お前らはこの階を死守するんや！　絶対にポリを入れんな！　二時間経ったら、投降しろ！」

そういって、地下に向かった。

二時間後には、おれはもう安全圏に脱出している。

地下に下りると、そこにも四人の部下が持ち場を守っていた。

「ご苦労やな。絶対に、ここを動くな。いいな！」

赤須はそういって自分のお気に入りの〝やり部屋〟に入り、防音ドアに鍵を掛けた。

この部屋に入れば、もう何も聞こえない。かつて抗争していた親組も、先代の滝本社長も、良い土産を残してくれたものだ。

赤須は部屋に入り、奥のベッドに歩み寄った。裸でベッドに拘束されている女が、うっとり頬笑む。

だが、〝タクミ〟のガキがいない。

あの野郎、命令を無視して逃げやがったのか……。

赤須は、ベッドに近付いた。

美しく、この上もなく官能的な女だ。まだこれからもこの体をたっぷりと楽しみたいところだが、まさかこの女を連れていく訳にもいかない。

「すまんなぁ……。苦しませんと、殺したるさかいな……」

赤須は左手で、女の白い腹に触れた。もう一方の手で、上着の下から匕首(あいくち)を抜いた。

それを女の乳房の下、アバラ三枚にゆっくりと差し込む……。

次の瞬間、女の体がバネ仕掛けの人形のように跳ね起きた。

「シャー！」

女が縛られているはずの腕を振り抜き、その先端の光る物が赤須の股間を掠めた。

同時に、股間に悍ましい感触が疾った。

「ぎやぁぁぁぁぁ……」

赤須は匕首を落とし、床にしゃがみ込んだ。両手で、股間を押さえた。

切り裂かれたズボンと下着の中から、あり得ない〝肉の塊〟が床にこぼれ落ちた。

赤須は恐怖に引き攣った目で、女の顔と自分の体の一部を交互に見つめた。


〝グミジャ〟はナイフをベレッタM92Fに持ち替え、ベッドから下りた。

震えて自分を見上げる赤須の前に立ち、銃口を額に向けた。

「どうする？　もう少し、苦しむ？　それとも、早く楽になりたい？」

〝グミジャ〟が首を傾げ、微笑む。

「あぁぁ……。あぁぁぁぁ……」

赤須は血まみれの手で落ちた体の一部を股間に押し付けながら、〝グミジャ〟を見上げ、首を横に振った。

「デ、ジョラ（くたばれ）……」

〝グミジャ〟はトリガーを引いた。

轟音と共に銃口が跳ね上がり、赤須は頭から脳漿を撒き散らして床に崩れ落ちた。

「さあ、おれたちはここから出よう」

〝イザナギ〟が物陰から姿を現した。

〝グミジャ〟が〝イザナギ〟に抱きつき、唇を吸った。

「私、何も着てない……」

「これを着ろ」

〝イザナギ〟が壁に掛かっているSMプレー用の革のボンデージを取り、〝グミジャ〟に放った。

「ワォ……!」

〝グミジャ〟は嬉しそうに下着とボンデージを身に着けた。そして、編み上げのブーツを履いた。

「よし、行こう」

地下室から地下トンネルに出ていく〝イザナギ〟と〝グミジャ〟を、〝タクミ〟がカウンターの陰から呆然と見送った。

地下トンネルに出て、〝イザナギ〟はXTZ750のエンジンを掛けた。

〝グミジャ〟は数メートル先の、自分のバイク——BMW・F700GSに跨った。その横に、〝イザナギ〟がバイクを着ける。

「そのタンクに書いてある文字は、どういう意味だ?」

〝イザナギ〟がタンクを指さし、訊いた。

「〝APL　LONG〟……。これ、マレーシアの貨物船の名前……。赤須が、話していた……。11PMは今夜、港を出港する時間……」

そういうことか……。

「港は？」

「わからない……」

だが、すでに時刻は一〇時四五分になっていた。この時間に赤須が地下室に下りてきたということは、考えるまでもない。

〝APL　LONG〟が出港するのは、ここから一番近い津名港だ……。

「よし、急ごう。その船に乗るんだ！」

〝イザナギ〟がXTZ750のアクセルを開けた。

前輪を上げ、地下トンネルを疾走する。

〝グミジャ〟のBMW・F700GSが、その後に続いた。


〝虎人〟はホテル側地下のトンネルの入口にいた。

腕の中で、少しずつ力が抜けていく女の顔を見た。

この女は、知っている。あの〝イザナギ〟の小屋にいた〝白いバイクの女〟の一人だ。

殺すか？　いや、この女は生かしておけば金になる……。

その時、トンネルの奥からバイクのエンジン音が聞こえてきた。

赤須が来たか……。

いや、おかしい。赤須は、一人でここに来るはずだ。

だが、バイクのエンジン音は二台、聞こえる……。

〝虎人〟はトンネルの入口から一歩下がり、腕の中の女の頭にマカロフを突きつけ、視界にバイクが現れるのを待った。

〝イザナギ〟と〝グミジャ〟は、二台のバイクでトンネルを疾走した。

間もなくトンネルを抜ける。だがその時、ヘッドライトの光芒の中に人影が浮かび上がった。

〝イザナギ〟はトンネルの出口でバイクを停めた。横に、〝グミジャ〟が着く。

二人はホルスターから銃を抜き、人影に向けた。迷彩服を着た男が、腕の中の女に銃を突きつけていた。

「あれは、萌子だ……」

「なぜ……」

〝グミジャ〟はその男をよく知っていた。

長畑老人の家を脱出する時に、自分を撃った男……。動けない自分を裸にして、肉のように赤須に売った男だ……。

「待て。萌子がいる。撃つな」

〝イザナギ〟が止めた。

「どうする、撃ち合うか。そうすれば、最初にこの女が死ぬぞ」

迷彩服の男がいった。


萌子は朦朧とする意識の中で、そのやり取りを聞いていた。

〝イザナギ〟……〝グミジャ〟……。

助けて……。


アサルは保護した二人の学生をホテルの外に出し、中に戻った。

田臥と室井は、一階の正面玄関の方に向かった。だが自分は、非常階段を地下に下りた。

アサルは最初から、この建物の地下が気になっていた。ホテルのメインのエレベーターは止まっているのに、一階と地下を行き来する荷物用の方は電源が入っている。

ここの地下室には、何かがある……。

階段の途中で、地下からあり得ない音が聞こえてきた。バイクのエンジン音。人の声……。

——どうする、撃ち合うか。そうすれば、最初にこの女が死ぬぞ——。

アサルは両手でGLOCK19を構え、地下室に突入した。

「警察だ！　動くな！」

だが、情況がわからない。

前方に、男。銃を持ち、女を抱えてこちらを振り返った。

あの女は、笠原の娘の萌子だ！

その向こうに、二台のバイクに乗った男と女。二人も銃を手にしている。

あの女はまさか、〝グミジャ〟？

アサルは一瞬で情況を把握した。

目の前で迷彩服の男が萌子を突き放し、横に飛んだ。同時にバイクに乗った〝グミジャ〟ともう一人の男も、左右に走った。

迷彩服の男が、アサルに向かって撃ってきた。一発……二発……三発……。

アサルも、撃ち返した。その銃弾を掻い潜るように、萌子がこちらに走ってきた。

「階段で、逃げて！　一階に、田臥さんがいる！」

「はい！」

萌子が、非常階段に逃げた。

迷彩服の男が、山積みになった古いマットレスの裏にころがり込んだ。そこからまた、アサルに向かって撃ってきた。アサルも、撃ち返した。

その時、奇妙なことが起きた。

〝グミジャ〟ともう一人の男が、マットレスに隠れた迷彩服の男に銃撃を加えた。

なぜ……？

あなたたちは、どっちの味方なの？

〝イザナギ〟は古い家具の裏に身を隠し、手振りで〝グミジャ〟に指示を出した。

まず最初に、あの迷彩服の男を殺れ。男を殺ったら、女の警察官を足止めして壁の裏のエレベーターで階上に脱出する……。

〝グミジャ〟は頷き、マットレスの陰の男を狙い、撃った。

だが、〝グミジャ〟は気付いていた。あの飛び込んできた女の警察官は、知っている。以前、〝フクシマ〟の立入り禁止区域で戦い、倒した女だ。

あの女、生きていたのか……。


〝虎人〟はマットレスの陰から、マカロフを撃ちまくった。

マガジンを一本撃ち尽くし、次のマガジンを装着した。スライドを戻し、左右の〝敵〟に向かってさらに撃ちまくった。

だが、弾が尽きた。

「混蛋（クソ）！」

マカロフを投げ捨て、ベルトからタクティカルナイフを抜いた。死んでたまるか……。

生き残るなら、一人で非常階段に近い女の〝警官〟の方に向かえ。あの女の銃はＧＬＯＣＫだ。もう一四発、撃っている。あと一発しか残っていない。

〝虎人〟がベッドの陰を飛び出した。

女の〝警官〟が、最後の一発を撃った。その銃弾が、〝虎人〟の胸の真中に当った。

だが、倒れない。銃弾は、迷彩服の下のアーマーで止まった。

「死ね！」

虎人はナイフを握ったまま、鳥のように飛んだ。


最後の一発は、確かに男の胸に当った。

だが、敵は倒れない。奴は、アーマーを着込んでいる。

予備のマガジンに入れ替えている時間はない。

アサルはスライドの開いたGLOCKを捨てた。ベルトのシースからハンティングナイフ——BUCK119番——を抜き、飛び掛かる男に向かった。

アッラー！

左手で男のナイフを摑み、床の上をころがった。上に乗られた。体重を掛けられ、ナイフの先端が目に迫ってきた……。

「殺了你（殺してやる）……」

男が中国語で何かをいった。

「カス（死ね）……」

アサルもアラブ語でいい返した。

男の体を、ブリッジで跳ね返す。

ナイフの先端が、アサルの頬を掠った。

だが、体のバネで跳ね起きた。同時に、相手の胸に向かって突いた。そのナイフを、男が手で受けた。指が飛び、血飛沫が上がった。

「我要殺了她！」

男がナイフを振り上げ、向かってきた。

アサルがナイフを構える。

だが、次の瞬間、向かってくる男の頭を〝何か〟が突き抜けた。

男が、人形のように床にころがった。

アサルは呆然とその光景を見つめた。

何が起きたの……???


「いまだ。行くぞ！」

〝イザナギ〟が射ち終えたクロスボウを捨て、バイクに乗った。

壁の裏に回り、荷物運搬用のエレベーターのゴンドラに乗り込む。後から、〝グミジャ〟のバイクも入った。

鉄格子の扉を閉め、〝1F〟のボタンを押した。ゴンドラが大きく揺れ、地下を離れた。

目の前を床のラインが通過し、一階の調理場に出た。

「おれに付いてこい！」

〝イザナギ〟がXTZ750のアクセルを開けた。

「わかった！」

〝グミジャ〟もBMW・F700GSでその後に続いた。

狭い調理場の中を、二台のバイクが走り抜ける。

両開きのステンレスのドアを押し開け、ロビーに出た。


田臥は一階の事務室を調べている時に、銃声を聞いた。

一発……二発……三発……四発……。

いや、無数の銃声が、くぐもるように交錯している。

どこかで銃撃戦が起きている。その一人は、アサルだ。直感的に、そう思った。

事務室から廊下に飛び出したところで、室井とぶつかった。

「アサルはどこだ！　あいつ、誰かと撃ち合ってるぞ！」

「地下です！」

田臥は室井と共に、非常階段に走った。

廊下の角で曲がった。そこで、萌子とぶつかった。

「萌子じゃないか！　こんなとこで、何をやってるんだ！」

田臥が尻餅をついた萌子を引き起こした。

「アサルさんが、大変！　いま地下で、迷彩服を着た敵と撃ち合ってる！　たぶん、中国人の男……」

中国人だって？

田臥は室井と顔を見合わせた。

その時、背後でバイクのエンジン音が聞こえた。振り返る。二台の大型バイクが、調理場のドアからロビーに出てきたところだった。

米軍のジャンパーを着た長髪の男、もう一人は〝グミジャ〟だ……。

「止まれ！　止まらんと、撃つぞ！」

田臥は手にしていたGLOCK19を二人に向け、威嚇で一発、天井に撃った。

轟音と共に、古い蛍光灯の照明が粉々に砕け散った。

だが、二人がホルスターから銃を抜き、こちらに向けた。

こいつら、やる気なのか……？

田臥は室井と共に、廊下の柱の陰に身を隠した。距離は、二〇メートル……。

だが、狙った瞬間、田臥と室井の前に萌子が飛び出した。

「止めて！　撃たないで！　〝イザナギ〟と〝グミジャ〟は、私の命の恩人なの！」

「何をいってるんだ！　萌子、そこをどけ！」

だが、萌子は手を大きく広げて、廊下の中央に立ちはだかった。

「撃たないで！　撃つなら私を撃って！」

〝イザナギ〟は銃を正面玄関のガラスのドアに向けた。

「突破口を開け！」

「了解！」

二人でドアに銃弾を連射した。ガラスのドアが、粉々に砕けて崩れ落ちた。

「行くぞ！」

「ネェー（はい）！」

二人はバイクのアクセルを開け、クラッチを繋いだ。

二台のバイクは壊れたドアを突き抜け、夜の志筑の街に消えた。

田臥は呆然と消えた二台のバイクを見送った。我に返り、叫んだ。

「糞！　メルセデスに乗るんだ！　奴らを、追え！」

だが、室井は床に座り込んだまま、お手上げというように溜息をついた。

そこに、アサルも地下から戻ってきた。

「田臥さん、無駄ですよ。バイクには追いつけない。それより所轄にいって、奴らがこの島から出ないように非常線を張ってもらいましょう……」

室井がそういって、床から立ち上がった。

12

二人のバイクは、潮風の中を走っていた。

前を行く〝イザナギ〟が時折、背後を振り返る。

後に付く〝グミジャ〟が、髪を風になびかせて頬笑む。

二台のバイクは国道二八号線から津名港ターミナル西の信号を右折し、運河を越える橋を渡った。周囲の岸壁や防波堤の上には、夜釣りを楽しむ釣り人の明かりがホタルのように灯っていた。

時間は、一〇時五八分……。

ここはもう、津名港だ。

〝イザナギ〟はこの港のことをよく知っていた。まだ任侠道義会にいたころ、何度か〝ブツ〟の受け渡しのためにここを使っていた。

橋を渡って最初の広い道路を右折し、セメントのタンクが並ぶ埠頭へと向かった。

埠頭には、不夜城のように照明が輝いていた。

〝イザナギ〟と〝グミジャ〟は〝ＡＰＬ　ＬＯＮＧ〟という船を探した。コの字型のバースに、貨物船は二隻……。

あった、あれだ！

ブルーの錆びた船体に、確かに〝APL　LONG〟と船名が書かれたセメント運搬船が停泊していた。

出港していない。船体には、まだプラットラダーが掛かっていた。

「急げ！　間に合うぞ！」

「わかった！」

二人は夜空に聳える貨物船に向けて、アクセルを開けた。

貨物船〝APL　LONG〟の船長のハジー・マルタは、甲板に立って腕の時計を見た。ちょうど一一時、出港の時間だ。

〝客〟はついに来なかったか……。

マルタはバースに立つ港湾員に、係留するロープを外すように合図を送った。同時に部下のベトナム人の船員たちに、ロープとプラットラダーを上げるように命じた。

だがその時だった。遠くから、バイクのエンジン音が聞こえてきた。

バースに積まれたコンクリートのタンクと砂の山の間を縫うように、二つの光軸が船に向かってくる。

「ラダーを止めろ！　もう一度、下ろせ！」

マルタが大声で、部下に命じた。

〝イザナギ〟の目の前で、一度上がりかけたラダーが止まった。

ギアを落とし、さらにエンジンの回転を上げた。

鉄の鳥はラダーを駆け上り、夜空に飛んだ。


〝グミジャ〟も〝イザナギ〟に続いた。

自分がミルキーウェイを駆け上がっているような、そんな錯覚があった。

そしてラダーの頂上で星空に舞い上がり、甲板に着地した。そこでBMW・F700GSをターンさせ、〝イザナギ〟のXTZ750の横に停めた。

日に焼けた東南アジア系の男が歩いてきた。

「この船のキャプテン、ハジー・マルタだ。料金は一人一〇〇万エン、二人で二〇〇万エンだ」

片言の英語でいった。

「OKだ。いま、ここで払う」

〝イザナギ〟がそういって、〝グミジャ〟のバイクのジュラルミンのサドルバッグを開け、中から一〇〇万円の札束を二つ出して船長に渡した。

〝グミジャ〟は自分のバイクの中の札束を見て、思わず笑ってしまった。

「サンキュー。バイクは倒れないようにそこのロープで甲板のフックに縛っておけ」

「次の寄港地は？」

〝イザナギ〟が訊いた。

「明日の朝、北九州の門司港に着く。その後は、宮崎港に荷物がある。どちらでも好きな方で降りろ」

船長がそういって、歩き去った。

北九州、修羅の国か……。

それも、悪くない。

間もなく陸と船をつなぐプラットラダーが上がり、貨物船〝APL LONG〟は出港の汽笛を鳴らした。ロープが解かれ、タグボートに引かれて陸を離れていく。青い大きな船体は津名港の突堤の中で方向を変え、ゆっくりと大阪湾へと出港した。

津名港と淡路島の明かりが、次第に遠ざかっていく。

〝グミジャ〟はその美しい景色を、〝イザナギ〟の腕の中で見ていた。

潮風が、裸同然の肌に少し冷たかった。それに気付いたのか、〝イザナギ〟が自分の上着を脱いで、〝グミジャ〟の肩に掛けてくれた。

ずっと、こうしていたい……。

〝グミジャ〟は生まれて初めて、そんなことを思った。

13

ホテルの周囲に、パトカーが集まってきていた。

回転する赤色灯がホテルの古い建物の壁や、あたりを歩き回る警察官を赤く照らしている。

萌子はその幻想的な光景を、メルセデスの助手席に座って、ぼんやりと見つめていた。

そして思う。自分はなぜ、あんなことをしたのだろう……。

しばらくすると、赤い光の中を田臥が歩いてきた。ドアを開け、運転席側に乗った。

「ごめんなさい……」

萌子は田臥が何かをいう前に、自分の方から謝まった。

「もう、いい。理由は聞いた」

田臥がいった。

「私、これからどうなるんだろう……。逮捕されるの……?」

「どうにもならんさ。おれも室井も、アサルも納得している。お前を逮捕したって、何も解決せんよ……」

「でも、世の中はずるい……」

萌子がいった。

「どうしてだ?」

田臥が訊いた。

「今回の事件で、たくさん人が死んだのに……。それなのに一番悪い〝キマイラ〟の会長の阿万隆元や特別顧問の五味秀春は絶対に捕まらない……。罪にも問われない……」

きっと、いまごろどこかで、笑ってる……。

「仕方ないさ。それが〝日本〟なんだ」

「そんなの、嫌だ……。絶対に、嫌……。日本には、正義なんてない……」

萌子の目から、大粒の涙がこぼれ落ちた。

「それなら萌子、お前の手で正義を行使すればいい」

「正義を行使って、どうやって……」

「お前、来年の春、大学を卒業だろう。卒業したら、警察庁に入れ。もしくは、検察庁でもいい」

「えっ……。でも、警察や検察といったって、特権階級や上級国民の悪人には手を出せないじゃない……」

〝お母さん〟が殺された時だって、〝モリカケ問題〟だってみんなそうだった。巨額の利権が不法に動き、その中で何人もの人間が口封じで死んでいるのに、主犯格の〝大物〟は誰も捕まらなかった。

「いまはそうだ。警察も検察も、奴らには手を出せない」

「それなら、なぜ……」

「もしお前が警察庁に入って、努力して強くなれば、いつか奴らの首に手が届く時が来る。おれもそれを信じて、警察庁の中で体を張っている……」

「そんなこといったって……」

萌子には、やりたいことがある。

大学を出たら人間社会学域・人文学類で学んだ知識を生かし、新しい自然エネルギーを軸にした未来都市の環境開発プロジェクトに係る道に進もうと思っていた。

警察や検察なんて、考えたこともなかった……。

「まあいい。ゆっくり考えろ。おれはいつでも、萌子を待っている……」

田臥はそういってメルセデスを降り、回転する無数の赤い光の中に歩き去った。

萌子はその後ろ姿を、ぼんやりと見ていた。これまで何度も田臥と会っているのに、いまはなぜかその背中が広く大きく見えた。

——おれもそれを信じて、警察庁の中で体を張っている——。

それは、どういう意味だろう。

その時、背後で大型バイクのエンジン音が聞こえた。

振り返った。バイクのヘッドライトの光が二つ、メルセデスの背後に止まった。

人影が二人。〝お父さん〟と茲海さんだ！

「〝お父さん〟！」

萌子はメルセデスを飛び出し、〝お父さん〟の胸の中に走った。

解説

池上冬樹（文芸評論家）

まず何といっても、昨年の二〇二四年六月に刊行された『暗殺』（幻冬舎）から話をはじめよう。近年最大の問題作であり、まだ一年もたたないのに二十万部を突破したベストセラーでもあるからだ。

柴田哲孝といえば、下山事件に私的ノンフィクションの手法で挑んだ『下山事件　最後の証言』、真珠湾攻撃や山本五十六の死の真相に迫る短篇集『異聞　太平洋戦記』、阪神淡路大震災の謎を追及した『GEQ　大地震』など、事実を掘り下げて大胆な結論に至る秀作を発表してきているが、『暗殺』もその一つ。

これは二〇二二年七月八日に起きた安倍元首相暗殺事件を題材にしたサスペンス小説である。いちおう「この物語はフィクションである」と冒頭に謳(うた)い、実在する人物名も団体名もすべて仮名になっているが、追及されるのは実際の事件の細部だ。

たとえば、致命傷となった銃弾が遺体から消えたにもかかわらず、警察が深く調べることをしなかったのは何故なのか。しかも三カ所の銃創の中には、壇上に立つ被害者を低い位置から撃った凶弾のほかに、逆方向の高い位置から右前頸部に着弾したものがあったのに、警察はこの解剖所見を無視したのは何故なのか。犯人は一発に六個、二発で十二個の散弾銃を発射したというが、元首相に一発か二発当たったとして残りの十個の銃弾はどこにいった？元首相の周辺には二百人以上の聴衆がいたのに流れ弾が一発も当たらないことはない。空砲だったのではないか？

しかも大胆なのは、本書を一九八七年の赤報隊事件から始め、令和という年号に隠された意味を明らかにし、右翼や宗教団体がうごめく政治の裏側を激しく暴いている点だろう。おそらく陰謀論として受け流す人もいるかもしれないが、「そもそも歴史は、〝陰謀〟の積み重ね」であり、暗殺事件の膨大な事実を一つひとつ篩(ふるい)にかけて検証していくあたりは、さすが『下山事件　最後の証言』の著者ならではの名探偵ぶりでわくわくする。政治的右派も左派も注目のサスペンスだ。

『暗殺』にかぎらず、右にあげた作品がみなそうだが、柴田哲孝は日本の政治や社会の闇を暴く。『チャイナ・インベイジョン　中国日本侵蝕』『国境の雪』では中国や北朝鮮の動向をしかと探り、いま世界で何が起きているのかを見据えている。それはストーリーテラーの名手ぶりを発揮するデッドエンド・シリーズでも変わらない。第一弾『デッドエンド』では原子力発電利権、第二弾『クラッシュマン』では伊勢志摩サミットのテロ計画、第三弾『リベンジ』では高速増殖炉「もんじゅ」をめぐる利権と北朝鮮テロ、第四弾『ミッドナイト』ではロシアのスパイとアメリカの最新鋭戦闘機F－35の最高機密問題、そして第五弾の本書

『ブレイクスルー』では巨大企業による地方都市乗っ取り問題である。

というと社会派サスペンスのイメージをもたれてしまうが、あくまでもデッドエンド・シリーズはノンストップのアクション小説である。事実と虚構の境界をたくみについて主題を強くうちだして、読者の見方を変えるけれど、しかしあくまでも読む愉楽を作者は追求している。何よりもまず面白いのだ。その面白さについていうなら、本書『ブレイクスルー』がシリーズの中でいちばんだろう。『ミッドナイト』ではクラシック音楽とランボーの詩を多数引用して音楽的かつ文学的に物語っていて、何とも優雅なアクション小説で独特の趣を醸しだしていたが、本書では徹頭徹尾アクションである。それもハリウッド・エンターテインメント顔負けのノンストップぶりだ。デッドエンドものの第五作であるけれど、単独でも充分に愉しめるし、本書を最初に読んでも問題はない。本書を読めば、まちがいなく遡ってシリーズを全作読みたくなるだろう。それほど魅力的なシリーズだ。


物語は、元北朝鮮の殺し屋グミジャが、淡路島で、ギャザー警備の社長を撃ち殺す場面から始まる。オートバイで逃亡をはかるものの、社長は元暴力団組織の組長であり、手下たちが網をはり、島から脱出できなくなる。

同じ頃、女子大生の笠原萌子はオートバイに乗り、淡路島を訪れていた。友人の学生・南條康介たちと連絡がとれなくなり、行方を探しに来ていたのだ。だが折悪しく、萌子は女殺し屋に間違われて追われることになる。間一髪のところで、女殺し屋に助けられ、二人はバイクで逃避行を続けるが、ドローンで把握され、絶体絶命のときにクロスボウをもつ男に助けられる。男が警備会社の社員一人を殺し、グミジャがもう一人を撃ち殺す。

警察庁公安課特別捜査室「サクラ」の田臥健吾に事件の報告が入る。気になったのは、使用されている9ミリパラベラム弾だった。二年前、元警視庁刑事部長の大江が仙台で殺され、大江のベレッタM92Fが消えた。その銃が兵庫県警の指定暴力団同士の抗争で使われたとなれば、田臥たち〝本社〟の出番だった。

大江が殺されたとき、ホテルの部屋から一人の女が消えた。数日後には田臥の部下の矢野アサルと銃撃戦を演じた。グミジャだった。被弾したアサルの胸から摘出された弾は9ミリパラベラム弾で、線条痕検査から、使われたのは大江の拳銃だった。グミジャは二年前、福島第一原発の避難指示区域内で姿を確認されたのを最後に、完全に消息をたっていた。田臥はアサルをよびだして淡路島に向かう。

一方、萌子の父親の笠原武大も、娘と連絡がとれなくて心配になっていた。南條康介の父親・南條慈海と連絡をとると、康介を探しに淡路島にオートバイで向かった話を聞く。二人の父親はヤマハとハーレーダヴィッドソンのバイクを駆って、一路淡路島へ。

いやあわくわくする。こころおどるアクション小説だ。終盤のカットバックによるアクションの連続には体が熱くなるのではないか。実にグラフィカルで、まことに映像的なのだが、映像に奉仕した小説ではなく、人物たちのエモーションがまずあり、その感情によって動きが形作られていく。あらかじめ決められたカット割りでの場面の連続ではなく、人物たちのわきたつ感情と強い動機によって行動がなされる。だからこそひとつひとつのアクションに説得力があり、熱気をおび、白熱して、読む者の胸も熱くなるのだ。

マーク・グリーニーの暗殺者グレイマン・シリーズとリー・チャイルドの元軍人ジャック・リーチャー・シリーズが、現在世界最高レベルのアクション・シリーズと見ているが、本書の柴田哲孝は、二つのシリーズ以上の多視点を使い、それをこまかく切り換えて、読者に息つく暇を与えない。次から次へと展開する活劇の数々が、実に颯爽としていて昂奮させるのだ。スケールは小さいし、物語は全く違うのだが、アメリカン・コミックを原作としたハリウッド映画の大ヒット作（『アベンジャーズ』や『ザ・スーサイド・スクワッド〝極〟悪党、集結』など）を思い出した。タフで殺しも厭わないハードボイルド・ヒロイン、善と悪に分かれたグラフィカルな集団闘争劇、友情と愛の絆、勝利の獲得など、大衆が求めているものが生き生きと複雑な物語にとけこんでいるからだ。

そしてシリーズファンにとっては、シリーズ・キャラクターが勢ぞろいするから嬉しくなる。笠原武大と娘の萌子、サクラの田臥健吾、部下の室井とアラブ系の矢野アサル、そして北の元工作員グミジャ。とくに萌子とグミジャがいい。デッドエンド・シリーズとは笠原武大と田臥健吾が主役をはる物語ではなく、萌子とグミジャの物語ではないのかといいたくなるほど、本書での二人の活躍が圧倒的だ。グミジャが萌子との出会いを語り、〝四年前の笠原とのことを思い出した。あの官能的な日々を〃（五四頁）とあるのは第三弾『リベンジ』であり、ここですでに萌子がオートバイを乗り回して逃走する場面も出てくる。ついでにいうなら、本書に出てくる男友達の南條君も『リベンジ』に登場し、二人で謎を解いていく。もうひとつ、たびたび言及されている元刑事部長が仙台で殺された事件は、第四弾『ミッドナイト』の事件であり、敵役としてグミジャも大暴れするけれど、どこか人間的な要素をもつようになり、このへんから作者のなかでグミジャに対する愛が強まった感があるが、どうか。

というのも、本書を読みながら、逢坂剛のエッセイを思い出した。逢坂剛に『禿鷹の夜』で始まる禿鷹シリーズがある。史上最悪の刑事・禿富鷹秋、通称ハゲタカを主人公にした痛快アクション・シリーズだが、最初の構想では、「主人公にさんざん悪いことをさせておいて、最後にはみじめにくたばるという、そんな結末にする予定だった」が、「編集部や読者から禿鷹のキャラがいい、という意見が出て」「間違っても、最後に禿鷹を殺す結末にはしないでほしい」という注文がついたとか（以上引用は文春文庫『兇弾　禿鷹Ⅴ』所収エッセイより）。そのため仕方なく禿鷹を殺さないでシリーズを進めたのだが、第四作『禿鷹狩り　禿鷹Ⅳ』で禿鷹を殺し、禿鷹抜きの第五作『兇弾　禿鷹Ⅴ』でシリーズを終わらせた。そうしたら「老後の愉しみをどうしてくれるのだ？　このシリーズを死ぬまで読んでいたかったのに！」というお怒りの電話が編集部に届いたことを、僕は直接編集者から聞いたことがある。

おそらくそれと同じことを、デッドエンド・シリーズの読者は思っているのではないか。グミジャは『リベンジ』から登場しているが、最初はあっさりと殺すはずが、書いているうちに読者や編集者から注文がついて、さらに作者のなかでも愛着が出てきて、シリーズに続けてだすようになったのではないか。それほどグミジャの場面は生き生きとした筆で描かれているし、本書ではいちだんと魅力的で、グミジャを主人公にしたスピンオフの小説すら期待してしまう(ぜひ書いてほしい!)。

期待といえば、個人的なことになるが、『デッドエンド』や『クラッシュマン』で見せた狙撃小説としての側面をもっともっと拡大して、まるごと一冊、狙撃小説を読んでみたくなる。萌子とグミジャに隠れているが、『クラッシュマン』から登場したサクラのアラブ系の矢野アサルもクールな狙撃小説にはうってつけのような気がする。精神的にも肉体的にもタフでありながら、どこか暗い情熱をひめた女性刑事として忘れがたい。今後のあらたな展開をのぞみたいものだ。

ともかくデッドエンド・シリーズは、五作目の本書でいっそう読者を獲得するのではないかと思う。死ぬまで読み続けたいシリーズと思う読者もいるだろう。打ち切ることなくずっと書き続けてほしい傑作シリーズだ。

・本書は二〇二二年一一月に小社より単行本刊行されました。

双葉文庫

し-33-09

ブレイクスルー

2025年4月12日　第1刷発行

【著者】
柴田哲孝（しばた てつたか）

【発行者】
箕浦克史
【発行所】
株式会社双葉社
〒162-8540 東京都新宿区東五軒町3番28号
［電話］03-5261-4818（営業部）　03-5261-4831（編集部）
www.futabasha.co.jp（双葉社の書籍・コミックが買えます）
【印刷所】
株式会社 DNP 出版プロダクツ
【製本所】
株式会社 DNP 出版プロダクツ
【カバー印刷】
株式会社久栄社
【DTP】
株式会社ビーワークス

【フォーマット・デザイン】
日下潤一

ISBN978-4-575-52837-4 C0193
Printed in Japan